新潮文庫

すずの爪あと

乃南アサ短編傑作選

乃南アサ著

乃南アサ短編傑作選

すずの爪あと◎目次

すずの爪あと

乃南アサ短編傑作選

すずの爪《つめ》あと

1

おらっちゃあ猫ながや。

名前はいくつか持ってる。一番最初は「ふく」って呼ばれたもんだ。

生まれたのはまだ雪のちらつく日も珍しくない春先、がらんとして薄暗い建物の片隅だった。母ちゃんにひっついて、他の兄弟と毎日ぬくぬく過ごしてたある日、瞼《まぶた》の向こうが急に明るくなったと思ったら、目に痛いような光がすうっと差し込んできて、それと一緒に「わあ、ちっちゃい！」という音がした。で、次の瞬間、脇《わき》から腹の下に何かがごよん、と入り込んできた。気がついたら、おらっちは母ちゃんから引っぺがされて宙に浮いてたんだ。

目は覚めきってないし、頭はやたら重たいし、手足だって大して上手に動かせない頃だった。一体何が起きたんだかまるっきり分からない。恐ろしいし、急に風を感じて寒かったし、母ちゃんを呼びたいし、頭がぐるぐるしそうな感じのまま、とにかく前を見てみたら、そこにでっかい――そうだなあ、何とも奇妙な、のっぺりしたもんがあった。そこについてる二つの黒い丸がキロキロ動いて、下の方についてる穴からは「可愛《かわい》い！」って音が出た。その音に、おらっちの身体《からだ》はびりびり震えた。これが、おらっちと多絵《たえ》ちゃんとの出逢《であ》いだった。

その日から、おらっちゃあ「ふく」って名前になった。何度も何度も「ふく」っていう音が聞こえるから、どうやらおらっちを呼ぶときの合図らしいって分かったんだな。何で「ふく」かって？　そりゃあ、多絵ちゃんがおらっちのことを「大福餅《もち》みたい」って言ったからだ。

「真っ白とも違うよね。ほら、ここなんて、中のあんこが透けて見えてるみたいだと思わない？　ここも。ここも」

多絵ちゃんはおらっちの腹を撫《な》でたり、またでんぐり返して背中を撫でたり、そうかと思えば、脇の下に手を入れて高く持ち上げて脚を宙にぶらぶらさせたりしながら、おらっちの身体のあちこちについてる、薄い色の斑《ぶち》を数えたもんだ。おらっちゃあ、その「ぶらぶら」が面白くなっちゃって、撫でられるのも気持良くてな、ついついのけぞったり手で宙を掻《か》きながら、まだほんの短かった尻尾《しっぽ》をぱったんぱったんさせたもんだ。やめてよ、やめてってばって言ってるつもりで声を出すんだけど、それだけで多絵ちゃんはきゃっきゃ笑うんだもんなあ。おらっちが何をやっても「可愛い」の連発だった。そんでもって、おらっちが思わず「きゅうっ」てヘンテコな声を出しちまうくらいに、いきなり抱きしめるんだ。おらっちゃあ、自分が気持よくなるとすぐに喉《のど》がゴロゴロ鳴る癖があることを知った。

こうして、おらっちゃあ多絵ちゃんが好きになった。そして、本当の母ちゃんや他の兄弟のことは忘れていった。きっと、独りぼっちになったっていう気なんか、まるっきりなかったからだと思う。

多絵ちゃん家《ち》に来てからのことは、何でもかんでもよく覚えてる。毎日毎日色んなことがあって、見るもの嗅《か》ぐもの触るもの、もう珍しくて面白くて、何やってたって楽しくてしようがなかった。

後から分かったことだが、おらっちが生まれた場所っていうのは、その前の年に廃線になった能登《のと》線の珠洲《すず》っていう駅の駅舎だったらしい。

人間ていう生き物はおらっちら猫や犬なんかより足の数が少ないせいかなあ、自分の足で歩かないで、やたらと楽をしたがる。輪っかが二つ並んだ自転車やらバイクやらにまたがったかと思えば、自動車やバスなんかにも乗るが、鉄道っていうのは、中でもいちばんにヘンテコなものだ。何たって隣町や、その、もっと先の町から鉄の線を二本敷いてきて、その上で箱形の入れ物を滑らせるんだから。つまり、鉄の線が敷いてある、決まったところしか通れないっていう代物《しろもの》だぞ。気が向いたときに、ひょいっと向きを変えられなかったら、おらっちら、とてもじゃないが猫なんてやっていられない。きっと人間も、その不便なことに気がついて、鉄道を使わなくなったんだろうな。とにかく列車が通らなくなってからっていうもの、駅の辺りはすっかりひっそりしちまったんだそうだ。

「そのうちに、行ってみるといいさ。今もほとんどそのまんまになってる」

教えてくれたのは大通りに面したガソリンスタンドに住んでる「サンタ」っていうハチ割れの兄貴だった。この辺りの猫の中でも一番縄張りが広くて身体もでかい、柄の悪い野良猫にだって負けてないオス猫だ。兄貴はときどき、おらっちの家の庭先を、のっしのっし通った。最初の頃はおらっちを見かけても、「ふん」って顔して相手にもしてくれなかったもんだが、ある日、向こうから「おめえ、名前は」なんて話しかけてきて、それから少しずつ話をするようになった。

サンタ兄貴は、おらっちを産んだ母ちゃんのことを「見たことある」って言った。雪みたいに真っ白いべっぴんさんだったそうだ。だけど、何しろ気が強いのと、要するに「面食い」だったらしい。兄貴が少しでも近づこうとしただけで、フー、ハウーって嫌な声で唸《うな》りだして、もう一歩でも近づいたら、シャーって牙《きば》をむき出しにしたもんだから、さすがの兄貴も話しかけることも出来なかったんだと。確かにサンタ兄貴は侠気《きょうき》はあるんだが、まあ、お世辞にもいい男とは言いがたい面相ではあった。おらっちは大好きな兄貴だったんだけどなあ。

話がそれた。

とにかく、多絵ちゃんに拾われたその日から、多絵ちゃんの母ちゃんは、そのまんまおらっちの母ちゃんになった。え？　多絵ちゃんが母ちゃんじゃないのかって？　そりゃあ決まってるさ。母ちゃんていうもんは、おまんまをくれるもんだろう？　多絵ちゃんはまだ小学生だった。せいぜい、おらっちの便所の砂を取り替えるくらいが関の山。だから多絵ちゃんはおらっちの、まあ、姉ちゃんてところかな。

多絵ちゃんと、多絵ちゃんの兄弟たちが学校に行ってる間は、おらっちは一人っ子になれる。つまり、母ちゃんと祖母《ばあ》ちゃんに甘え放題出来たってわけだ。腹が減ったら母ちゃんを探し回って、にー、ぴーって声を出しながら足もとにすり寄る。母ちゃんの足に、ちょこっとだけ爪を当てて、もう一度、にー、ぴーって呼ぶと、母ちゃんはおらっちを見て「あら、もうおなかすいたの」とか「ちょっと待ってて」なんて言いながら、おらっちを台所まで抱いていってくれる。そのときの、母ちゃんの香りがまた、何とも甘くて優しいんだな。多絵ちゃんに抱かれたときの感触とも違う、ふうんわりした感じで、ああ、これぞ母ちゃんって思わせてくれるんだ。それでつい、喉がゴロゴロ鳴っちゃう。

「ふくちゃんは、いつも機嫌がいいねえ。そんなに嬉《うれ》しいの。はいはい、ご飯ご飯」

台所に着くまで、おらっちゃあ自分で適当に作った「腹ぺこの歌」ってやつを、にーにーぴーぴー、歌い続けてる。そのまま台所でも歌ってると、天からすうっと下りてくるみたいに、母ちゃんが飯を目の前に置いてくれる。はじめの頃は、おっぱいに似てる白い飲み物だったが、すぐに別の飯になった。

最初にその食い物を見たときは、正直なところ腰が引けたな。一体何を寄越したんだ、匂《にお》いもヘンテコだし、本当にこんなものを食って大丈夫なのかなと、もうおっかなびっくりだった。おっぱいはないのって、ぴーぴー言いながら母ちゃんを見上げた。

「そろそろミルクは卒業して、こっちを食べてごらん。大丈夫、仔猫《こねこ》用だから」

母ちゃんは、おらっちの腹の下に手を添えると、ひょいっと持ち上げて飯の真ん前まで身体を持っていく。すぐ鼻先に飯が来ちまうもんだから、つい舌の先でちょん、と突っついてみたり、鼻の頭も押しつけてみて、それから「えいやっ」てひと口食ってみたら、これがもう、旨《うま》いのなんの。ついつい、飯を頬張りながら「うひょー」って言っちまったくらいだ。それが、実際にはぐふうぐふう、ふあうふあうっていう風にしか聞こえてないなんて、知りもしない。

「ふくったら、そんなに興奮しないの。ほうらね、おいちいでしょう？　よかったねえ。慌《あわ》てないで、ゆっくり食べなさい」

母ちゃんはおらっちが飯を食う間中、ついついおっ立ったままのおらっちの尻尾を軽くつまんだりして、「この子はもう」なんて笑いながら、ずっと見ててくれたもんだ。こうしておらっちは赤ん坊を卒業した。

腹が膨れたら、ちょっとばっかし顔を洗ったり爪の先の手入れをするのが猫としてのマナーだ。で、それが済んだら、今度は祖母ちゃんのとこに行くのが、いつしかおらっちの習慣になった。祖母ちゃんは「この家に嫁に来て間もない頃」から布団《ふとん》屋をやってて、日がな一日店にいるんだ。だけど、昔はいざ知らずこの頃じゃあ、客なんて大して来やしない。だから大概、祖母ちゃんは真新しい布団や座布団、綿入れやパジャマなんかに囲まれて、ラジオを聞きながら新聞を読んだり、ぼんやりと外を眺めたりして過ごしていた。

「おや、ご飯もらったのかい。こんなにぽんぽこのお腹《なか》になって。風船玉みたいだよ」

祖母ちゃんはおらっちが「にー」って呼びかけるだけで、必ず膝の上に抱き上げてくれた。母ちゃんの匂いも大好きだけど、祖母ちゃんは干し草みたいな、乾いて優しい匂いがするんだ。おらっちは、その匂いもまた大好きだった。腹は一杯だし祖母ちゃんの膝は気持いいし、途端に眠くなっちまうって寸法さ。

そうやって誰かお客さんが来るか、多絵ちゃんが学校から帰るまで、おらっちゃあ祖母ちゃんに甘えて過ごした。母ちゃんも、ときどき店に顔を出して「ふくちゃん、そこにいます？」って確かめた。

「前のときみたいに、多絵が学校に行ってる間にお父さんが捨ててきちゃったりすると、今度こそ、あの子は学校に行きたくないって言い出すかも知れないから」

「大丈夫、ここにいるよ。よく寝てる」

おらっちゃあ夢見心地のまま、母ちゃんの優しい声を聞いて、祖母ちゃんの乾いた手がおらっちを撫でてくれるのを感じて、また夢の中に戻っていった。そうして夕方からは多絵ちゃんとの遊びの時間だ。多絵ちゃんの兄ちゃんは、もう中学生で部活があったし、弟は近所のガキどもとサッカーばっかりやってたが、多絵ちゃんは家にいるのが好きな子らしかった。

猫じゃらしやリボンや毛糸玉、色んなおもちゃで、多絵ちゃんはおらっちを駆け回らせたり、ジャンプさせたりするのが好きだった。くるくる、くるくる、同じところを何度も走り回って、目ぇ回してへたり込んだりすると、多絵ちゃんは必ずおらっちを抱き上げて、また「きゅうっ」て言うまで抱きしめた。

「ふくは可愛いねえ。ふくはいい子」

遊んで食って寝て、遊んで食って寝て、おらっちゃあ毎日ぐんぐん大きくなっていくのが自分で分かった。何しろ、昨日は上手に下りられなかった階段を、とっとこ駆け下りられるようになったり、逆に飛び上がれなかったとこに、今日はひょいっと上がれるんだ。毎日一つずつ、出来ることが増えるたんび、おらっちゃあ得意で嬉しくて、座敷の襖《ふすま》を斜めに駆け上がって鴨居《かもい》の上をぐるぐる一周して見せたり、そこから今度はテレビの上に飛び移ったりしちゃあ、「こらっ、ふくっ！」って叱《しか》られたもんだ。

2

紙袋や空き箱を見つければ潜り込んで独りで転げ回る。少しだけ開いている襖の隙《すき》間《ま》から押し入れに潜り込んだときは冒険の旅の始まりだ。レースのカーテンをよじ上ってる途中で、爪が引っかかっちゃって母ちゃんが見つけてくれるまで宙ぶらりんになってたこともあるし、どうしたもんだかうんちのキレが悪くて、ケツを畳にこすりつけながら歩いて祖母ちゃんから叱られたこともあった。そのどれもこれもが、面白いことだらけの毎日だった。

だが、嫌だったこともある。一つは祖父《じい》ちゃんや父ちゃんが酒を飲んでるところにうっかり傍に寄っちまったときだ。特に父ちゃんは、酔っ払った勢いでおらっちを蹴《け》飛《と》ばす癖があった。そんなときは決まって悪態をつかれたもんだ。

「でけえ面《つら》して歩いてる野郎だ。大体いつの間にうちに入り込んだんだよ、おめえは。一体、誰の許しを得たんだっていうんだよう。このうちの主人を誰だと思ってんだ。この俺だぞ、ええ？」

これ以上、蹴飛ばされちゃかなわないから、おらっちも父ちゃんには出来るだけ近づかないようにしてた。父ちゃんはいつも陰気くさいネチネチした声で、しかも酔うと話が長い。これが始まると、母ちゃんたちは「また始まった」って、お互いに目配せし合って、家の雰囲気は途端に悪くなる。その上たまたま祖父ちゃんの帰りが早くて、そんな台詞《せりふ》を聞きつけちゃったときには、決まって嵐《あらし》が吹き荒れた。嵐の合図は、

「おいっ」ていう、腹の底から絞り出すような祖父ちゃんの塩辛声だ。

「聞き捨てなんねえことを言うな。おまえは、いつからこの家の主人になったんだ」

こういうときは祖父ちゃんだって大概は素面《しらふ》じゃないんだ。何せ祖父ちゃんの毎日ときたら、昼間は畑に出たり病院に通ったりと、その日によって色々だが、夕方からはほとんどヨリアイだのアツマリだのっていうヤツで、その先で飲んだり食ったりするもんだから、帰ってきたときにはもうすっかり出来上がっちゃってるのがお決まりだったんだ。

「おまえに跡を継がせるなんて言った覚えは、ただの一度もねえぞ」

するとと父ちゃんは、どろんと溶け出しそうな目を祖父ちゃんに向けて、ふん、と鼻を鳴らす。これがまた、小憎らしい。

「わざわざ言わなくたって、一家の主人っていうのは、稼ぎ頭のことを言うんじゃねえのか?」

「なんだと」

「この家は、俺が稼いできてるから、やってけてるんだ。親父《おやじ》が家の外で、どういう連中とどんな話をしてるか知らねえけど、現実にうちが今もこうして何とか暮らしていけてるのは、畑のお蔭《かげ》でもなけりゃあ、店の売り上げでもねえ。俺が今の職場で働いてるからじゃねえか」

「ああ、そうかそうか。親の言うことも聞かねえで、先祖から受け継いだ畑も何も放っぽり出して、最後には自分の故郷まで売り飛ばすつもりで手に入れた職だもんなあ。せいぜい安月給で使ってもらうことだ」

するとと父ちゃんは天井なんか見上げてな、ほっぺたを丸く膨らまして、ふうっと大きく息を吐き出す。これも、いかにも芝居がかったわざとらしさだ。そんで「なあ、親父」と、声の調子を変える。

「何度も同じこと言わせるなよ。故郷を売り飛ばすって、どういう言いぐさなんだよ、それ。町の未来を考えてねえのは、どっちだと思うんだ？　親父みたいな考え方でいる人間がいなくならねえからこそ、この町は寂れていく一方なんだよ」

こういう話になると、茶の間のテレビはぴしゃん、と消され、多絵ちゃんたちは母ちゃんに促されて、小さな声で「ごちそうさま」と手を合わせ、そっと茶の間から出て行くことになっていた。大人だけが残った茶の間には、何とも言えない重苦しい空気が立ちこめた。おらっちだって本当は、こんなとこにはいたくないに決まってる。だけど、そういうときに限って母ちゃんがおらっちを抱き上げて、半分無理矢理みてえに膝の上に乗せて撫で始めるんだ。これをやられると、おらっちも弱い。鼻先をこしょこしょされて、顎《あご》の下から胸、脇から背中まで撫でてくれるもんだから、ついつい腰の力がぬけちゃって、自然にゴロゴロ言っちゃうんだよなあ。母ちゃん、ずるいぞって思うんだけど、気持よくって。

それにしても、祖父ちゃんが早く帰ってきたときくらい、父ちゃんだって少しぐらい気をつければいいんだと思う。それなのに年がら年中、こうなる。下手すれば取っ組み合いでも始まりそうな勢いになることもあったぐらいだ。そんなときは決まって祖母ちゃんと母ちゃんとが二人の間に割って入った。

「家にいるときは、その話はやめようって、何度も話し合ったでしょう」

「そうだよ。大体もう全部、終わったことじゃないかね。あの話は終わったんだ。珠洲に原発は出来ない。だから何もかも、水に流せばいいじゃないか。一つ屋根の下に暮らしていながら、どうしていつまでも、いがみ合ってなきゃならないんだ」

祖母ちゃんは、目から出てくる水をエプロンで押さえながら声を震わせることもあった。すると「うるさい」「黙ってろ」と怒鳴り返すときだけ、祖父ちゃんと父ちゃんはぴったり息が合ってた。

「終わってなんか、いねえっ。『凍結』になっただけだっ」

「そうだっ。そんな生ぬるいことじゃあ、ダメだ。連中の言うことなんぞ、これっぽっちも信用出来るもんか。ここはしっかりと『断念』って言葉をもぎ取らなけりゃ、またいつ話が蒸し返されるか分からねえ」

「親父っ！」

「俺らの里山は、俺らが守らなきゃならねえんだっ」

　野太い声の怒鳴り合いを聞くたんびに、おらっちゃあ背中の毛が全部逆立つくらいに恐ろしくなって、結局は母ちゃんの膝の上から飛び降りると、仏壇の陰にでも布団の隙間にでも、びゅんっと潜り込んだものだ。

　祖父ちゃんと父ちゃんは本当の親子だ。けど、見た目は似てない。身体もでっかい上によく日焼けしてる祖父ちゃんは、家の中を歩くだけで床がどすんどすん揺れる。酔っ払って、喧嘩《けんか》になって、そのまんま寝に行っちまうときなんか、余計にどすんどすん歩くから、家全体がぐらぐらするくらいだ。

　すると、祖父ちゃんと比べて、ずっと小さくてひ弱に見える父ちゃんは、祖父ちゃんが寝静まった頃を見計らって、初めて「クソ親父が」って吐き捨てるんだ。

「息子の苦労なんて、これっぽっちも分かってねえ。ギリギリで持ちこたえてるだけなのに、本当に家が崩れてもいいのかよ。何回言っても、嫌みったらしい歩き方しやがって」

祖父ちゃんが寝ちまうと、あとは父ちゃんの独演会だ。最初のうちは「分かってるから」とか「後で母さんからもちゃんと言っておくよ」とか相づちを打ちながら相手をしてる祖母ちゃんも、そのうちに「よっこいしょ」と立ち上がっていっちゃうし、母ちゃんだってそそくさと台所に行っちまう。そうすると、父ちゃんの決まり文句の登場だ。

「誰のお蔭で飯が食えてると思ってるんだ」

どうやら、この家の父ちゃんは完全に家族から浮いている様子だった。独りになっても同じ台詞を繰り返してる父ちゃんの背中は何とも貧相で、おらっちから見ても淋《さび》しそうだった。

「この町は、変わんなきゃならなかったんだ。ただでさえどんどん寂れて、人だって減る一方だったところにきて、あの地震だ。いっそのこと、あの時もっと大きくぶっ壊れちまえば、国から補助金か何か出たかも知んねえし、話もまた違ってたんだろうに。

わずかばかりの田畑がある他は、こんな古くさい布団屋なんか続けてたって、とてもじゃねえが三人の子どもをまともに育ててなんか、いけやしねえんだって。すんなりと原発が来てくれてりゃあ、補償金だって出てたし、仕事だって増えてたはずなんだ。親父だって苦労して畑仕事にしがみつく必要なんかなくなって、もっと、ずっと楽な暮らしが出来てたはずなのに——何だ。聞いてるのはおまえだけか、バカ猫」

父ちゃんに何と呼ばれたって、おらっちゃあ平気だった。ただ、父ちゃんと祖父ちゃんが喧嘩するたびに出てくる「げんぱつ」っていうのは一体何なんだろうかって、それにはいつも首を傾《かし》げたくなったもんだ。

ところで、その頃おらっちに「大好物」が出来た。たまたま切れ端をもらったホウレンソウと焼き海苔《のり》が、もう好きで好きでたまらなくなったんだ。ホウレンソウは、そのピロピロした感じだ。青臭い匂いもいい。だが、それよりももっと、焼き海苔の匂いっていうヤツはたまらない。どこからともなくあの香ばしい匂いがしてきて、その上「ぱりっ」という音でも聞こえたら、おらっちはもう自然に、その音と匂いに向かって駆け出しちゃうくらいの大好物になった。

「面白い猫だねえ、ホウレンソウに目の色を変えるなんて」

「それも、おひたしなんだよ。生は見向きもしないの。焼き海苔なんてね、孫らのおむすび作ってる最中だけで、もう大変。にゃあにゃあ騒いでねえ」

斜向《はす》かいの魚屋のおばちゃんが、たまに祖母ちゃんのところに油を売りに来る。祖母ちゃんから、ホウレンソウをもらって机の上であぐあぐ食ってるおらっちを最初に見たときには「あれまあ」と驚いた顔をしたが、そのうちに、ときどき「ふくちゃんに」って、焼き海苔を一枚、持ってきてくれるようになった。

おらっちゃあ、どっちかってえと人見知りだ。だから、よそん家の人には近づかないんだが、焼き海苔の匂いには勝てないんだよなあ。おばちゃんが、ほんの小さくちぎった焼き海苔のかけらを差し出してくるだけで、もう、この鼻が、ふんふんふんふんって、匂いに引き寄せられていっちゃう。で、おばちゃんの指先から、ぱくっとひとかけら口に入れると、これが面白いことに、焼き海苔ってヤツは口の天井にひっつくんだ。口の中一杯に焼き海苔の匂いが広がって、舌でいじるとそこにあるのに、なかなかはがれない。それを、あぐあぐ、あぐあぐ、どうにかこうにか引っぺがそうとするおらっちを見て、おばちゃんも祖母ちゃんも笑った。

「こんな小さいもんでも、いじらしいねえ」

おばちゃん家の店先には、いつも洗濯ものみたいに干物が干されてて、くるくる回ってるし、鮮魚だって並んでる。だけど、おらっちゃあそれを旨そうだとも思わなければ、おばちゃんの目を盗んで失敬する気もない。だからおばちゃんも、おらっちによくしてくれたんだろうな。

「動物はいいよねえ。原発だなんだ、厄介《やっかい》なことも言わないし」

「それを根に持って、こんなに長く憎み合うことも、いがみ合うこともないもんねえ」

魚屋のおばちゃんは、「心は反対だけど推進派」だったんだそうだ。だけど、おばちゃんの息子たちはうちの父ちゃんと同じに「全面賛成派」だった。で、近くの蛸島《たこじま》って町の漁師たちには「反対派」が多かったもんで、それで魚の仕入れを取りやめたこともあったんだそうだ。

「何だって珠洲に目をつけたんだか。こんなに辺鄙《へんぴ》なところなら、皆がお金に目がくらんで、すぐに言うことを聞くとでも思ったのかねえ」

「確かに、大勢の人の心がお金でぶちこわしにされたもん」

同じ話を、おばちゃんと祖母ちゃんは、まるで初めてするみたいに、何度でも何度でも繰り返した。

「二十五年以上も振り回されてさ、生まれたときから反対だ賛成だって聞かされて大きくなった子らが、もう働いてるんだよ」

「まるで百年も前から敵だったみたいに、お互いに睨《にら》みあうことになっちゃって。こんなに小さな町なのに、未だにすれ違っても挨拶《あいさつ》一つしないんだからねえ」

「うちの孫だって、今でも親がどっちだったかっていう話になると、いじめられたり喧嘩になったりっていうのが、まだあるって」

「それはうちだって一緒。子どもの前では話さないようにって言ってるのに、お父さんと一宏《かずひろ》が、すぐに大声上げるもんだから」

祖母ちゃんたちがお喋《しゃべ》りしている間、もうこれ以上待っても、海苔はひとかけらももらえないと分かると、おらっちはしばらくの間は毛繕《けづくろ》いでもして暇つぶしをするが、そのうち机の上から飛び降りて、店の中をうろうろ探検する。本当はガラス戸の向こうに詰まってる、ふっかふかの羽毛布団の隙間に入ってみたいんだが、祖母ちゃんはなかなかそこを開けないんだ。

「でも、何だかんだ言って、あの頃は確かに活気があったよねえ」

「あったあった、何の苦労もしないでも、向こうから『使ってくれ』『使ってくれ』って、ジャブジャブもらえたお金だから、使う方だって気軽なもんだったんだよ。何せ最高級の羽毛布団が週に何枚も、それこそ飛ぶように売れたんだから」

「ここいらの寿司《すし》屋や仕出し屋だって、毎日のように宴会の予約が入ってたから、足りないネタが出てきたら、すぐにうちに駆けてきたもんだよ。うちだって、あの頃はお刺身の注文が多かったもんねえ」

「さんざん騒いで、飲んだ勢いでタクシー仕立てて、やれ七尾《ななお》だ金沢《かなざわ》だって行くんだもんねえ」

「あっちで水商売の女の人とイイ関係になったとかならないとか言って、どれだけ騒ぎになった家があったか」

「あったあった。女を連れてきちゃった家もあったじゃない？　ほら、隣町の」

「あれね！　とんだ修羅場だったたって言うよねえ。イイ男でも何でもないのに、あんな思いを一度でもしちゃったら、もう」

「ちょっとくらい気が変になる人が出てきたって不思議じゃなかった。結局、皆がみんな、お金に踊らされたんだよ」

祖父ちゃんや父ちゃんばかりでなく、おばちゃん家でも、いや、この辺はどこの家でも、みんなが「そういう思い」をしてきたらしいっていうことが、おらっちにもだんだん分かった。多絵ちゃんの兄ちゃんは、その頃はもう中学二年になっていたが、保育園のときからの幼なじみに「おまえの父ちゃんは腰くだけだ」って言われたって、大げんかして泣きながら帰ってきたこともあった。多絵ちゃんが、前に学校に行かなくなりかけたのも、そんな原因があったみたいだ。誰も彼もが、そんな経験をしているのかも知れない。

「グアムだハワイだって、さんざん行かせてもらって」

「キリコの収納庫まで作ってもらったときには、あれでもうダメだと思ったよねえ。これで、魂まで売ったって」

「だけど、それももう済んだことだよ、みんな過去になったじゃないの」

要するに「げんぱつ」は出来なかった。それなのに「げんぱつ」を作りたがっていた人たちと反対した人たちの間には、今になっても埋まらないほどの心の溝が出来ちまったっていうことらしかった。うちで言えば、祖父ちゃんと父ちゃんだ。

「ねえ、ふくちゃん。たくさん食べて大きくなって、家に福を持ってくるんだよ。家族みんなが笑い合って過ごせるようにね。頼んだよ、ねえ、ふくちゃん」

祖母ちゃんは時々、丸まって眠るおらっちの背を撫でながら、呟《つぶや》くように繰り返した。

3

多絵ちゃんの家に来て一年くらいの間に、おらっちなりにずい分と色んな経験をした。秋が終わる頃には病院に連れていかれてタマを取られちまったし、初めての雪が珍しくて外に出てる間に戸を閉められて、あんまり寒くて死ぬかと思った夜もあった。

だけどあとは大概、次から次へと面白い遊びを見つけては多絵ちゃんと遊んで、母ちゃんや祖母ちゃんに甘えて毎日が過ぎていった。

多絵ちゃんが小学校を卒業した次の日曜日、午前中のことだった。

母ちゃんから遅い朝飯をもらってる間に、父ちゃんと祖父ちゃんが、もう喧嘩を始めていた。朝早くから畑に出てた祖父ちゃんが一旦《いったん》戻ってきて、起きてきたばっかりの父ちゃんに、日曜なんだから畑仕事を手伝えって言ったんだ。すると父ちゃんがいきなり「何なんだようっ」と声を荒らげた。

「たまの日曜くらい休ませてくれよっ。先週だって多絵の卒業式で、俺は全然ゆっくり出来てねえんだから！」

「おまえは平日、会社で楽が出来るんだから構わんだろう」

「親父なんかに、俺の苦労が分かるっていうのかよっ！」

父ちゃんが怒鳴って、それに対して祖父ちゃんが「何だとっ」と声を上げた、そのときだった。耳や鼻や、この足の裏や尻尾やひげや、おらっちの全身のどこかが何かを感じるよりも先に、何とも言えない嫌な感じがびりびりっと全身に伝わってきた。

何だろうと思う間もなく、今度は地の底の方からごごごって、獣がうめくみたいに声が響いてきたんだ。逃げろ、襲われる！　と声を上げようとした次の瞬間だ。ど、ど、ど、と足の裏から何かが伝わってきた。そして、天地がひっくり返るみたいに、家中がごっとんごっとんって震え出した。

「地震！」

母ちゃんが声を上げた。

「でかいな」

父ちゃんが天井を見上げたとき、どーん、とひと際《きわ》大きく家が揺れて、べきべきべきってものすごい音がした。二階から、多絵ちゃんと多絵ちゃんの兄弟が揃《そろ》って転げ落ちるみたいに走ってきた。

「みんな、外に出るんだ！　早くっ」

祖父ちゃんが怒鳴り声を上げるのと、祖母ちゃんが「危ないっ」て悲鳴を上げるのが同時だった。おらっちが皆を見たのは、そのときが最後だ。どこに隠れたらいいのかも分からないまま、おらっちは上から落ちてくるものを避けて、とにかく駆け回った。ちょっと潜り込む場所を見つけたと思っても、そこにも何かが当たって大きな音を立てる。そのたびにおらっちは、そこを飛び出してまた駆け回った。もう、何が何だか分からなかった。こんなことが、世の中にあるのかっていうくらいに恐ろしい音が響いた。

商店街の道には、まるで黒い蛇がのたくったみたいなひび割れが走っていた。やっと雪が消えた道ばたには、他のものがばらばらとたくさん落ちていた。あちらこちらから土煙みたいなものが上がってるし、水の吹き上がってるところもあった。人間の、悲鳴だか怒鳴り声だか分からないものが、方々から聞こえていた。がっちゃん、がっちゃん、どどどどっ、と物が崩れる音がする。他の家の猫たちもたくさん飛び出してきて、散り散りばらばらに駆けていく。その中に、ガソリンスタンドのサンタ兄貴がいたのも確かに見た。可哀想《かわいそう》に、犬の中には庭先に鎖でつながれて、ひたすらワンワン鳴いてるヤツもいたっけ。

やっとのことで安全そうだと思ったトラックの下に潜り込むと、おらっちゃあどれくらいの間、ドキンドキン鳴ってる胸の音を耳の中で聞いてただろう。嗅いだことのない嫌な匂いが辺り一面に漂っていた。何が起きたんだか、まるっきり分からなかった。こういうときは、時間が流れていくのを、ただ待つより他ない。ひたすら身体を丸めて、息が静まるのを待とうとするんだが、少しするとまた揺れる。この地面が。信じられるか？　地面なんて、揺れるものか？

それが、二〇〇七年三月二十五日。後から能登半島地震って呼ばれることになった地震があった日だ。結局おらっちゃあ、あの日、多絵ちゃんも他の家族も見失って、それと一緒に「ふく」っていう名前も、なくしちゃった。

「十三年か、四年前かねえ、私がまだほんの娘っ子だった頃にも、同じような地震があったもんさ」

　その次の日だったか、多絵ちゃんたちを探して町をうろついてるうちに、偶然知り合った「つくね」っていう名前の婆《ばあ》さんキジ猫が話してくれた。

「今よりもっと寒い頃の、晩のことでさあ、あたしは店の隅っこにあった、石油ストーブの傍で丸まってたんだ。そうしたら、いきなりグラグラッと来た。棚の食器から鍋釜《なべかま》から、何もかもが飛び出してきて、ストーブに掛けてあった薬缶《やかん》もぶっ飛んだしねえ、もう大変な騒ぎになったんだ」

　つくね婆は、その頃は町の居酒屋に住み着いていたんだそうだ。その地震のとき、店ではカウンターに向かっていた客までが、椅子《いす》から転げ落ちたんだという。珠洲全体が大きな被害にあって、トンネルは天井が落ちてふさがっちゃうし、八幡様の鳥居までが折れたんだそうだ。

「あの時にも、ここいら辺りの家は相当にやられたよねえ。すっかり丸つぶれっていうのは、さほど多くはなかったが、半分崩れたり、壁に大きなひびが入ったり、傾いたりしてねえ。奇妙に浮き上がったようになった家も、いくつもあった。力のある家は、すぐに修理したり建て直すことも出来たけど、そうじゃない家は何も出来やしない。結局はだましだまし、何とか住み続けてきたもんだよねえ。原発が出来るとばっかり思い込んで、貯金から何から使い果たして贅沢《ぜいたく》な暮らしをしてる家だってあったし、その夢がなくなるって決まった以上、家にかけられる金なんて、どこを探したって、ありはしなかった」

その地震があった一九九三年当時は、町はまだ原発誘致で真っ二つに分かれてる最中だったそうだ。だから、推進派と反対派との中には、隣の家から怪我《けが》人が出て大変なことになってると知りながらも知らん顔する人もいたらしい。それで、町は余計に嫌な雰囲気になったんだと、つくね婆は話してくれた。

「うちでもよく聞くけど、げんぱつって、一体何なの」

「あたしだって本当のところは知らないのさ。だけど、聞いてるうちに分かってきたことはある」

つくね婆は目脂《めやに》のこびりついた目をわずかに細めて、それから大きなあくびを一つした。

「要するに、魔物だよ」

「魔物？」

「化け物って言ってもいいかも知れない。何しろ、人によっては『打ち出の小槌《こづち》』や『宝の山』に見えたり、『生きていく上で何より大切なもの』に見えたり、そうかと思えば『未来永劫《えいごう》、取り返しのつかない災いを呼ぶもの』に見えたりするそうだから」

「人によって見え方が違うの？」

「あたしが長いこと観察してるところでは、どうやらそんなものらしい」

ああ、だから父ちゃんみたいに欲しがる「推進派」と、祖父ちゃんみたいな「反対派」が出るのだと、おらっちも少し理解した。

「それに、原発には人間さまが何より好きな、アレがべったりこびりついてるからね」

「アレ？」

「お・あ・し。お金さ。あんた、言われたことはないのかね、『招き猫になれ』とか」

おらっちゃあ少し考えて、ひなたぼっこしてたトタンの屋根をすぐに一つ二つ尻尾で叩《たた》いて見せた。

「似たようなことはよく言われてるよ。何たって、おらっちの名前は『ふく』っていうんだ」

つくね婆はにやり、と口の半分だけで笑うような顔つきになって、後足で耳の後ろを掻く。年寄りらしい乾いた毛が、ぱらぱらと風に乗って飛んでいった。ふく。人間が猫に求めるものの、それが代表なんだそうだ。確かに祖母ちゃんは「福をつれておいで」ってよく言うが、おらっちの名前はもともと大福餅から来てるんだぞと、本当は説明してやりたかった。だけど、つくね婆はもう話すのに飽きたのか、ふらりと立ち上がると、挨拶もせずにそのまま行ってしまった。

一部が崩れたり、傾いたりしている家の隙間を歩いて、やっと家を見つけ出したときの、あの何とも言えない気分は今もおらっちの中にはっきりと残ってる。

家は、ぐっちゃり潰《つぶ》れてた。

おらっちも触らせてもらえなかった売り物の羽毛布団が、道路に飛び出して泥んこになってるのが、ものすごく悲しく見えた。家族が笑ったり泣いたり喧嘩したりしてた茶の間のテレビもひっくり返って、家具も食器も何もかもが、ただのひとかたまりのゴミになってたんだ。大好きだった祖母ちゃんの匂いも、母ちゃんの声も、何もかもが押しつぶされて、瓦礫《がれき》の山の中に閉じ込められたみたいだった。多絵ちゃんが、ついこの間まで使ってたランドセルが、ちらりと見えたような気がしたが、その傍まで行ってみても多絵ちゃんがいないことは間違いない。祖父ちゃんも、父ちゃんも、みんな、煙みたいにいなくなっちゃったんだ。

気がついたら、おらっちゃあ、独りぼっちになってた。

町を歩き回ってみると、おらっちの家だけでなく、とてもじゃないがもう住める状態じゃない家は他にもたくさんあった。普段はあんまり見かけない、厳《いか》めしい格好した人らが赤くてでっかい車からたくさん降りてくるところも見かけたし、色んなところに張り紙がされたり、急にサイレンの音が響いたり、また地面が揺れたりした。

おらっちゃあ日に何度も家に戻っては、相変わらずの風景にガッカリして、結局、ずっとそこにいるわけにもいかず、何か食い物を探しに歩いたり、少しでも暖かく眠れるところを探したりして、これまでとまるで違う毎日を過ごすようになったんだ。

4

それから今日まで、おらっちの名前はいくつにも増えていった。みぞれ。竜治。吹雪。ポンタっていうのもある。

そう。帰る家をなくしたおらっちは、あれからかれこれ十年近くもの間ずっと、いつもいつも何軒かの家をぐるぐると巡っては、それぞれの家で、べつべつの名前をつけられて暮らしてきたんだ。もとの家からそんなに離れてるとも思えないんだが、誰もがおらっちのことを「布団屋のふく」とは思わないんだよな。

　こっちだって気まぐれで上がり込んだ家だが、向こうも気まぐれで放っぽり出すこともあったし、やっと落ち着けるかと思ったら、そこの主人が年取って施設に入っちゃったり、病気で死んだりっていうこともあった。そのたびにおらっちは名前をなくして、また新しい「我が家」を探すために町をうろついたんだ。

　そうして、あちらこちらの家で過ごすようになって分かってきたことは、多絵ちゃんの家はあの地震で崩れて、家族全員どこかに越していったっていうことだ。もともと、つくね婆が覚えてるっていう、以前の大地震——それは能登半島沖地震って呼ばれてる——のとき、壁にヒビも入ったし土台も柱もずれて、本当ならすぐにでも建てかえる必要があったんだそうだ。だがそれを「まだ当分は大丈夫」って、直しもせずに住み続けていたんだと。道理で祖父ちゃんがどすどす歩いただけで、揺れたわけさ。ちっとも大丈夫なんかじゃなかったんだな。

「大方、役場か、またはどっかの電力会社かその辺りから、補償金だか見舞金だかが出るに違いないなんてそろばん弾《はじ》いてたんじゃないのかね」

　中でもおらっちを「雪乃丞《ゆきのじよう》」って名付けた家の人たちは、何が気に入らないんだか、そんな話ばっかりしてた。結局は、祖父ちゃんがドケチだからだとか、どうせそろそろ布団屋に見切りをつける気だったんだから、大して痛手なんてなかっただろうとか、言いたい放題だ。おらっちゃあ雪乃丞って呼ばれるのも好きじゃなかったし、あそこの飯は魚ばっかりだったから、じきに我慢出来なくなって、自然と近寄らなくなっちゃった。

ああ、帰る家がないっていうのは、こういうことかって、何度も何度も思うことがあった。それでも、取りあえず食うに困ることだけはなかった。いつでも何軒かの家を順繰りに回っては、それぞれに「うちの猫」だと思わせることには成功してたからな。仕方がない。「ふく」って呼ばれてた一年で、おらっちはすっかり人間と暮らす癖がついちゃってたし、第一、何ていってもタマを取られてたから、野良の連中に出くわしても、ケツの匂いを嗅がれただけで、もう相手にしてもらえなかったんだ。こっちにそのつもりがなくたって、オスの野良には「おらの縄張りを荒らしにきたのか」って喧嘩を売られるし、メスの野良には「あんたなんか」って小馬鹿《こばか》にした顔をされる。要するに、野良の世界じゃあ、生きてはいかれなかった。

そうやって過ごすうち、地震から二年くらい過ぎて、おらっちが生まれたっていう珠洲の駅舎が取り壊された。その次の年には、同じ場所に「道の駅すずなり」っていう建物が出来た。地震で大きな被害にあった家も、いつの間にかきれいに取り払われていって、新しい建物が出来たところもあるけど、空き地のまんま、町の虫食い痕《あと》みたいに残ったところもある。今、おらっちが多絵ちゃん一家を思い出しに寄る場所は、雑草が一杯生えてる、ただの細長い空き地だ。商店街の辺りだけでも、似たような空き地がずい分と増えて、気がつくと、町からはすっかり人が減っていた。

中には建物にヒビが入ったまま人が住んでいる家もあるし、空き家のまんまになってるところも結構ある。前は毎晩のように夜遅くまでカラオケが聞こえてたスナックも、今は看板も下ろされてピカピカだったウィンドウは埃《ほこり》まみれだ。そうして、時間だけが、音もなく過ぎていった。

「輪島《わじま》ほどの力があればねえ」

「向こうじゃ、観光客も少しずつ戻ってきたっていうよねえ」

角の和菓子屋のおばちゃんが、ときどき店の外で近所の人と立ち話してるのを聞いてると、あの地震では、珠洲だけでなくて輪島ってとこも相当に揺れたらしいってことが分かった。だけど、三年たち、五年が過ぎて、町は少しずつでも生まれ変わろうとしてるんだと。

「逆に家を建てかえて、町並みを昔みたいに揃えてさあ、きれいになった通りもあるって」

「それに比べて、珠洲はねえ。前の地震のときだって、周りからほとんど知らん顔されたっていうのに、やっと落ち着いたと思ったら、また揺れて」

町に残ってる人らは、口を揃えて「あの日のことは思い出したくない」って言う。その前の地震のことは、もっと思い出したくないんだそうだ。思い出せば自然と原発のことも引っ張り出されてきて、皆でいがみ合ってたときのことまで話に出るからってことらしい。今度の地震で、みんなは本当にまいっちまった。もう、いがみ合いしてる元気もないし、その相手も、町からいなくなったりしてるんだ。もちろん珠洲の中にだって元気なところはあるらしいが、少なくともこの商店街は、しょんぼりしてる。

「辛かったことは、忘れるに限る。何年前だったとか、いつのことだったとか、そんなこと言ってると、いつまでも抜け出せなくなるよ」

おらっちを「吹雪」って呼ぶ家の人は、そう言うことがあった。おらっちゃあ、そのたんびに「そんなものかな」と思った。だって、おらっちゃあ今だって、多絵ちゃんや母ちゃんや、皆に会いたくて仕方がないんだ。あれから何年が過ぎても、布団屋だったところが雑草だらけになって、そこに家があったことさえ分からなくなりそうでも、おらっちにとっちゃあ珠洲の駅舎より、あの布団屋こそが故郷だった。

ある夜のことだ。おらっちをポンタって呼ぶ「さなぎさん」っていう美容師さんのとこで、おらっちゃあカリカリの飯を食い、足をきれいに拭《ふ》いてもらって、それからブラッシングまでしてもらってた。

「どこで遊んでたの。何日も帰ってこないから、心配してたんだよ」

さなぎさんは、おらっちを寝かせて、ゆっくり、ゆっくりブラッシングをしてくれる。「ポンタって本当に、あの人みたい」

ブラッシングってヤツは気持がいい。おらっちがついつい、尻尾をぱったん、ぱったんさせてる間、さなぎさんは独りでぼそぼそ、ぼそぼそと喋り続けるんだ。

「ずるいよ。私は、いつも待ってることしか出来ないんだもん」

そうかな。おらっちゃあ、ずるいかな、なんて考えながら、つい喉を鳴らしてたときだった。ふいにアパートのドアがどんどん、と叩かれた。その途端、さなぎさんはブラシを放り出して玄関に突進した。おらっちもすかさず起き上がると、さなぎさんがドアを開けた瞬間、もう外に飛び出してた。分かってるんだ。さなぎさんが本当に待ってるのは「ポンタ」のおらっちじゃない。「ゆうくん」って男だ。ところが、このゆうくんってヤツが大の猫嫌いときてる。本人は「猫アレルギーなんだ」って威張ってたが、前におらっちと出くわしたときには、問答無用でおらっちにものを投げつけようとしてきた。それから一週間くらいは、さなぎさんのアパートに近づかなかったぐらいだ。

この家も、潮時かも分かんねえ。

気がつけば、おらっちだってもう十歳になろうっていう、つまり中高年猫だ。あんな人間の若造なんかになめられてたまるかって気持もあった。その夜、おらっちゃあ実に久しぶりに、多絵ちゃん家のあったところに行って、月明かりの下で、何とかして家族の匂いを探そうとした。だけど、桜も散って一斉に草が伸びてくるこの季節、青臭い匂いが、いつも以上に家族の匂いなんか消し去っちまってた。

この前来たときにはなかったのに、そこには一台の車が置かれてた。一体誰の許しを得て、おらっちと多絵ちゃんたちの場所に置いてるんだ？　なんて思わなくもなかったが、脚が夜露に濡《ぬ》れるよりはましだったから、おらっちゃあ車の屋根に上がって、お月さんの光を浴びながら過ごすことにした。いつ地回りの野良に見つかって、いちゃもんをつけられるか分からないと思うから、おらっちにとって野宿っていうのはなかなか神経が張る、疲れるものだ。そのせいかな、空が白んできてお陽さまが上ってきたと思ったら、安心してすとん、と眠ったらしい。

「ねえねえ、あれ！　あそこにいるの、ふくじゃない？」

遠くで声が聞こえたような気がした。せっかくいい気持で寝てるのに、誰が何を言ってるんだって、おらっちゃあ知らん顔を決め込んでた。

「まさか。もう生きてないでしょう」

「そんなことないよ。あの時、拾ってきてまだ一年くらいしかたってなかったんだから。生きてたって不思議じゃないし、第一、柄が同じだよ」

何をうるさいことを言ってるんだかな。一体どこのどいつがおらっちの眠りを妨げるんだ。

「ふく」

「ふく」

声がする。ふくって、何だったかな。どっかで聞いたことがあるけど、よく覚えてない。とにかく、これ以上、あの声の主が近づいてきたら、おらっちは嫌でも起き上がって、他の場所に移動することを考えなきゃならないと自分に言い聞かせてた。

「そうだ。ねえ、あれ、もらってこよう。お向かいのおばちゃんに」

「あれって？」

「あれ！」

それきり、辺りは静かになった。ああ、陽が昇ってくると、車の屋根そのものも温められて、何とも言えずに気持がいい。おらっちは薄目を開けて辺りに人がいなくなったことを確かめてから、大きく一つあくびをして、それから香箱を作り直した。背中と後頭部にお陽さまが当たって何とも言えない気持良さだ。こうして眠ったまま、もう何も分からなくなるのも、悪くないかも知れない。最近そんなことを考えることがある。やっぱり、おらっちも年をとってきたんだな。昔は周りに面白い連中が多かったのに、サンタ兄貴もつくね婆も、気がつけばみんないなくなった。そのうちに、おらっちも消える日がくる。今度、生まれてくるときはどこに生まれるのがいいんだろうなあ。

とろり、とろり、そんなことを考えていたら、遠くでカサカサと音がした。うん、と目を開けるよりも前に、ぱりん、ていう音。そして――。

この匂い！

忘れもしない、海苔、焼き海苔だ！

がばっと頭を起こした先に、女の人が二人、立ってた。そのうちの若い女の人が、キロキロ光る黒い目でこっちを見ながら、もう一度「ふく！」って言ったんだ。おらっちは返事をする代わりに、思わず尻尾で車の屋根を叩いてた。少し年をとった母ちゃんと、すっかりきれいになった多絵ちゃんが笑ってる。春の光の下に、ぽこんぽこん、おらっちの尻尾の音が響いた。春の陽を浴びながら、おらっちは多絵ちゃんと焼き海苔に向かって突進していった。

こころとかして

1

頭の中で、はばたく小鳥の姿ばかりを追いかけていた。木々の緑をかいくぐり、空の青さに向かってはばたく小鳥だ。

——尾羽根が長いんだ。頭にも冠のような羽根が生えている。輝く緑色の羽根だな。丸いつぶらな瞳《ひとみ》で、嘴《くちばし》は黒い。

さっきから誰かの声が聞こえてはいた。だが、それが自分を呼んでいる声だと気づくまで、ずいぶん時間がかかった。何気なく作業台から顔を上げたときに、難しい顔をしてこちらを見つめている主任の井上と目が合って、須藤広樹《すどうひろき》はようやく現実に戻り、同時に「何か」と口を開いた。

「また、ぼんやりして」

井上は、リューターが接続してあるモーターの載っている台越しに、半ば呆《あき》れた表情で、眉《まゆ》をひそめて広樹を見ている。

「何度も呼んだんだぞ」

広樹は曖昧《あいまい》に笑うと、取りあえず「すみません」と頭を下げた。せっかく思い描いた小鳥が飛び去っていく。やっとのことで美しい姿を描ききりそうになっていたのに、それは再び曖昧な姿にぼけていってしまった。

「そんな余裕が、あるわけ？　それで、ノルマはこなせるのかい」

考え事をしてる暇があったら、もう少し手を動かせというのが井上の口癖だった。

広樹は、またねちねちと回りくどい嫌味が始まるのかと、内心で溜息《ためいき》をつきながら俯《うつむ》いた。

「まあ、残業するのは須藤くんの勝手だし、仕事の出来はいいわけだからさ、僕がとやかく言うことでも、ないんだけどな」

だが、今夜の井上の口調は、途中から徐々に卑屈になってくる。ちらりと顔を上げると、彼は口の端だけで笑いながら、「なあ」と身を乗り出してきた。その瞬間に、広樹は何を言われるのかを察した。

「――今夜、なんだけどさ。須藤くん、何か用事、あるのかな？」

こういう言い方をするときには、どうせ自分の仕事を押しつけようという魂胆に違いないのだ。この、四十を二、三歳過ぎた主任は、特にこの一、二年、何かと理由をつけては、自分の仕事を広樹に押しつけようとする。他の連中の噂《うわさ》では、浮気でもしているらしいということだったが、広樹には興味はなかった。

「――今夜は――別に、ありませんけど」

「あ、そう？　何もない？　いやあ、そりゃあよかった。だったらさあ、非常に、というか、大変心苦しいんだけどねえ」

そして結局、それから十分後には、井上は満面に笑みを浮かべてそそくさと帰っていった。

「悪いね。お先に」

恐縮しきった顔は一瞬のことで、帰るときには、彼はそう言っただけだった。そして、広樹の手元には、本来ならば井上が今日中に片づけなければならなかったはずの、金冠《クラウン》のワックス型が一つ残された。

――まあ、歯医者はその方が喜ぶんだ。俺の作った歯の方が評判はいいんだから。

この技工所では、広樹は腕はいいが手は遅いと思われている。この仕事は数が勝負だというのに、いつまでたってもノルマもこなせず、収入も上がらない。その上、人から何か頼まれても、満足に断ることも出来ない。のろまなお人好《ひとよ》し。それが、井上をはじめとして、この技工所で働く連中の間での広樹の評判だった。

「好き勝手なこと、言ってりゃあいいさ」

実際には、広樹はそれほど手際《てぎわ》が悪いわけではない。むしろ本気を出せば、この技工所でいちばん仕事は早いと思っている。ただ、そんなことが周囲に分かれば、ノルマばかり増やされるに決まっているし、一人で技工所に残る理由が出来ないから、ぐずぐずとしているだけだった。

取引している歯科医院から送られてきた数々の補綴《ほてつ》物の型を元に、義歯や金冠、詰め物《インレー》などの補綴物を作る。それが歯科技工士である広樹の仕事だった。小さな物をこつこつと、根気よく作るのが、広樹の性には合っていた。

――だけど、俺は、いつまでもこんなところにくすぶっているような男じゃない。

誰かが見ていたら驚くに違いないスピードで自分の仕事を終えてしまうと、広樹は井上の残していったワックス型に手を伸ばした。金冠一つ作ることくらい、本当は、どうということもなかった。

まずは、歯科医院から運ばれてきたワックス製の型に湯口用の細長いワックスを取りつける。それをゴム製の台にセットした後、円筒状のフラスコをかぶせ、石膏《せっこう》を流し込む。振動によって脱泡させた石膏の中には、ワックスで出来ている歯型が埋まっていることになる。次に脱ロウ機でワックスを溶かし出すと、湯口からロウが流れ出て、石膏の中には歯型と同じ空洞が出来る。さらにフラスコごと焼成器にかければ、鋳型《いがた》が出来上がるというわけだ。そこに、今度は溶かした地金を圧力によって瞬間的に流し込む。

型は水に入れて急冷し、石膏を取り除く。鋳型から取り出した十八金のクラウンには、湯口用のスティック状の部分がついたままで、まだ輝いてもいない。ここまでの作業を終えてしまうと、残りは研磨だけだった。この、研磨の段階で手を抜くと、出来が悪いと言われてしまう。

――誰の口におさまるんだか。

広樹はちらりと時計を見ながら、皮肉な思いにとらわれた。顔も知らない人間のために、何と報われない仕事をしていることだろう、という気持ちになる。

まずは湯口用の部分を切り取り、目の粗い紙ヤスリから始めて、徐々に細かい目の紙ヤスリをかけていく。曇っていた金は、広樹の指先で徐々に輝きを持ち始める。プラチナや銀の場合には、紙ヤスリをかけた後は鋼鉄製のへらで強く擦《こす》れば、鏡面状の輝きが生まれるが、金は硬い上に粘りが少ない。だから、バフという車のワックスがけに使う道具を極めて小さくしたような形のものに研磨剤をつけて磨く。途中、摩擦によって金冠が熱を持つことがあるから、ときどき冷ましながら、丁寧に磨いていくのだ。それで、見事に輝く金冠の出来上がりだった。

「なかなか、いいじゃないか」

磨き終えた金冠を、近くから遠くから眺めながら、広樹は一つ溜息をついた。我ながら、惚《ほ》れ惚《ぼ》れする出来だと思う。

――だけど、見えないんじゃあな。使ってる本人だって、これの本当の価値なんか分からないんだ。

気がつくと、既に十時に近くなっていた。広樹は慌《あわ》てて立ち上がり、研磨によって出た金粉を丁寧にかき集めた。それに、湯口用に使った金も合わせて、一カ所にためておくのだ。特に金の場合は高価なものだから、技工所でそれが義務づけられている。だが、広樹がその金粉を集めるのは、こっそりと用意してある自分用のケースにだったた。その、ほんの少しの金を集めるために、広樹はなるべく残業するようにしていたのだった。その目的があるからこそ、井上の頼みにも応じている。それは、誰一人として知らないことだった。

2

萌美《もえみ》は、「そうそう、そんな感じね。丁寧に」などと言いながら、目を細めて広樹の手元を見ている。彼女からそう言われるとき、広樹はつい笑顔になった。既に午後十一時を回っていたが、この工房では、まだ数人が残って黙々と作業に取り組んでいた。十時過ぎに、やっと工房に着いた広樹は、石枠を作る作業を始めていた。

「俺、今度の給料でリューターを買おうかと思ってるんです。技工所に残って使うのも、限度があるから」

技工所では研磨するときだけに使用するリューターも、アクセサリーを作る仕事では、ワックス型を作るとき、紙ヤスリを使うとき、さらにバフをかけるときにも欠かせない。そのこともあるからこそ、広樹は遅くまで一人で技工所に残って、リューターを使っていた。

「スパチュラーは？　揃《そろ》ったの？」

「だいたい。ヤスリもだいぶ揃いました」

萌美は、満足気に頷《うなず》くと、「早く手に馴染《なじ》むようにすることね」と言った。

「ひと通り揃うまでは、お金がかかるわね」

他にも、ワックス用のヤスリや糸のこ、細かい仕上げには欠かせない、先が鋭利になっているキサゲ、線や溝を彫るためのケガキなど、自分専用に揃えなければならない道具は無数にある。このところ、広樹の給料は、それらの工具や練習用の銀の地金、ワックスなどに大半が費やされてしまっていた。

「あの、俺、デザイン画も描いてみたいんですけど、無理でしょうか」

今日一日、ずっと思い描いていた小鳥のことを思い出して、広樹は思いきって萌美を見た。

「出来れば自分でデザインして、一つ、作ってみたいんですけど」

萌美は、夜更《よふ》けにもかかわらず綺麗《きれい》に化粧した顔をわずかに傾《かし》げて「あら」と笑みを浮かべた。

「何を作るつもり？」

「あの――指輪、なんか」

「シルバーなら問題ないんじゃない？　キャスティングの方だったら、須藤くんの腕なら、もう十分に売り物になるくらいのものが作れるわ」

「いや――あの――金、で」

言いながら、つい顔が赤らむ。その表情を見て、萌美は「あら、あら」と、さらに悪戯《いたずら》っぽい笑顔になった。

「誰か、プレゼントしたい人でも、いるのかしら？」

「え――まあ――そんなところです」

半ば口ごもりながら頷くと、萌美はわずかに小首を傾げて「そう、金ね」と少し考える表情になる。

「まあ、ゴールドの方が素敵なことは確かですものね。誰かに贈りたいと思って作れば、心のこもった素敵な物が出来上がるわ」

萌美に言われると、俄然《がぜん》やる気が湧《わ》いてくる。広樹の頭の中では再び小鳥がはばたき始めた。

――彼女の指に、ぴったり合うように作るんだ。彼女の指の上ではばたいているように。

「ただ、今の技術じゃあ、ねえ。まだ大した物は出来ないわよ」

「あ――だから、あの、地金を手に入れてデザインが決まるまでに、もっと、腕を磨きますから」

広樹の言葉に、萌美は大人らしい落ち着いた笑顔でゆっくりと頷いた。

「頑張って彼女を喜ばせてあげないとね。いい目標が出来たわね」

広樹は思わず照れ笑いを浮かべてしまった。

この工房は、萌美が昼間の仕事とは別に持っているところだった。大きな貴金属店でデザイナーをしている彼女は、三十代の半ばといったところだと思う。ゆくゆくはジュエリー・デザイナーとして独立し、自分でデザインしたものを自分の名で売ることを目指している彼女は、若いスタッフを育てる必要があった。だから、自分が勤務する店から発注された商品を作る名目で、この工房を開いたのだという。彼女との出逢《であ》いが、広樹の運命を大きく変えたのだ。

「歯科技工士から、こっちの世界に移りたいっていう人は、結構多いらしいわね」

初めて萌美と会ったとき、彼女はゆったりと微笑《ほほえ》みながらそう切り出した。

「誰の口の中におさまるかも分からない歯の、それもパーツばっかり作るんです。ちゃんと作っても完成した感じがしないし、面白味なんか、ないですから」

広樹は憮然《ぶぜん》とした表情で、そういう答え方をしたと思う。毎日、代わりばえのしない仕事を続けるのに嫌気がさしていた頃だった。井上には利用されるばかりで、今以上の技術も習得出来そうにないから、せめて他の技工所に移ろうかと考えて、技術者向けの求人情報誌を買い、そこで、この工房を知ったのだった。「鋳造技術者《ちゆうぞう》」という文字と「創造性のある仕事です。あなたのデザインでジュエリーを作りませんか」

というコピーが広樹の心を動かした。

「考えてみれば、不思議なのよね。ジュエリーと入れ歯じゃあ、つながらないような気がするものね」

鋳造の技術そのものは、歯を作るのもアクセサリーを作るのも基本的には変わりはない。だが歯科技工士には、自分の作った義歯によって、食生活の不自由さや苦痛から解放される患者が数多くいるのだという自負があるとしても、作る喜びにはつながりにくく、仕事の手応《てごた》えは希薄で実感が伴わないと広樹は感じていた。結局のところ、患者の口の中を覗《のぞ》き、納まるべきところに補綴物を納める歯科医だけが、その喜びを感じているのに違いないのだ。患者は、歯科医には感謝しても技工士のことなどこれっぽっちも考えてはいない。その虚《むな》しさが、広樹の中で年々育っていた。

「今まで、アクセサリーや宝石に興味を持ったことは？　貴金属の類《たぐい》が好き？　自分も欲しいと思う？」

矢継ぎ早に質問された時、広樹は面食らい、口ごもった。正直なところ、アクセサリーに興味を持ったことなど、一度もなかったのだ。宝石のことも、ダイヤモンドやルビーくらいなら知っているという程度で、それも結局はただの石ころではないかと思ってきたと答えると、萌美は朗らかに笑いながら、「正直ね」と言った。

「でも、その方がいいのよ。高価な金属や石を扱うのに、そういう物にひどく執着するような人は、実は向いているようで向いていないと思うわ」

それから萌美は自分の考えを滔々《とうとう》と話し始めた。話すのが苦手な広樹は、初対面の相手に対しても物怖《ものお》じすることなく、すらすらと淀《よど》みなく話す彼女を、ただ感心して眺めていた。

「私は、ただ美しい物が好きなだけ。だけど、必要以上の価値は見出《みいだ》さない。だからこそ、どんなに美しい石を目の前にしても、執着はしないわ。私に欲があるとしたら、それは、より美しいデザインを考えることね」

広樹は、萌美のエネルギーを正面から感じ、彼女にすっかり心酔した。あれから二年が過ぎている。今年で二十八になる広樹は、この二年間、仕事の合間を見ては工房に通い、まず自分の技術を生かしてキャスティングの手伝いから始めることになった。現在の仕事をすぐにやめても、広樹の技術ではまだまだ通用しないし、萌美の工房でも、それほどの給料は支払えない。だから、アルバイトという形で、少しずつ技術を習得する方法をすすめてくれたのが萌美だった。クラフトマンとして一人前になったところで技工所をやめる、そしてそれ以降は、プロのクラフトマンとして生きていく、それが、今の広樹の夢だった。

その日も終電に近い時刻まで、広樹は萌美や他の仲間と共に工房で作業をした。

「来年の今頃には、うちの正式なスタッフになってくれてるといいわね」

帰りしなに、萌美は広樹に言った。意外な言葉に、広樹は一瞬返事も出来ずに彼女を見た。

「今はこの景気だし、時期が悪いから、私も派手には動くまいと思っているけど、来年、須藤くんが完全にうちに来てくれたら、それから、私も独立の準備に入るつもりでいるのよ」

「本当ですか」

「だから、あと一年、頑張って。今が我慢のしどころよ」

アクセサリーを作るには、大きく分けて二つの方法がある。一つは、歯科技工士と同様に、ワックスで原型を作るロストワックスキャスティングという方法。そして、直接メタルから加工していく方法だ。仕事でワックスを扱い慣れている広樹は、研磨の技術も半ば持っていたから、主にメタルの加工の技術を習得する必要があった。メタルを切る、削る、叩《たた》く――それらの作業に慣れなければ、一人前のクラフトマン、いわゆる飾り職人にはなれない。また、アクセサリーに欠かせない石を留める方法や、テクスチャーと呼ばれる、質感の出し方など、覚えなければならない技術は工具の数と共に多かった。

「その、彼女にプレゼントする指輪ね、デザインが出来たら、持ってきてごらんなさいな。見てあげるから」

こんな時間になっても疲れた顔も見せず、萌美は自信に満ちた笑顔で言ってくれる。広樹は、ボスと呼ぶには若くて華麗な彼女を、まるで姉のように感じていた。

「前にも言ったけど、普段から、どんどんスケッチをためておくといいわ。それが、自分の心の中で色々な形に変化していくのを楽しむのよ」

「あ――はい。やって、ます」

「一つの物でも、色々な角度から見るようにね」

最後にそんなアドバイスまで受けて、広樹は深々と礼をして工房を後にした。バツイチだという萌美はいつもの通り、これからデザインを始めるのだと言って一人で残った。

――すげえエネルギーだよな。

自分も精一杯に頑張っているつもりではある。だが、一日中根を詰めて仕事をしてこの時間になれば、さすがに肩も凝り、全身が疲れていた。もう、ほとんど残っていない一日のエネルギーをふり絞るようにして、広樹は駅までの道を急いだ。あと一つ、大切な用事を済ませなければ、安心して眠ることは出来なかった。

3

ウェイトレス姿の涼子は、いつもの笑顔でそっと水を置く。

「今夜も、遅かったんですね」

広樹は、差し出されたメニューを習慣的にぱらぱらとめくりながら、小さく頷いて見せた。三日に上げずに見ている顔なのに、どうも緊張してしまって、やはり満足な受け答えも出来ない。

「デザイナーのお仕事って、大変なんですねえ」

おしぼりを差し出しながら、涼子の方はすっかり慣れた口調で、広樹の顔を覗き込んでくる。そう言われると、広樹はまだ強《こわ》ばったままの顔を歪《ゆが》めるようにして、ぎこちない笑顔を作り、「まあ、ね」と答えるのがやっとだった。

「デザイン、だけじゃなくて、何から何まで、だから」

「今は、どんなものを作っているんですか？」

「ああ――トパーズの、指輪」

「トパーズかあ、素敵ですよねえ。高価なものなんでしょうねえ」

「そう、だね」

涼子は、片手に客からの注文をインプットする機械を握りしめたまま、尊敬のこもった温かい眼差《まなざ》しを向けてくれる。その瞳に逢いたくて、彼女の笑顔を見たいばかりに、広樹はこの数カ月というもの、週に三回は、このファミリー・レストランで遅い夕食をとることにしていた。

注文を取ると、彼女は愛想良く「お待ちください」と言って、広樹から離れていく。その後ろ姿を眺めるだけで、疲れは癒《いや》された。

——あの娘《こ》の指を飾るんだ。俺の指輪で。

広樹の暮らす街では、このファミリー・レストラン以外に遅くまで営業している店は、ほとんどない。萌美の工房に寄る日は、いつも帰りが十二時を過ぎてしまうのだが、コンビニの弁当ばかりでは、あまりにも味気ない。たまにはレストランで、目につく様々な物をスケッチしながら食事をとるのも面白いと考えて、あるときから広樹はこの店で夕食をとるようになった。薄いコーヒーを何杯も飲みながら、コーヒーカップやスプーンから始まって、他の客の持ち物やその顔まで、色々な物をスケッチするのは、深夜の楽しみになった。

「イラストレーターか何か、ですか」

あるとき、コーヒーのお代わりを持ってきたウェイトレスが声をかけてきた。自分の存在など、誰も気に留めていないと思っていた広樹は、その言葉にぎょっとなって顔を上げた。そして、そこに涼しげな切れ長の瞳を認めた。彼女の胸元のネーム・プレートから「岩崎涼子」という名前を知ったときには、何とぴったりくる名前なのだろうと思ったものだ。

「いつも、スケッチブックを持ってるから。漫画家？　それとも、絵描きさん、とか？」

若い女性と話し慣れていない広樹は、オレンジ色のユニフォームに身を包み、瞳を輝かせている娘に向かって、何と答えればいいのかも分からなかった。それに、レストランのウェイトレスに、わざわざ細かい説明をするのも面倒だったから、つい宝飾デザイナーだと答えてしまった。以来、広樹は本当のことを言う機会を逸してしまっている。

「もう少ししたら、すいてくると思うんですけど、今日はちょっと、うるさいですよね」

やがて、注文した料理を運んできた涼子は相変わらずの笑顔で話しかけてきた。他に客がいないときならば、彼女は広樹の傍に立ったまま、あれこれと話をする。

「さっきまでねえ、中学生くらいの、ツッパリの子どもたちがいたんですよ。もっとうるさくて、大変だったの」

「ああ、そう」

本当は、もっと気の利《き》いた受け答えが出来ればと思うのに、広樹は、ただ頷くのが精一杯だった。

「平気な顔して煙草《たばこ》吸ってて、お酒くさいんですよね」

「ああ、ふうん」

他の女ならば、とっくに退屈してしまうはずなのに、涼子は広樹の愛想のなさなど一向に気にならない様子だった。

やがて、料理も食べ終わり、コーヒーを飲んでいると、涼子は再び足早に近づいてきて、こっそりとケーキを差し出してくれた。酒の飲めない広樹にとって、疲れているときのケーキほど旨《うま》く感じるものはない。

「今、チーフがいないから、その間に」

広樹は、自分の斜め前に立ち、にっこりと笑っている涼子に軽く頭を下げると、おずおずとフォークに手を伸ばした。

「ねえ、トパーズの指輪って、どんなデザインですか？」

「どんなって――」

「須藤さんがデザインしたんでしょう？」

「ああ、まあね」

彼女は、明らかに広樹に好意を抱いている。そして、広樹の世界――正確に言えば、これから入ろうとしている世界――に興味を持ち、理解しようとしてくれる。だからこそ、こんなサービスをしてくれるのだと、最近の広樹は彼女と話す度に、その確信を深めていた。

「ペアーシェイプカットって、分かるかな。こう――涙型っていうか」

いつも鞄《かばん》に入れている小さめのスケッチブックを取り出すと、広樹は2Hの鉛筆で細い線を引き始めた。カットされた宝石の絵を描くのは、実は案外難しい。カットの仕方をきちんと把握していないと、まるで実感の湧かない絵になってしまうからだ。広樹が内心で冷や冷やしながらドロップ型の宝石の絵を簡単に描くと、涼子は上体をわずかに傾けて広樹の手元を覗き込み「ああ、ああ」と頷いた。

「その――カットしてあるトパーズの、大きさが違うものを、こういうふうに組み合わせて、アリをイメージしてあるんだけど」

「なるほどぉ」

「台はゴールドでね」

それは、萌美がデザインして、今、他の仲間が作っている指輪だった。金属と金属とをつける、いわゆるロウづけや、仕上げに様々な風合いを生み出すテクスチャーのつけ方などが、広樹はまだ熟達しているとは言い難い。金属を打ったり切ったりするときに使用するタガネの使い方などにも、完全に慣れているとはいえない部分があるから、デザイン性の高い、大きな石を使うような作品は、まだ作らせてもらえないのだ。だが、何も知らない涼子は、熱心に広樹の説明を聞いている。その横顔を見上げるだけで、広樹は息苦しさを覚えた。

「ねえ――」

喉元《のどもと》まで迫《せ》り上がってきそうな心臓を幾度も飲み下しながら、やっとのことで声を出すと、涼子は涼やかな目元で「はい？」と言った。

「今度の休み、なんだけど――どこかに、スケッチにでも行こうかと思ってるんだ」

「スケッチ、ですか」

「あの――よかったら、一緒に、行かないかなあと、思って」

ついに言ってしまった。手のひらにぐっしょりと汗をかきながら、広樹は自分が一体どんな顔をしているのかも分からなかった。

「緑が、綺麗な頃だしさ――ああ、俺たちって、どこにデザインのヒントがあるか分からないから、暇があったら、スケッチなんかに出かけることって、結構多くて、だから、出来たら、今度の休みに、ああ、勿論《もちろん》、天気が良かったらっていう話なんだけど、そんなに遠くなくても――」

「お休みって、土日、ですか？」

ふいに言葉を遮られて、そこで初めて広樹は自分が喋《しゃべ》りすぎたと感じた。急いで、「そう、土日」と答えると、だが、涼子は悲しそうな顔になって、「ごめんなさい」と呟《つぶや》いた。

「どっちも、アルバイトなんです」

「ああ、ああ？　アルバイト？」

「私、土日はイベントのアルバイト、してるんですよ」

涼子は少しばかり諦《あきら》めたような笑みを浮かべると、「行きたいなあ、スケッチ」と呟いた。広樹の胸は、また締めつけられるような感じがした。

「広い、空気のいいところで、お弁当なんか食べたら、気持ちいいですよねえ」

頭に血が上ってしまっていて、彼女の言葉が頭の中でわんわんと響く。だが、とにかく断られていることだけは、分かった。

「バイトなら、仕方がないよ」

「いつもいつもっていうわけじゃ、ないんですけどねえ。今度の土日は、ダメだわ」

広樹は冷めかけたコーヒーをがぶりと飲みながら、「うん、うん」と細かく何度も頷いた。

「役者なんか目指しちゃったもんですから、なかなか、食べていくのも大変で。須藤さんがデザインするようなアクセサリーなんて、夢のまた夢——」

またもや店の入り口のチャイムが鳴った。彼女は、振り返る前から「いらっしゃいませ」と言いながら、入り口に現れた新しい客の方へ歩いて行ってしまった。広樹は、ユニフォームのスカートから出ている涼子のすらりとした足を眺めながら、ほうっと溜息をついた。

——彼女は、精一杯に頑張ってるんだ。東京で、一人で、女優を目指してるんだもんな。

だからこそ、あんなに輝いて見えるのだろう。そう考えると、広樹の中で新たな感動が広がっていく。あんなに健気《けなげ》な娘など、そういるものではないと思う。

「今度、また誘うから。あの、天気のいいときにでも」

「あ、ぜひ。待ってますから」

　午前二時を回った頃、ようやくレジに立つと、涼子はにっこりと笑いながら「本当にすみません」と繰り返した。釣り銭を受け取るとき、彼女の手を見ながら、広樹は彼女の指のサイズを考えていた。

　――その指を、飾ってあげる。俺が作った金の指輪で。薄っぺらなものじゃなくて、たっぷりと十八金を使って。

　アパートへの帰り道、広樹は再び小鳥を思い描いていた。だが、何度も大きなあくびが出て、考えは一向にまとまらなかった。涼子の顔を見たことで、ようやく一日が終わった気分になる。腰から背中、肩にかけて、がっくりと疲れがのしかかってくるようだ。初夏の空気を吸い込みながら、さんざんあくびをして、彼女が一緒に行けないのなら、今度の休みは一日中、寝て過ごすことにしようと決め、広樹はのろのろと狭いアパートへ戻った。

4

　歯科技工士の業界にも不況の波は押し寄せてきている。それが、広樹にも影響を及ぼしつつあった。

　一つには、大規模に経営している技工所が工賃のダンピングに踏み切り、小規模な技工所はさらに工賃を下げる必要に迫られ、その結果、技工士たちに課せられているノルマが増えたということだ。数多くの仕事をこなさなければ、以前と変わらない収入を得ることが徐々に難しくなってきている。

「これ以上、ノルマがきつくなったら、もうやってられないよなあ」

　井上は、ことあるごとに、ねちねちと文句を言うようになっていた。そして、手の遅い人間がいると、自分たちのところにもしわ寄せが来るなどと、暗に広樹を責めるようなことも言う。

　さらに、二つめのしわ寄せは、義歯や金冠に金を使う人が減ったということだ。研磨するときに出る、ほんのわずかずつの金粉と、湯口用の金を、人目を忍んでこつこつとため続けている広樹にとって、これは重大な問題だった。

　――このままじゃあ、いつまでたっても指輪なんか、出来やしねえな。

　彼女に指輪を贈ろうと決めてから、早くも一年近くが過ぎようとしていた。初めて涼子をスケッチに誘ってからも、夏が来て秋になり、もう半年以上が過ぎている。その間にも、広樹は何度か勇気をふり絞って涼子を誘ったが、その都度アルバイトが入

って いて断られた。結局のところ、広樹の日常には何の変化もない。そのことに時折、ふと焦《あせ》りを感じることもあった。

だが、広樹は確信していた。そのときが来たら、すべては急転直下に動き出す。涼子に指輪を贈るときには、自分は技工所をやめて、工房に移ることになるだろう。いや、そうでなければならない。宝飾デザイナーなどと名乗ってしまった以上、そうでなければ大嘘《おおうそ》つきということになってしまう。

――そして、指輪と一緒に気持ちを伝えるんだ。

心を込めて作り上げた、世界に一つだけの指輪を見れば、涼子ならばたとえ広樹が何も言わなくても、広樹の心を分かってくれるに違いない。この半年程の間に、デザイン画も描きためて、シルバーを使ってかなりの試作もこなしてきている。そう考えると、あとは最終的なデザインを選び出し、実作に移るだけだということに気づく。それなのに、こうも金がたまらなくては、話にならなかった。

――だけど、金の地金を買い込むほどの余裕は、今の俺にはない。何とか、ならないか。毎日、こんなに金に囲まれていながら、指輪一個分くらいの金を、どうにかすることは出来ないだろうか。

「あのう、須藤くんさあ、聞こえてる？」

あれこれと思いを巡らしていて、また井上に呼ばれていることに気づかなかった。

「実は今日、女房のおふくろがね、上京してくるんだよ。それで、あの、悪いんだけどさあ」

井上は相変わらず人を小馬鹿《こばか》にした笑みを浮かべて身を乗り出してくる。

「――奥さんのお母さんて、足の具合はどうなんですか」

広樹の言葉に、井上は一瞬ぎょっとした顔になり、「え」と言葉を詰まらせる。確か半年ほど前、井上は、妻の母親が骨折したからという理由で、広樹に仕事を押しつけたことがある。

「ああ、ああ、足ね。お陰さんでね、もうすっかり、いいんだ。それで、久しぶりにね、上京してくるわけ」

井上はすっかり慌てた口調で早口にまくしたて始めた。広樹は、つまらないことを言ってしまったことを後悔した。聞かなければならない言い訳を増やしただけのことだった。

「ほら、ノルマがきつくなってきてるだろう？　だから、前みたいに気軽に須藤くんに頼めないっていうのは、僕も分かってるんだけどさあ、女房のおふくろ、十年ぶりなんだよ、上京してくるの」

このところ、目に見えて髪が減ってきている井上は、脂《あぶら》ぎった顔に、いかにも卑屈な笑みを浮かべて広樹を見ている。広樹は、しばらくむっつりと黙り込んでいた。

「ねえ、須藤くん。聞こえてるでしょう？　何とかさあ、頼めない？」

狭くて息苦しくなりそうな作業室をぐるりと見回しながら、わずかばかりの金粉を集めるために、こんなに不愉快な思いをするのも、そろそろ限界かも知れないと考えたとき、金庫の脇《わき》の棚に目がとまった。どうして今まで、こんなに簡単なことを忘れていたのだろう。

「いつもみたいにさあ、うんって言ってくれないかなあ。ねえ、須藤くん」

「——いい、ですけど」

出来るだけ勿体《もったい》をつけて、渋々引き受けるのだという表情を作ると、井上は脂ぎった顔をぐにゃりと歪めて「恩に着るよ」と広樹を拝む真似《まね》をした。

——動き出すんだ、これで。

鼓動が速まっているのが分かる。広樹は黙々と仕事をするふりをしながら、またも小鳥を思っていた。

その夜、午後十時を回ったところで、広樹はようやく一人になることが出来た。最後まで残っていた技工士が、首を回しながら「お先に」と消えた後、作業室には静寂が満ちた。広樹はしばらくの間、周囲の気配を探り続けた。絶対に誰も戻ってこないと感じられるまで、自分の気配すら消すつもりで、ひたすら一点を見つめていた。五分、十分と時が流れる。エアコンの風がわずかに流れるのを感じながら、広樹はようやく立ち上がった。

誰もいないと分かっていながら、無意識に足音を忍ばせて、作業室の片隅に近づく。金庫の脇の棚に置かれた、小さな引き出しの中に、それはいかにも無造作にしまわれていた。

「――やっぱりな」

各歯科医院から回収されてきた、患者から取り外した、リサイクルさせるための義歯、金冠などが、一つの箱にひとまとめにして入れられているのだ。それらは、年月を経ている物もあり、長年の使用に耐えた結果、とても美しいとは言い難くなっている物もあった。広樹たちが作り上げた、鏡のように輝いている新品とはまるで異なる、人間の匂《にお》いがしみついているような物ばかりがごろごろと転がっているところは、見ていてそう気持ちの良いものではない。

――数も数えてなけりゃ、確認もとってないんだもんな。

患者は自分から取り外された金が、そのまま鋳造され直して自分の元へ戻ってくると思っているかも知れない。だが、回収された金は、分析屋という専門の業者に渡され、すべて溶かしてしまうのだから、元々が誰の物かなど、分かるはずもないのだった。要は、何グラムの金を持ち込んだかという記録が残っているだけのことだ。

「これで、作れる」

広樹は、大きめの奥歯に被《かぶ》せていたらしい金冠の一つをそっとつまみ上げた。やはり、誰かの匂いがしみついているような気がする。だが、溶かしてしまうのだ、生まれ変わるのだと思えば、気味悪がる必要もなかった。

――だけど、あんまりでかいと目立つかな。やっぱり、少しずつの方が、いいか。

新しく作るときに使用する地金などは、すべて金庫にしまわれて厳重に管理されている。だが、歯科医院から回収されてきた金は、どうせ分析屋に出すという気持ちがあるからだろう、その扱いは、かなりいい加減であることを、広樹は迂闊《うかつ》にも忘れていた。これならば、詰め物の一つや二つを抜きとったところで、誰も気づかないことは確実だった。

――少しずつで、いいんだ。それでも、粉を集めるより、ずっと早いんだから。

鼓動がますます速まっている。いよいよ、動き出すときが来たのだという気がしてならなかった。これで涼子へ贈る指輪を作るまで、秒読み段階に入ったことは確かだった。

結局、少し大きめの詰め物を三つだけ抜き取ると、広樹はそれを、自分がこれまでこつこつとためてきた金粉や湯口が入っているケースに落とした。このところ、少しばかり失われつつあった緊張感がいっぺんに戻ってきた気分だった。

5

翌週、広樹はそれまで描きためてきたデザイン画のすべてを萌美に見せた。萌美は「こんなに描いてたの」と驚いた顔になり、それからぱらぱらとスケッチブックをめくり始めた。ようやく、ここまでこぎ着けた。地金の方も目処《めど》がついたし、デザインも、それなりに納得のいくものが描けた。広樹はひたすら緊張し、何度も深呼吸をしながら、萌美の前に立っていた。

「それで？　あなたが好きな人に贈りたいって思うのは、どのデザインなの」

広樹は緊張しながら萌美の手にあるスケッチブックをめくり、何度も何度も描き直したデザイン画を探し出した。

「へえ――鳥、ねえ」

萌美は、眉間《みけん》に微《かす》かな皺《しわ》を寄せ、難しい表情でデザイン画に見入っている。そして、小首を傾げたままの姿勢で「ふうん」と言った。

「まあ、商品にするわけじゃないんだから、須藤くんがいいと思うデザインでいいんだけど。指輪にしては、ちょっとうるさい感じがしなくもないわねえ」

広樹は顔がかっと熱くなるのを感じた。

「あ——でも」

萌美はちらりとこちらを見、再び溜息《ためいき》をつく。

「これじゃあ、身につけていて、服やあちこちにひっかかるんじゃない？」

「でも、でも、俺、色々と考えたんです。あの、鳥が飛び立とうとしてるところがいいか、今、そこに舞い降りたところがいいか、それとも、あの、小枝の間を飛び移ってるみたいな——」

最初は、ただの小鳥で良いと思っていた。だが、イメージを膨らませるうちに、そして、涼子の姿を思い描くうちに、未来に向かってはばたこうとしている姿にしたくなった。

「ブローチならいいと思うけど——指輪じゃねえ」

「あ——でも、俺は、指輪にしたくて」

「個人的なプレゼントなんだから、要は気持ちの問題では、あるんだけどねえ」

そう言うと、萌美は何かを考える表情になり、わずかに口を尖《とが》らせたままで、黙りこんでしまった。広樹は、冷や汗が出そうな気分で、彼女が口を開いてくれるのをひたすら待った。

「まあ、練習も兼ねて作るんだしね、あなたがいいと思ったデザインを、実際に形にしてみることは大切だから。まだ素人《しろうと》の域は出ないけど、それは当たり前のことなんだし」

やがて、萌美はようやくいつもの笑みを浮かべてくれた。そして「やってみれば」と言った。そのひと言に、広樹はようやく息を吐き出すことが出来た。胸が高鳴っている。にわかに全身に力が漲《みなぎ》るのが感じられた。

「あの、俺、他にも色々とデザインしてみたんです。出来れば、あの、アドバイスっていうか――」

つい調子に乗って言うと、萌美はスケッチブックをぱらぱらとめくり、「そうね」と頷く。何カ月もかけて描きためたデザインが広樹の目の前で齣《こま》落しのように現れては消えた。

「見てあげたいけど。今は、ちょっと無理だわねえ」

「だったら、それ、置いていきます。あの、急がないんで。暇なときにでも、見てもらえないでしょうか」

既に、この工房に通い始めて三年の月日が流れていた。その間に、広樹はワックスの扱いも、メタルの扱いにも慣れたつもりだった。今は、萌美の描いたデザイン画を見て、イメージと違わない作品を作り上げる自信もついてきている。勿論、そうなったからといって、すぐにデザインをするなどということが生意気なことは分かっている。ただ、ここまで努力しているのだということを、分かって欲しかった。

「じゃあ、分かったわ。暇を見つけてね」

萌美は、少し考える顔をしたあとで、柔らかい笑みを浮かべて頷いた。広樹は、思わず弾むように頭を下げると、足早に自分の作業台に戻った。今ではテクスチャーを表現するためのタガネも種類が増え、すべて自分用に整形した上に、焼きを入れて作ってある。打つためのタガネも切るための物も、もうずいぶん色々な種類を持つに至っていた。

――さあ、これで動き出す。早く、技工所をやめろって言ってくれよ。金が集まれば、もうあそこには用はないんだから。

抑えようとしても心がはやる。広樹は鼻歌でも歌いたい気分で、萌美自身がデザインしたブローチの制作にとりかかった。今度の春に萌美の店で開かれる展示会向けの、いつもよりも豪華な作品だった。デザイン通りに作りながら、自分ならば、こんな工夫をするのに、同じメレダイヤを使うのでも、違う工夫をするのに、などと考えながら、広樹は少しの間、小鳥のことを忘れた。

「何だか、最近疲れてませんか？」

レストランに行く度に、涼子が心配そうな顔をするようになったのは、それからさらに一、二カ月後のことだ。使い古しの金冠や詰め物は、二週間に一つか二つの割合で抜き取り、その頃になってようやく分析屋に出すことが出来た。だから、広樹はいよいよ彼女へ贈る指輪の制作にとりかかり始めていた。

「忙しすぎるんじゃないんですか？　目が真っ赤だし」

「あんまり——寝てないんだ」

君のために、寝る時間も削っている。アパートに帰ってまで、ずっとワックスをいじってるんだ。けれど、それがまるで苦にならないのは、君を思っているせいだと、広樹は口に出して言いたかった。だが、何も知らないままで、「病気にならないでくださいね」などと心配そうな顔をする涼子を見ると、結局は何も言えなくなってしまう。

「世の中はこんなに不況なのに、宝石のデザイナーさんて、そんなに忙しいものなんですか」

「春の展示会に向けて、今からデザインを出さないと、間に合わないんでね」

萌美からの受け売りを言っただけで、涼子は心の底から感心したように「大変ですねえ」などと頷いている。そして、やはり店の人の目を盗んで、そっと甘いものを出してくれた。

「私なんか、他のアルバイトをしたいと思うけど、それすら簡単に見つからないんですよ。ときどき、女優なんか目指すの、諦めようかなあとも思うけど、今は就職だって出来ないでしょう？　須藤さんみたいに忙しいなんて、羨《うらや》ましいわ」

溜息混じりに話す涼子も、そういえば心なしか憂鬱《ゆううつ》そうに見える。本当は「どうかしたの」と尋ねたかったが、広樹にはそれすら口にすることが出来なかった。

「嫌になっちゃいますよねえ、何をするにもお金がかかる世の中で」

ふいに、涼子らしくもない所帯じみた言い方をして、彼女は諦めたように笑った。

広樹は、黙ってコーヒーを飲みながら、彼女が思いきり笑うところを見たいと思った。そのためならば、多少の睡眠不足など、どうということもなかった。

——彼女の指を飾る小鳥は、彼女の未来を予言するものだ。そして、俺の未来も、一緒にはばたく。指輪が完成したら、俺は技工所をやめるんだから。

そして、自分は本当の宝飾デザイナーを目指す。最近では、広樹は密《ひそ》かに萌美をライバルにさえ見なし始めていた。作業に慣れてくるにつれ、彼女のデザインに不満が募ってくるのだ。自分でデザインしたものを、きちんとした商品にしたい。いつか、そうなるための第一歩が、もうすぐ始まろうとしていた。

「まあ、人生なんか何とかなりますよね」

無理に明るい顔で笑おうとする涼子をちらりと眺めながら、やはり広樹は無言で頷いただけだった。何とかなる。何とかする。ついでに、彼女の未来までも何とか出来るようになりたい。それが、広樹の夢だった。

6

「こんなに素敵なものを——」

言葉すら失った様子の涼子の前で、広樹は照れくささと不安とで、視線を定めることも出来なかった。ただ、涼子の手のひらにのった指輪だけを見つめていた。広樹の頭の中ではばたき続けていた小鳥が、今、ようやく本来の持ち主の指にとまろうとしている。

「これ――金、ですよね」

「十八金」

「――ずっしりしてる。重いわ」

「たっぷり、使ったから」

涼子が深々と溜息をつくのが分かった。おそるおそる指輪から視線を移動させると、涼子は目を精一杯に見開いて、ひたすら指輪に見入っている。その瞳《ひとみ》から彼女の気持ちを読み取りたくて、広樹は今度は懸命になって彼女を見つめた。涼子は息を呑《の》んだような表情のままでただ黙っている。

――当惑？　迷惑か？　早まったことを、したんだろうか。

「あの――」

ふいに彼女が顔を上げた瞬間、広樹は慌《あわ》てて「あのさ、いや」と口を開いた。

「深く――深く、考えなくて、いいんだ。ただ、俺は、こういう仕事をしてるんだし、君には、いつもサービスしてもらってて、俺は、ええと――」

「ありがとうございます」

涼子は、にっこりと笑いながら、ぺこりと頭を下げた。そして、恭《うやうや》しい手つきで指輪をつまみ上げると、そっと右手の薬指に入れる。その瞬間、広樹の心臓は再び凍りつくかと思うほどに緊張した。涼子の唇の間から、吐息と共に「ぴったり」という言葉が洩《も》れた。

「本当に――私が、いただいちゃって、本当にいいんですか？」

嬉《うれ》しさに涙が出そうだった。相変わらずの深夜のレストランで、他の客がいなくなるのを見計らうまでに、広樹は一時間以上も待っていた。そして、ようやく手の空いた彼女が近づいてくるのを待って、ケースに入れた指輪を差し出したのだ。

「どうして、私の指のサイズまで？」

「いや、ずっと見てて――それくらいかなあと思ってさ」

「すごおい！　さすがにプロなんですねえ」

急いで頷きながら、広樹は技工士としてでは絶対に得られない喜びを得たと思った。今、涼子の指にとまり、明日になったら陽の光を浴びて輝く小鳥こそが、広樹のこの数年の忍耐と努力を知っている。

「でも、私、こんなことしていただくようなこと、何も――」

「いや、いいんだ。あの――本当に深い意味なんか、ないんだから。あの――まあ、大事にしてくれれば、いいんだ」

「大切にします。肌身離さず」

　これで、広樹の気持ちが伝わっていないはずがない。嫌いな男からもらった物を、肌身離さず大切にするなどと言うはずがない。

「あのさ――」

「須藤さんって、本当にいい人なんですねえ」

「あの――」

「あら、いけない。こんな時間になってたんだわ」

　どうしても言いたいことがあった。自分の気持ちを分かって欲しい、指輪と一緒に、受け取って欲しいと言いたかった。なのに、店の壁に掛けられている時計を見上げた涼子は、すっかり慌てた表情で「ごめんなさい」と頭を下げた。

「明日、オーディションがあるんです。小さな役なんですけど、私、今度こそ頑張ろうと思って」

「ああ、ああ――オーディション、か」

「何だか幸先《さいさき》がいいって感じ。私、勇気が出てきちゃった」

　今度、ゆっくりお茶でも飲みましょうねと言い置いて、彼女はばたばたと去っていった。結局、何を言うことも出来ないまま、広樹はいつもの席に取り残された。

――まあ、いいか。

大きな仕事を、ようやく一つやり終えた気分だった。今夜こそは、ぐっすり眠れると思ったのに、逆に涼子の顔がちらついて、その晩も広樹はほとんど熟睡することが出来なかった。

涼子を見たのはそれが最後だった。

「やめたんですよ。何かのオーディションに合格したとかでね、これから忙しくなるからって」

彼女を見かけなくなってから、思いきって店の人間に尋ねるまで、二週間もかかった挙げ句、広樹がファミリー・レストランの店員から得た情報は、それだけだった。その店員は、深夜の常連である広樹を勿論覚えていたけれど、涼子の自宅や電話番号などについては「教えられない」と言った。

「あの――彼女は僕に、用があったはずなんだけど」

「何か、約束でも？」

「ああ、まあ――そんなところだけど」

「だったら、向こうから連絡があるんじゃないんですか。お客さんに」

男の店員に胡散臭《うさんくさ》い目つきで言われて、広樹は慌てて目を伏せながら、目の前が真っ暗になる思いだった。あんなに嬉しそうだったのに、どうして何も言ってくれなかったのか。この広い東京で、どうやって彼女を捜せばいいというのか、皆目見当がつかない。

――こんなことなら、俺の住所だけでも教えておくんだった。カードでも添えておけば、よかったんだよな。

だが、彼女にその気があるのならば、きっと客としてでもこの店に現れるに決まっている。そうだ、急に忙しくなったから、連絡も出来ずにいることを彼女は悔やんでいるに違いない。彼女はきっと来る。自分にそう言い聞かせて、広樹はそれからも同じ店の同じ席に陣取ることにした。だが、一カ月過ぎ、二カ月が過ぎても、涼子は広樹の前に現れなかった。

――小鳥と一緒に、飛び立っていっちまったっていうことだろうか。

苛立《いらだ》ちは不安になり、やがて絶望へと変わっていった。広樹は、以前よりも一層黙りこくって仕事をするようになっていった。技工所の仕事は相変わらずだ。広樹自身は、今日にだってやめてやる決心がついている。それなのに、萌美は一向にOKを出してくれない。数カ月前まで、自分の前に真《ま》っ直《す》ぐに伸びていたはずの未来が、いつの間にか泥沼にはまっている。そんな気分になっていた。

「今どき、珍しい患者がいたもんだってさ」

ある日、昼食の後でぼんやりとしていると、外回りの人間が戻ってきて世間話を始めた。技工所の中でもっとも賑《にぎ》やかなその男は、一カ所にこもって仕事をする技工士たちに外の情報をもたらしてくれる、唯一《ゆいいつ》の存在でもあった。

「金歯を入れるのに、これでお願いしますって」

アタッシェケースに入れられている箱を取り出す男をぼんやりと眺めていて、だが、広樹は一瞬のうちに頭を殴られたような衝撃を感じた。遠目からでもすぐに分かる。それは間違いなく、あの指輪だった。

「いらない指輪があるから、それでって、持ってきたんだってよ。その上、余った分を治療費にしてくれって」

何も知らない男の手のひらで、広樹の作った輝く小鳥がころころと揺れている。広樹は、顔がかっと熱くなるのと同時に、腹の底からうねるように怒りがこみ上げてくるのを感じた。

「でも、いい指輪だぜ。これだけたっぷり使ってたら、高かったんだろうになぁ」

「でも、そう趣味がいいとは、いえないんじゃないか」

こともあろうに井上が、男の手から指輪をつまみ上げて眺めている。広樹は「やめろ」と言おうとして、思わず立ち上がった。椅子《いす》がガタンと大きな音を立てた。だが、誰も広樹の方を見向きもしない。

「先生も苦笑してたよ。だけど女優志願の結構可愛《かわい》い患者らしいんだな。まあ、これだけの指輪ならクラウンの一つや二つ作っても、十分余るだろうし――」

――肌身離さずって、そういう意味だったのか。最初から溶かすつもりだったっていうのか。

俺のこころを、何年もかけて、やっと生命を得た小鳥を、涼子は惜し気もなく溶かし去るというのか。

いたたまれない気持ちで、広樹は誰からも呼び止められないまま、作業所から外に飛び出した。去年の今頃と同じように、緑と土の匂いを含んだ風が吹き抜けていく。あんなにも長い間、広樹の頭の中ではばたき続けていた小鳥が、こんな形で帰ってくるなんて、そんなことがあろうとは、思ってもみなかった。

――諦めようと思ってたんだ。女優として成功してくれるんなら、指輪にこめた願いは、半分はかなえられたことになると思ったから。

悔しさとも悲しみともつかない感情が手を震わせる。自分が、どんな思いでかき集めた金を溶かしたか、涼子には分からなかったのだろうか。そんな娘だったのか。

「何でだよ——」

気がついたときには、電車に乗っていた。萌美の工房に向かう電車だ。こんなときに、あの陰気くさい技工所で仕事を続けることなど、出来るはずがない。あの指輪が、他の金冠たちと一緒に引き出しにしまわれるところなど、見たくはなかった。じんじんと痺《しび》れる頭で、広樹はひたすら「どうしてだよ」と呟き続けていた。

——俺が、おめでたすぎたのかよ、え？　俺の思い込みだったのかよ。

電車の振動に身を任せていると、それでも、怒りは徐々になりをひそめ、代わって冷たく、凍りつきそうな悲しみがこみ上げてきた。あの笑顔を信じていた。涼子の誠意を、真心だと思っていたのだ。

つい、涙さえこみ上げてきそうになって、広樹は慌てて目を伏せた。そのとき、隣の客が開いている週刊誌が目に入った。

【これでも不況？　新進ジュエリー・デザイナーの繰り広げる華麗な世界】

今度こそ、広樹の頭は空白になりそうだった。カラー・グラビアで大きく扱われているペンダントとブローチ、それは、確かに見覚えのあるデザインだった。各所に宝石をちりばめて、ずっと豪華になっているが、それは広樹がデザインしたものに違いなかった。

　──何だ、何が、どうなってるんだ。

　真っ直ぐに前を見ていないと、その場でどうにかなりそうだった。広樹は、機械仕掛けのようにいつもの駅で降り、ふらふらと工房に向かって歩いた。いや、鼓動は、かつてないほどに速まっているのだ。それなのに、地に足がついていないような、ふわふわとした感覚しかない。頭の中で、涼子と萌美の二人の笑顔がくるくると回り、広樹を嘲笑《あざわら》いながら、やがて一つに溶け合っていく。

　──何かの間違いだ。俺の未来を横取りするはずがないじゃないか。

　広樹はぼんやりとエレベーターを降り、工房の扉を開けた。

「あ──」

　最初に気づいた誰かが、驚いた顔を上げた。機械的に、広樹は彼の方を見て、その手元にある物も認めた。夜に進めている作業とはまるで異なる作品を作っている。それは、紛れもなく、あのグラビアを飾っていたブローチに違いなかった。広樹は、怯《おび》えた表情でこちらを見ている仲間を無視して、真っ直ぐに工房を進んだ。昼間は店の仕事をしているはずの萌美が、奥の部屋で誰かと電話で話している。彼女は広樹に気づくと、一瞬驚いた表情になって、手早く電話を切った。

「──説明、してください」

自分の声が遠くに聞こえる。脳貧血でも起こしそうな感じだった。だが、それでも工房の誰かの椅子の軋《きし》みまで、はっきりと聞き取ることは出来る。

「どういう、ことなんですか。あれ、俺が萌美さんに預けた――」

「どうしたの、須藤くん。あなた、何を言ってるの」

萌美は、いつもと変わらない静かな表情で広樹を見上げている。だが、広樹は、一点しか見つめることが出来なかった。萌美の机の上に広げられているデザイン画だ。それは、まさしく広樹のデザインをそのまま写し取ったものに違いない。

「何で、そんな真似、するんだよ！」

「何の話をしてるの？」

今度は、萌美は眉《まゆ》をひそめた。それから、「何だか知らないけど、落ち着きなさいよ」と言いながら煙草に手を伸ばす。人のデザインを盗んでおいて、落ち着けとは、どういうことなのだ。広樹は、膝《ひざ》の裏ががくがくと震えるのを感じながら、必死で萌美を見つめた。

「俺のデザイン、盗んだんだろう。俺のスケッチブックから、盗んだな？」

だが、萌美の表情はまるで変わらない。それどころか、広樹が初めて見る不敵な表情で、彼女は広樹に向かって煙草の煙を吹きかけた。

「何の言いがかり？」

「言いがかりでも、何でもないだろうっ。あんた、俺のデザインを盗んだじゃねえか！」

「ふざけたこと言わないでよ！」

かつて聞いたこともない、萌美の激しい声が広樹の鼓膜を震わせた。空白になったままの頭に響いて、それは涼子の笑顔と重なっていく。もう、何を考えることも、出来そうになかった。

「何を証拠に、そんなこと言うわけ？　どうして私が、あんたみたいな駆け出しのデザインを盗む必要があるのよ、ええ？　私はねえ、あなたとはキャリアも才能も違う、プロのデザイナーなのよ。その私に、須藤くん、自分が何を言ってるか、分かってるの？」

「——あんた、俺のデザインを盗んだんだ」

「だったら、その証拠を見せてちょうだいっていうの。私があなたのデザインを盗んだっていう証拠を。ええ？」

そういうことだったのか——。皆、自分を利用するだけなのか。空白の頭の中に、皆の嘲笑《ちようしよう》が響き渡った。井上が、涼子が、そして萌美が、皆で自分を笑っている。お人好《ひとよ》しなのろまだと、手際《てぎわ》の悪い間抜けだと、皆が自分を笑っている。

「聞こえてる？　急に飛び込んできて、何をわめくのかと思えば、人聞きの悪いことを言わないでもらいたいわ。いい？　これは、名誉の問題なのよ。手際が悪いのも我慢して仕込んでやったのに、いつまでたっても一人前にならないような人に、どうしてそんなことを言われなきゃならないの？　私はあなたに――」

どうしてあんなに素早く動くことが出来たのか、後から考えると不思議だった。気がついたときには、広樹は手近にあったキサゲを握りしめて、萌美に突進していた。恐怖に引きつった彼女の顔が、すぐ目の前にあった。

「須藤くん、あなた、何てこと――」

確か最後に、萌美のそんな言葉を聞いたと思う。続いて、誰かの悲鳴を背中で聞きながら、広樹はキサゲを握りしめたままで工房から出た。

雨が降るのだろうか。湿り気を含んだ風が吹き抜けていく。人の溜息《ためいき》のような生温《なまぬる》い風の中を、広樹はふらふらと歩いた。ふと電話ボックスが目にとまった。少しの間、立ち止まり、それから広樹は吸い寄せられるように電話に近づいた。

「――須藤ですけど。あの、さっきの指輪を出してきたの、どこの歯科って言ってましたっけ」

自分の声とも思えなかった。広樹はズボンのポケットの中でキサゲを握りしめたまま、灰色の絵の具をといたような空を見上げた。ツバメらしい鳥が、ついと飛び去っていくのが見えた。

寝言

このところ、疲れているみたいね、と妻が言った。コーヒーを飲みながら、夫は「どうして」と顔を上げた。

「寝言、言ってたわよ」

夫は、手元の新聞から目を離し、向かい合って座っている妻の顔を見た。あとは口紅を塗るばかりまでに化粧をして、額にカーラーをつけたままの彼女は、何気ない表情で、自分もコーヒーを飲んでいる。

「何て、言ってた」

「はっきりとは、聞き取れなかったわ。何か、一生懸命に喋《しゃべ》ってたけど」

夫は、昨夜はどんな夢を見ていただろうかと考えた。覚えていない。だが、妻の言葉通り、このところ、かなりストレスがたまっているのは自覚している。

「どうせ、仕事の夢でも見てたんだろうな」

「そんな感じだったわね。無理してる？」

「それなりにね。君は？」

妻は、テーブルに両肘《ひじ》をついて、マグカップを持ちながら、わずかに肩をすくめた。このところ、彼女は、ずっと帰宅の遅い日が続いている。つまり、無理していて当たり前でしょう、ということだ。だが、家では仕事の愚痴は言わないというのが、結婚当初からの約束だった。楽しい話や、相談事なら構わないが、愚痴や文句を言い始めたら、きりがない。二人で過ごせる時間は貴重なのだから、そんなことには費やしたくないということだ。

「まあ、ここのところは、歯ぎしりもしてないから、まだ大丈夫だな」

夫の言葉に、妻はわずかに微笑《ほほえ》んだ。

「話せる時間が短くても、私たち、ちゃんと分かりあえるわね」

「お互い、分かりやすいよな」

すれ違いの生活が続いても、睡眠中の互いの様子で、相手の精神状態が分かると発見したときには、夫婦は声を揃《そろ》えて笑ったものだ。夫が寝言を言う夜が続いたとき、妻の方は、歯ぎしりが出始めたときに、それなりの優しさや労《いたわ》りを必要としているという信号だった。

「私、今夜も遅くなりそうなんだけど」

二人揃って家を出て、駅に向かう途中で妻が言った。

「僕は、八時か九時には帰れると思う」

「早いようだったら、クリーニング屋に寄ってくれる？」

ついでに、コーヒー豆とパンも買っておいて欲しいと言われて、夫は快く承諾した。景気が後退して以来、残業も減って、そういう役目は夫の方に回ることが増えていた。

その晩、夫は妻が帰宅した物音で目を覚ました。彼女は、出来るだけ物音をたてないように寝室に入ってくると、大きなため息をつき、それから着替えを始めたらしい。衣擦《きぬず》れの音が、薄明かりを灯《とも》した室内に響いた。

「――分かってるって」

目をつぶったまま、夫は小さく呟《つぶや》いた。妻の気配が、すぐ傍まで近づいてくる。

「――近いうちに、必ず何とかするから」

もう一度、呟く。そして、規則正しい呼吸を始めた。妻の気配は動かない。二、三分もした頃、夫は妻の視線が辛抱できなくて、寝返りを打った。ようやく妻の気配が動いた。彼女は足音をしのばせて、寝室を出ていった。シャワーを使う音が、密《ひそ》かに響いてきた。

週末、二人はいつも一緒に過ごした。昼近くまで寝坊をし、家の掃除をして、買い物に出かけ、並んで台所に立つ。夫は、たまには車を動かしたかったが、妻は、外出を嫌がった。夫がひとりで出かけるのも、嫌がった。

「こうして二人で家にいるときが、いちばん幸せ」

夜も更《ふ》けて、並んでテレビを眺めながらワイングラスを傾けるとき、妻はうっとりとした口調で呟いた。夫は、素顔になると子どもじみて見える彼女に微笑みかけた。

「いつも、こうしていられたらって、思わないか？」

「たまにだから、新鮮なのよ。ずっと新婚気分でいられるわ」

手を伸ばして、妻の髪を撫《な》でながら、夫はゆっくりと頷《うなず》いた。妻は、平日とは異なる、満ち足りた表情で嬉《うれ》しそうに微笑んでいた。

そして、一週間が始まる。休日に買った花は、いつの間にかしおれて、買い込んでおいた野菜は黄色く変色し、ジャーの中の飯は、固くひからびた。

「――あいつには、僕から言うから」

夫は、時折、寝言を言った。三日か四日に一度ずつ、寝入りばなに呟いた。夫婦の生活は、変わらなかった。週末の度に、古い食品は買い換えられ、新しい花が活《い》けられて、赤か白のワインが一本ずつ空いていった。

「――ああ、そのつもりだよ。嘘《うそ》じゃないって」

「――君のことしか、考えてないさ」

夫は注意深く、辛抱強く、寝言を言い続けた。囁《ささや》くように、不鮮明だが、かろうじて聞き取れる程度に。時には、夜明け近くに目が覚めて、寝返りを打ちながら言うこともあった。そして朝は、目覚まし時計が鳴ると、すぐに、まだ眠りたいらしい妻を必ず抱きしめて起こした。

「――もう少しの、辛抱だから」

その夜も、夫は寝言を言った。隣の妻の気配が動いた。彼女の身体《からだ》が寄せられる。

「もう少し、辛抱したら、どうなるの」

妻が囁きかけてきた。夫は、ううん、と小さくうなり、ぶつぶつと意味のないことを呟いた。

「なに？　もう一度、言って」

「だから――」

「ええ？　なに？」

「――君の、思う通りに」

「君って、誰？」

そこで夫は、深々と息を吸い込み、妻に背を向けた。規則正しい呼吸を続けていると、やがて、妻の身体が離れていったのが感じられた。

「大変なのか、仕事」

次の朝、夫はコーヒーをすする妻を見て言った。妻は、いつになく固い表情でトーストをかじりながら、「どうして」と言った。

「ゆうべ、歯ぎしりしてたからさ」

妻は、憂鬱《ゆううつ》そうにため息をつきながら、そう、と呟いた。彼女は、疲れた顔をしていた。口紅を塗れば、もう少し生き生きとして見えるかも知れないが、それにしても、肌のつやがない。少し前までは気づかなかったが、眉間《みけん》には微《かす》かにたて皺《じわ》が寄っていた。化粧ののりも良くないようだ。

「仕事が、忙しすぎるんじゃないのか」

「仕方がないのよ。私の代わりに動ける人が、いないんだもの」

妻の声には、わずかに苛立《いらだ》ちが含まれていた。夫は、身体をこわさないようにしろよ、と言った。仕事熱心も結構だが、病気になっては元も子もないと続けると、彼女は「分かってる」と力なく応《こた》える。

「あなたは？　最近は、どう」

妻は、夫の方を見ずに言った。夫は、陽気な声で「僕は、大丈夫さ」と応えた。

「寝言だって、このところは言ってないだろう？」

妻は、「そうね」と頷いた。そして、小さくため息をついている。

ソファーの上には、洗濯して取り込んだまま、畳まれていない二人の下着類が山積みになっている。花瓶の花は、吸い上げる水もなくなって、とうに立ち枯れてしまっていた。家中が、どことなく薄汚れて、埃《ほこり》じみて見える。

「今度の休みには、大掃除をしないとな」

夫の言葉に、妻はやはり「そうね」と気のない返事をした。彼女は、室内を見回そうともしなかった。結婚した当初は、どこもかしこも磨き上げられていた家具類は、たった二、三年の間に、大半が手も触れられていないような雰囲気になっていた。

「――我慢してくれよ」

「何を、我慢するの？」

「――頼むよ」

「誰と、話してるの？」

「――愛してるって」

夜毎《よごと》、夫は呟き続けた。やがて、夫は毎晩のように、妻の歯ぎしりに起こされるようになった。夫は、寝言を言わなくなった。

「そこまで無理する必要が、あるのか？」

　朝食の時以外に、二人で会話をする時間はない。だが、妻は日増しに言葉少なく、ふさぎ込んで見えるようになった。

「ひどいもんだよ、最近の君の歯ぎしり」

「あなた、いつも聞いてるの」

「目が覚めるんだよ」

「じゃあ、もう、うんざりでしょう」

「そんなこと、言ってないじゃないか」

　数カ月後、妻は、離婚したいと言い出した。その都度、夫は「話し合おう」と持ちかけた。

「だって、あなたの気持ちは、もう離れてるんじゃないの！」

「何、馬鹿《ばか》なことを言ってるんだよ」

「隠したって、駄目よ。分かってるんだから！」

「誤解だよ。大丈夫か？　疲れ過ぎてるんじゃないのか」

　程なくして、夫はゴルフを始めた。前々から、上司や同僚に誘われていたのだ。休日ともなると、ゴルフバッグを肩に掛けて、ひとりで出かける。妻は、ベッドから出て来ようともしなかった。そして、毎晩歯ぎしりをした。

「仕事が忙しすぎたんですよ。そういう引け目があったのかな、そのうち、僕が浮気してると思い込み始めて、何度、そんなことはないって言っても、まるで信じなくなったんです。最後は、もうノイローゼみたいになってましたね」

離婚が成立した後、夫は知人に語った。

「不自由しませんか？　何もかも、ひとりでやらなきゃならなくなって」

知人に聞かれて、夫をやめた男は、にっこりと微笑んだ。

「洗濯も買い物も、半分で済むんですから、かえって楽ですよ」

男は、独り暮らしがこんなに気楽だとは思わなかった、当分の間は、再婚など考えたくもないと続けた。

「それに、とにかく、よく眠れるんです。ここしばらく、朝まで目が覚めないことなんか、ありませんでしたからね」

知人は、気の毒そうに頷きながら、「苦労したんだね」と言った。

僕のトんちゃん

1

すぐ前を幹線道路が通っているというのに、耳が慣れてしまっているのだろうか、一日中店にいても、車の騒音は殆《ほとん》ど気にならない。有線放送でクラシックを流してはいるのだが、今は意識しなければ耳に入らない程度にボリュームを落としている。

「いつまでも学生気分じゃ困るんだよ」

私は、大家族向けのナラ材のダイニング・テーブルの上で両手を組んだ。目の前には、この春に入ってきた平田という新入社員が口を尖《とが》らせてうつむいている。

「何も社員がリラックスするために、こんな贅沢《ぜいたく》な空間を作っているわけじゃないんだからね」

私はぐるりと首を回して周囲を眺めながら、努めて穏やかな口調で言った。

この一角は、ダイニングルーム風にディスプレイしてあるが、実際は私のオフィスと、お得意様カウンターも兼ねていた。だが、書類や伝票の類《たぐい》も、すべて食器棚やサイドボードを利用して整理しているし、電話でさえ雰囲気を壊さないデザインのものを置いてあるから、そこには事務色というものはまったく存在しない。実際のオフィスは奥の仕切られた空間にあるのだけれど、私はこちらの、重厚な調度に囲まれた空間の方が、余程落ち着いて好きだった。

オフィスの方では、時折他の店員が、店長である私のことを噂《うわさ》して笑っているのを私だって知っている。だが、人に使われる立場のものは、得てして上司の陰口を叩《たた》くものだということも、よく承知していたから、私はいつだって特に気づいていないふりをすることにしていた。

「今、残っているお得意様はね、いわば、本当の豊かな人たちなんだ。物心両面でね。相手をよく見れば、君にだって違いが分からないはずがないだろう？　ここはね、このショウ・ルームは、そういう方々にアピールするための空間なんだよ」

バブル経済が破綻《はたん》したと言われ、損失補塡《ほてん》だの不正融資だのと騒がれた時期も過去になって、私たちの店も潮が退《ひ》いたように、ずいぶん暇になった。

三十代くらいで家を建て、その価値も分からないままに金にものをいわせて買物をしていた連中は皆、カニが穴に引っ込むように姿を消した。けれど、特別に慌《あわ》てることではなかった。元々わが社の方針として、商品価値を下げないためにも、商売の間口は広げないことにしているから、ただ単に元のペースに戻っただけのことなのだ。本物の価値の分からない人間に、何百年と受け継がれるべき貴重な家具を買われていく時の不安というものは、まさに例えようもないものなのだ。

　本社を高松に置いている私たちの会社は、注文・輸入家具の専門店で、私は数年前から西東京支店長という立場にあった。つまり、この四階建てのビルの責任者というわけだ。

「同じことを伝えようと思うのでも、例えば言葉遣い一つとっても、いい加減な言い方をすれば、印象はまったく違って来る。ああいう方々は、商品はもちろん、店の人間を見て買物をされるんだからね」

　平田は頬を紅潮させて、口の中だけでぼそぼそと「すみません」と呟《つぶや》く。

　彼は、三階の寝室風にディスプレイしてあるフロアーで、こともあろうにシングルで八十五万するという、スイス製のベッドに腰を下ろして、そっくり返りながら私用電話をかけていたのだ。タイミング悪く、それを私とお得意様が見てしまった。「どんな使い方をしても簡単には傷《いた》みませんからね」と私は笑ってごまかしたが、内心では冷汗ものだった。

「緊張感というものがね、少し足りないんじゃないのかな。君だって、社会人になってそろそろ一年になるんだから――」

「店長、お電話です。奥様から」

その時、奥のオフィスから声がかかったから、私は一つため息をついて「もう少し大人にならなきゃな」と言いながら手元の電話をとった。元々、くどくどと説教するのは好きではない。むしろ、言葉少なく、感情的にならないからこそ、私は若い社員にある程度恐れられている部分があった。

「ああ、登与子《とよこ》、僕。なに」

手振りだけで「もう行ってよろしい」と合図すると、平田は不景気な表情のまま、のろのろと立ち去る。インテリア・コーディネーターの専門学校を出ているはずだが、センスは今一つだし、第一、現場で学ぼうという意欲が欠けている。あれは、あまり使えないなと思いながら、私は受話器からの柔らかい声を聞いた。

「お仕事中ごめんなさいね。あなた、今日は帰りは？」

「いつも通り」

「私ねえ、あなたよりも帰りが遅くなるかも知れないのよ」

どこかの公衆電話からかけているのだろう。登与子の柔らかい声の向こうには、様々な雑音が満ちている。私がいる、この穏やかな店内とはまるで別世界のような、雑多なエネルギーが伝わって来た。

「生徒さんたちにお茶に誘われて。前々から誘われてたんだけど」

「ああ、いいじゃない。ゆっくりしておいでよ」

私は椅子《いす》に深く腰掛け、背をもたせたまま「なるべく早く帰るから、待っててね」という登与子の声を聞いた。電話を切ると、ちょうど経理の池田君がコーヒーを運んで来てくれた。

「店長の奥様って、ポプリ作家なんですよね」

私は専用のカップを持ち上げながら「うん」と答える。

「ポプリ作家って、収入はどうなんですか？」

池田君は、瞳《ひとみ》を輝かせてこちらを見ている。私は、コーヒーをすすりながら「そうだね」と答えた。結構図々《ずうずう》しい娘だと思ったが、私は口元に笑みを絶やさない。

「大したことはないけどね。家《うち》の場合は、近くの市民センターで教室を持ってるんだ。あとは、店にも卸してるみたいだね」

そうか、今日は彼女の方が帰りが遅くなる。

「素敵だわあ。何ていうかなあ、優雅、ですよね。そういう奥様だったら、お家の中も綺麗《きれい》に飾ってらっしゃるんでしょうねえ。ポプリの香りがして、ドライ・フラワーとかがあちこちに飾られたりして」

「場所を取って大変さ」

池田君は、コーヒーを運んで来た盆を胸の前で抱いて、うっとりした表情で天井を見上げている。彼女の方が遅いということは、今夜、私は少しばかり忙しくなるということだ。

「憧《あこが》れちゃうわあ。店長の家具のセンスで、飾りつけは奥様がなさってるんでしょう？　一度、お邪魔してみたいなあ」

「はは、人様に見せるようなものじゃないよ。夫婦二人で気楽に暮らしてるっていう程度なんだから。ああ、それより、池田君」

木肌の息づく重厚な輸入家具に囲まれて日々を過ごしていると、気持ちにも自然に余裕が生まれて来るものだ。私はこの空間に身を置いている間は、常に感情に流されることなく、一定の気分を保っていることが出来た。そして、時折は家具たちのささやきにも似た言葉を聞くような気がすることさえある。

「さっきは、すまなかったね。助かったよ」

私の言葉に、池田君は少しだけ何かを考える顔になって、それから「ああ」とでもいうようにうなずくと、人なつこい笑顔になった。

「店長は、本当に子どもが嫌いなんですね」

「嫌いだね。どこでも触って汚すし、すぐに飽きて騒ぐから、お客様もゆっくりと出来ない。おまけに、食べ物を持ってるとなったら、もう僕にはお手上げだよ」

池田君は、くすくすと笑いながら「そうですけど」と答える。

「でも、可愛《かわい》いお子さんだったじゃないですか」

「あれが、かい？　そうかなあ。僕には、ちっとも可愛いとは思えないんだよな。うるさいばっかりで、傍若無人じゃないか。大人じゃない、半人前、だから電車やバスの運賃だって映画の入場料だって半額なのに、あいつらには、自分が半人前だってことが分かってないんだ。第一、大人も大人だよ。子どもが家具を選ぶわけじゃないんだから、どうしてこういう場所に連れて来るんだろう」

私は、お手上げというように肩をすくめ、ため息をついた。実際、お得意様の孫じゃなかったら、走っている前に足でも出して、ひっかけて転ばしてやりたいようなガキだったのだ。

「店長って、うちの兄と同い年なんですよね」

「そうかい？　お兄さんは、二十九？」

池田君に兄がいるとは知らなかったから、私はわずかに眉《まゆ》を動かしてコーヒーをすすった。池田君は感心したように大きくため息をついている。

「同い年なのに、全然違うなあって、いつも思うんです。兄のところは、もう子どもがいるんですけど、本人は店長に比べたら全然落ち着いてなくて、兄のお嫁さんは『子どもが二人いるみたいだ』ってこぼしてますもの」

「男はね、いつまでたっても子どもなんだよ」

私の言葉に、池田君はころころと笑った。

「だって、店長はものすごく落ち着いてるじゃないですか」

私は穏やかに笑みを浮かべたまま「そうかな」と答えた。「落ち着いてる」じゃなく、「落ち着いていらっしゃる」だ。だが、まあいい。そうか、今日は彼女よりも帰りが早くなる。

「自分の子どもとなったら可愛いと思いますけど。店長みたいな方に限って、お父さんになったら、もうべたべたの親馬鹿《おやばか》になったりして」

池田君は、なおも悪戯《いたずら》っぽく瞳を輝かせている。

「だからね、子どもは嫌いなんだよ」

その時、一瞬通りの雑音が大きくなったかと思うと、柔らかいチャイムの音が響いて、お客様が入って来た。

「これは、高柳さまの奥様」

私は、陰で部下たちが「谷野《やの》スマイル」と呼んでいる、商売用の笑顔を作り、ゆっくりと立ち上がった。

2

私と登与子の暮らす部屋は、店から電車と徒歩を合わせて四十五分ほどの、家を建てるのは到底不可能だが、やはり暮らすには便利だと思う郊外の住宅地にあった。賃貸ではあるけれど、2DKのコート・ハウスの住まいを、私たち夫婦は共に気に入っていた。

かなり広い敷地に建つそれは、住宅地だけに三階建てという低層で、白いタイルに覆《おお》われており、コート・ハウスならではの凹凸のある設計が、のっぺりとした団地タイプのマンションなどよりもずっと表情を作っている。

だいたい、間取りそのものは同じはずなのに、自分たちとはまったく違う生活空間を作っている赤の他人が壁一枚隔てただけで息をひそめていることを想像すると、私は気分が悪くなる。多少なりとも建物に凹凸をつけて、小庭なり階段なりが隣の部屋との間にあれば、窓の数も増えるし、独立した自分たちの住まいだと感じることが出来るというものだ。

私の住まいは一階の一〇六号室で、玄関脇《わき》には表札が掲げてある。「谷野修哉《みちなり》・登与子」と書かれている周囲に、小さな花のレリーフが彫ってあるプレートは木製の柔らかい楕円《だえん》形で、私が工場に頼みこんで特別に作ってもらったものだった。それを横目で見ながら玄関を開けると、いつもよりも濃密な枯れた花や草の香りが鼻腔《びこう》を刺激して、部屋が一日閉めきりの状態だったことを感じさせる。リビングの時計が、ちょうど八つ鳴っているところだった。

「た、だぁいま」

私は、息を潜めて主人《あるじ》の帰りを待っていた部屋全体に挨拶《あいさつ》をした。幾分張り切った気分で靴を脱ぐと、まずは家中の電気とエアコンをつけて回る。温風が穏やかに流れ、沈澱《ちんでん》していた草花の匂《にお》いが揺れ始める。

ポプリというのは、素材としてはハーブから木の実、野菜、果物、蔓草《つるくさ》まで、実に様々なものがあるけれど、要するに枯れた植物に、本体とは異なる匂いのエッセンスをからめたもののことらしい。実際の枯れた草花に香りのエッセンスをたらしてこそ、ポプリはようやくかぐわしい芳香を放ち始めるわけで、エッセンスをたらされていない草花は、植物のミイラみたいなもので、冬のすすき野原と同じような匂いが満ちるだけだった。

登与子は、もちろん十分に気をつけていて、寝室には針葉樹のエッセンスをたらし、他の部屋にもラベンダーとバラなどを混ぜあわせて、嫌味にも邪魔にもならない程度の香りが満ちるように配慮していたらしかったが、それでも一日空気がこもると、室内は枯れた野原の匂いになった。

スイッチを一つ入れる度に、私と登与子との世界が生き生きと浮かび上がって来て、最後に玄関ホールの小さな出窓に飾られたクリスマス・ツリーのランプのスイッチを入れると、部屋はすべての活気を取り戻した。私はようやく一つ深呼吸をして、帰りに買物してきた品物のいくつかを冷蔵庫に放り込み、残りはテーブルの上に散らばせて、最後に選り分けて買ってきたばかりのビデオをセットした。

ダイニングルームの二方の壁にかかっているプリントのカーテンは、深いグリーンを基調としていて、赤と白でクリスマスの模様が描かれている。登与子は、四季に合わせてカーテンを替えるのが好きだった。これは冬バージョンのカーテンで、私は少し地味ではないかと思ったのだが、登与子は「外と内との境目になるんだもの」と言った。

窓そのものは、天井から五十センチほど下から始まっている。けれど、私が教えてから、登与子は必ず天井のすぐ下からカーテンを垂らすようになった。そうした方が空間が広がって、野暮ったさがなくなるのだ。こうして眺めると、北欧風の、雪に降りこめられた冬を過ごしているような暖かさが満ちてきて、なかなかいい。

バスタブに熱い湯を満たし、手早く着替えを済ませてから「三十分以内にお届けいたします」がモットーのピザの宅配屋に電話をかける。その間も私はずっと鼻歌を歌っていた。もちろん、今日買ってきたビデオの主題歌だ。

「早く帰って来ないと、先に観《み》始めちゃうぞ」

陶器で出来ている、振子のついた柱時計を見ながら、私は独り言を言い、それでも機嫌良く乾燥機から乾いている洗濯物を取り出して、一つ一つを畳み始めた。私のシャツ、私のパンツ、登与子のブラジャー、登与子のブラウス。

八時十五分過ぎになった時、ようやくチャイムが鳴った。私は大急ぎで立ち上がると、残り少なくなった洗濯物を跨《また》いで玄関に向かった。

「おかえり、トんちゃん」

鼻の頭を赤くして白い息を吐きながら、登与子は顎《あご》までマフラーに埋まって目を細める。

「た、だ、い、ま」

　マフラーを外してやり、コートを脱がせると、登与子は「ちゃぶかったぁ」と言いながら、冷たい手を私の頬に押しつけてきた。

「おぉ、冷たい。さあ、早くお風呂《ふろ》で温まろうね」

　続けてすべての服を脱がせる間も、登与子はおとなしくされるままになっている。

「今日はね、素敵なものを買ってきたんだ」

「なあに？」

　私は「ふふふ」と笑ってから、さっきからずっと口ずさんでいた歌をもう一度口ずさんだ。その途端、登与子の表情は目が覚めたように明るくなり、口をぱくぱくと開けた。

「あ、あ、観たい、観たい！」

　鳥肌のたっている足をばたばたとさせて地団駄を踏む登与子の肩を押して浴室に連れて行く間も、私はずっとくすくすと笑っていた。何しろ、登与子が私よりも遅く帰るのは、せいぜい月に一、二度のことだったから、いつでも新鮮な気分になる。

「肩まで入って、ちゃんと温まるんだよ」

　登与子が浴槽に身を沈めるまで見届けてから、私はダイニングに戻った。グラスを二つ用意し、最近出たばかりの、新しい味つけのポテト・チップスと、コンビニエンス・ストアーのサラダを出す。

「ねえ、観よう、観よう！」

やがて、肌をピンク色に染めて、登与子はにこにこと笑いながら浴室から走り出てきた。

「ちゃんと、あったまったかい？」

私は畳み終えた洗濯物をしまい、夕食のすべての用意を整えた後だった。登与子は大きく頭を振りながら「うんっ」と答える。

「もうすぐピザが届くからね、そうしたら始まり、始まり。まずは飲物、だな」

冷蔵庫から缶ビールを取り出している間、登与子は「ピ、ザ、ピ、ザ、早く、早く」とテーブルを叩いている。ちょうど玄関のチャイムが鳴って、私は笑顔のままズボンの尻《しり》のポケットに手を伸ばしながら玄関に向かった。

軽くウェーブのかかった長い髪を後ろで一つにまとめ、カーペットにぺたりと座り込んでいる登与子は、セーターの袖口《そでぐち》から指先だけをのぞかせて、離れ気味の丸い垂れ目をきょろんとさせ、口元に力を入れて、ピザとビールを運ぶ私を見上げている。丸顔で偏平な顔立ちだから、化粧を落として素顔になると、ますます幼く見える。

「ああ、久しぶり」

二人で乾杯をして、お互いに一杯目のビールを飲み干した後、登与子は大きく深呼吸をした。

「トんちゃんの方が遅くなったの、すごぉく、久しぶり」

「嬉《うれ》しい？」

登与子は「えへへ」と笑い、「うん」大きくうなずいた。

「毎日、こうが、いい？」

私は多少不安になって登与子を見た。登与子は「あちちっ」と言いながらピザに手を伸ばしていたが、悪戯っぽい目を私に向けた。

「明日も、トんちゃんの方が遅くなろうかなぁ」

「わざと？」

「そう。わざと」

「ずるいぞ」

登与子は喉《のど》の奥でころころと笑い、熱と具の重みとでへたりかかっている三角のピザを器用に両手で支えながら、ぱくりと食らいついた。チーズの糸が口元からすうっと伸びる。私は手でチーズの糸を切ってやり、それを登与子の口に入れてやる。と、登与子は顎を天井に向け、「あーん」と言いながらも、まだ笑っていた。

「トんちゃんは、ピザが好きだねえ」

「ミッちゃんは、嫌い？」

「好きだよ」

「よかった！」

「さて、ビデオを観ようか」

今日買ってきたのは、新しいディズニーのアニメだった。私も登与子も、ディズニー・アニメの大ファンだ。アニメのビデオのコレクションは、そろそろ百本になろうとしているが、やはり何度も観るのはディズニーのものが一番だった。

「観よう、観よう！」

登与子はピザを全部口に入れてしまい、ぴたぴたと手を叩いた。

「十時になったら、大人の時間だからね。僕、ニュースを見るよ」

登与子は今度はポテト・チップスをぱりっとかじりながら、こっくりとうなずく。

その時、天井から小さく「かちかちかちかち」というような音がした。それから「きゃん」という声が聞こえる。

「お二階の犬が哭《な》いてる」

登与子の声にあわせて、私も天井を見上げた。

こういう時に、私は集合住宅の片隅にちんまりと暮らしているのだと思い出させられる。

コート・ハウスと言えば聞こえはいいのだが、所詮《しょせん》は西洋長屋と変わらない。隣の部屋の音は響いてこず、プライバシーが守られるようにそれなりに工夫は凝らされているものの、二階の物音ばかりはどうすることも出来ない。しかも、ダイニングはフローリング仕上げになっているから、床に何かが当たる音は簡単に響いて来た。最初の頃こそ、私たちは「かちかち」の正体が分からずに、首を傾《かし》げていたのだが、やがて犬がフローリングの床を歩く音なのだと気づいた。人の声などは聞こえてこないのに、時折小さな声で「きゃん」と哭くのが聞こえるのだ。

「ああ、トんちゃんも、犬か猫が欲しいな」

「駄目駄目。契約違反なんだし、僕らは二人だけでも淋《さび》しくないだろう？　こんな環境でペットを飼うなんて、よっぽど夫婦の間がうまくいってないんだ」

「そうかなあ」

登与子は少しつまらなそうな顔で口をとがらせる。

「そうに決まってるよ。第一、ペットは家具を傷めるから、いやだよ」

他の部屋の住人がどんな生活をしていようと、私たちには何の関係もないことだった。二階の犬が私たちの部屋にでも入って来れば状況は変わるかも知れないが、そんなことは有り得ない。私たちの邪魔さえしなければ、犬を飼おうと猫を飼おうと、私たちにはどうでもいいことに違いなかった。

その時、今度は「うぇーん」という声がした。これは、斜め上の部屋からだ。

「ちぇっ、せっかくいい気分でビデオを観ようと思ってるのに、うるさいなあ」

私は気分をそがれて舌打ちをした。犬の哭き声ならば我慢も出来るが、人間の子どもの泣き声となると、どうにも我慢が出来ない。あんなに癇《かん》に障《さわ》るものは他にないと思うくらいだ。

「邪魔な音ばっかりだ」

私は途端に気むずかしいため息をつき、ビールをぐいと飲んだ。私と登与子の、こういう時間、こういう空間に入り込んでくるもののすべてが、私は嫌いだった。なにものにも邪魔されずに、私は私たちだけの世界でくつろぎたい。

「あ、ミッちゃん、怒ってる？」

登与子が瞳の奥に悪戯っぽい光をちらつかせながら、それでも多少心配そうな顔で私をのぞき込む。

「怒ってる」

私が答えると、登与子は「あ、あ、あ」と言いながら眉をひそめた。

「駄目だよ、怒ったら。今日はミッちゃんはお兄ちゃんなんだから、ね」

登与子は小首を傾げ、にっこりと笑いながら私の腕に手を置く。私はすぐに、「そうだね」と答えた。登与子の笑顔を見ると、私はすぐに機嫌が直る。

「よし、じゃあ、始まり、始まり」

「わあい！」

テレビの上には、陶製のオルゴールが二つ並んでいた。登与子は、人形を「ひとりぼっち」にさせるのが嫌いだから、いつも仲間と遊べるように複数を置くのだ。だから、私たちはぬいぐるみでも、ポプリ入りのキルトのクッションでも、クマの形をしたしゃぼん玉遊びのおもちゃでも、それから寝室の隅に下がっているピエロのマリオネットでも、必ず色違いのものを二つ以上揃《そろ》えた。部屋中のすべてのものは、私たちが留守の間、眠っている間に動き出し、皆で遊ぶに違いないのだから、と登与子と私はよく話しあった。

そう、登与子と私の二人だけの空間は、どこから見ても立派な子ども部屋、魔法の部屋、お菓子の家そのものだった。

「ねえ、ニュースが終わったらでいいから、寝る時に、ご本読んでくれる？」

ソファーに腰掛けている私の足元にぺたりと座ってビデオを観ていた登与子が、ビデオの合間にふいに私を見上げた。

「読んで欲しいの？」

私が小首を傾げて意味あり気に顔をのぞき込むと、登与子は上目遣いに私を見上げ、顎をひいて「うん」と答えた。

「よし、いい子にしてたら、読んであげるよ」

登与子の丸い頭に手を置いて撫《な》でてやると、登与子は嬉しそうに目を細め、私の腿《もも》に頭をのせた。

3

その翌日は、私はお客様のお宅から直接帰宅したので、いつもよりも大分時間が早かった。

「あらまあ、早かったのね」

仕事の途中だったらしい登与子は、幅の広いヘアー・バンドをして、白くてまるい額を惜しげもなく出していた。スモック・ドレスの前に糸くずをたくさんつけたまま、手首には、お針子さんよろしく赤いピン・クッションをはめている。

「だって、早くお家《うち》に帰りたかったんだもん。だからね、僕、すごく急いで帰ってきたんだよ」

私は背広を脱がされながら、語尾の上がる言い方をする。背後に回っていた登与子がくすくすと笑った。

「ミッちゃんは、やっぱり、こっちの方がいいと思ってるんでしょう」

「だってさ、だってさ、毎日ね、僕はこっちのがいいの。でもね、不公平だからね、トんちゃんにも、やらせてあげるんだ」

私はズボンを脱がせてもらい、ネクタイをはずしてもらいながら、登与子の穏やかな笑顔に向かって言った。

「ねえ、今日のごはんは?」

「カレーよ。ほら、新しいの宣伝してたじゃない?　あれ、買ってきたの。あとねえ、シーフード・サラダと、ヨーグルト」

「シーフード・サラダなんか、売ってたの?」

靴下を脱がせてくれている登与子の頭を見おろしながら、私は不思議になって聞いた。私がいつも買物をする店では見かけたことがない。

「簡単なの。いつものカット野菜と、水で戻す海草サラダを買ってきたから、その上にね、冷凍のシーフードをチン、してね、それを載せるでしょう？　ドレッシングをかければ、出来上がり」

「すごぉい」

私が本気で感心すると、登与子はまたもくすくすと笑う。

「トんちゃんにだって、それくらいは出来るんだぞ」

私たちの、この役割分担は結婚してすぐに始まった。私は二十七で、登与子は二十九歳だった。

「僕、ちょっとお店に電話する」

パンツ一枚になったところで、私は電話に手を伸ばした。

「ああ、谷野です。平田君、いるかな」

急に仕事用の声に戻ると、登与子はくすくす笑いながら私から脱がせた服をハンガーにかけている。

「ああ、僕は、これで帰るから。見積りは、明日でいいよ。今日は君が最後になるんだね、ああ。じゃあ、戸締りに気をつけて、責任をもって帰ってね」

電話を切ると、私は一つ深呼吸をして「終わった」とつぶやいた。これで、今日の「大人」はおしまいだ。

「ねえ、トんちゃん、まだ少しお仕事したいんだけど、ミッちゃん、ご飯待てる？」

私は、お客様の所でコーヒーを嫌というほど出され、おまけにケーキもご馳走《ちそう》になっていたから、それほど空腹を感じてはいなかった。

「僕、テレビ・ゲームしてるから、いいよ」

「いい子ね」

「トんちゃん、忙しいの？」

「明日のお教室で、生徒さんたちに見せるクリスマス・リースを作ってるの。ハーブのと、蔓を巻いたのは、もう出来てるんだけどね、パッチ・ワークのが、もう少しなのよ。教材以外のものを見せてくれって言われて」

登与子は私を浴室まで連れて行くと、扉の脇に寄りかかり、私が浴槽に身を沈めるところまでを見守ってから「ちゃんと百数えるのよ」と言い残して仕事の続きに戻った。私は登与子に聞こえるかどうか分からなかったけれど「はぁい」と返事をした。

私たちは子どもはいらない。

どちらかが、いつも子どもに戻ることが出来る方が、ずっと楽しくて素晴らしい、そして大切だということを、私たちはよく知っているからだ。登与子の方が帰りが遅い時には、登与子が子どもに戻り、私の方が遅く帰った時には彼女が母のような、姉のような存在になる。

「ひとぉつ、ふたぁつ」

私たちは、誰も好きこのんで大人になったわけではない。誰だって、子どものままでいたいに決まっているのだ。

「さんじゅごぉ、さんじゅう、ろっく」

だから、人に迷惑をかけない場所でならば、子どもに戻った方がずっと自然なのだというのが、私たち夫婦の考え方だった。

「ななじゅうきゅ、はぁちじゅう」

誰だってそう望んでいるはずなのに、そう出来る環境にいないから、それを許してくれる相手がいないから、黙って大人のままでいるのに違いない。

登与子の仕事が一段落つくのを待っている間、私はアイスクリームを食べながらパソコンでゲームをしていた。私は「いい子」だから、登与子が仕事をしている間は邪魔をしたりしない。私の書斎と登与子の仕事場を兼ねている部屋で、私は自分のパソコンに向かい、登与子はミシンに向かって、静かな時を過ごす。

「ごめんね、ミッちゃん。おなかすいたわね。すぐ、ご飯にしましょうね」

やがて、ずいぶん時間がたってから、登与子が私に話しかけてきた。私は私でゲームに夢中になっていたから、時計を見て九時近くなっていることを知った時には驚いた。

「このお部屋にいると、時間がすぐにたっちゃうねえ」

実際この部屋は、私たちのお菓子の家の中でも最も賑《にぎ》やかなおもちゃ箱だった。

八畳ほどの洋間だったが、窓に近い場所には登与子の仕事用の大きなテーブルとミシンが並び、部屋の入口近くに私の机とパソコン・デスクが置かれている。その他の壁面にはすべて棚がめぐらしてあった。

天井からは、登与子が趣味と仕事を兼ねて必要としている様々な花が逆さに吊《つ》られ、窓辺の棚には、水槽に入った乾燥材やポプリを飾るガラス容器などが並んでいる。その他の棚にはプラモデルや様々なパズルから、作りかけの人形、毛糸玉、音に反応する花の置物などが雑然と並べられてあった。着せ替え人形もあるし、ラジコンの車もある。アンティーク・ショップで見つけた昔のブリキのおもちゃもあれば、めんこやビー玉もある。実際にそれらのおもちゃで遊ぶことは、それほど多くはなかったが、そういった物に囲まれて生活していることそのものが、私たちにはこの上もなく貴重なことだった。

「ミッちゃん、ご飯よ」

夕食は十分もしないうちに出来上がった。

カレーは熱湯で三分温めるだけだったし、ご飯はチンするだけの一食分ずつパックされているものを使っているから、時間などほとんどかからない。私たちは、私たちの素敵な時間をフルに楽しむために、料理にはあまり時間をかけないことにしている。時々は、登与子が新しいハーブを使った料理に挑戦したり、私が思いついて手のこんだ料理をすることもあったけれど、それは「ままごと遊び」としてのことだったから、日常の生活ではそんなことはなかった。

「さあ、一緒に御挨拶しましょ」

「いただきまぁす」

穏やかで優しいひと時が、私は何よりも好きだった。優しくて可愛い登与子と二人の夕食。時には天井から「かちかち」「きゃん」が聞こえるし、少し離れた窓から「うぇーん」も聞こえるけれど、それでも厚いモスグリーンのカーテンに仕切られたこの世界には、どんな邪魔も入ることはない。

「今日ねえ、お店でねえ」

私たちはテレビを見ながら、職場の誰それの話をしたり、登与子の教室に通って来る中年の主婦の話をしたりして時を過ごす。誰も彼もが「変なおじさん」「変なおばさん」という感想で締めくくられる。それらの人々は、低俗で無神経で不純で、およそ私や登与子とは違う世界に属していた。時には、実年齢の点では私たちよりも余程若い奴《やつ》の話も出たけれど、彼らでさえ、この城に守られている私たちから見れば「おじさん」「おばさん」というくくりに入れられた。

いつも、いつまでも、私と登与子の世界は変わらないと、私は信じている。外でどんなことが起ころうと、お互いが少しずつ年齢を重ねて、やがて四十になり、五十歳になろうと、このおもちゃ箱にいる限り、私たちは永遠に子どものままでいられるのだと信じている。

笑顔で話し、カレーを頬張りながら、私はその時になって、ふとテーブルの下に目をやった。

「ああ、トンちゃん」

私が横目で見ながら口元だけで笑うと、登与子は不思議そうなとぼけた顔で「なぁに」と言った。

「ずるぅい、トンちゃん」

「なにが？」

「昼間、一人で遊んでたでしょう」

私はテーブルの下に手を伸ばして、私のお気に入りのドイツ製の木のおもちゃを拾い上げた。リス、キリン、ゾウといった、あらゆる動物が素朴な色合いに塗られているシリーズの、それはシマウマのおもちゃだった。

「あ――」

登与子は一瞬慌てた表情になり、それから急いで「えへへ」と笑った。私は、わざと膨《ふく》れっ面《つら》を作って、なおも登与子の顔を横目で窺《うかが》うように見続けた。

「いいなぁ、トんちゃんは。お教室がない時には、お家で遊んでるんだね」

「ごめんね、しまい忘れちゃった」

登与子ははにかんだ笑いのまま、私の手からシマウマを受け取ると、手のひらに載せた。

私は満足だった。もちろん、一緒に遊べないことは、つまらないことだったけれど、私が仕事をしている間も、この素敵なお菓子の家で、登与子が私の帰りを待ちながら一人で遊んでいるのだと思うと、心の中が温かくなる。今度、登与子の教室が休みの日を狙《ねら》って、私も早く帰って登与子と遊ぼう。いつも一人で遊んでいる登与子は、きっと飛び上がって喜ぶに違いない。

そう考えただけで、私は自然に笑顔になってしまった。

「ミッちゃん、どうしたの？」

「ううん、内緒」

私が笑いながら言うと、登与子は安心したように小さくため息をついてから、ふたたび笑顔に戻った。きっと、私が一緒に遊べないからすねているとでも思ったのだろう。

4

翌週の半ば、私は義理で顔を出さなければならなかったつまらない展示会を午前中で見てまわり、そのまま帰宅した。そんなことは珍しくはないことだったが、ただ一つ、いつもと違っていたのは、その日は私が早く帰宅することを登与子に言わずに出かけたことだった。

昼下がりの町並みは、暮に向かう弱々しい陽射《ひざ》しの中でうらうらとまどろんで見える。私は、登与子のために買った切花とケーキを提げ、どこからともなく流れて来る焚火《たきび》の匂いを味わいながら、機嫌よく家路を急いだ。

「た、だぁいま！」

チャイムを鳴らすと、登与子は目をまん丸に見開いて私を出迎えた。

「ミッちゃん――。どうしたの、こんなに早く」

「ふふふ、びっくりしたでしょう！」

私は登与子が予想以上に驚いた顔になったので、嬉しくなって玄関に入った。その時、ダイニングの方から「ぶうん、ぶうん！」という声が聞こえた。私は靴を脱ごうとしていた動作を止め、その時になって自分の靴の隣に小さな小さな運動靴が並んでいるのに気づいた。

「おばちゃん、おばちゃん！　早く――」

細く、よく通る声がしたかと思うと、奥からばたばたと小さな子どもが走り出てきた。登与子は子どもと私を見比べ、泣きそうな顔になった。

「トんちゃん――どこの子、この子」

「――頼まれちゃったのよ。お二階のね、二〇七号室の子」

私は片方の目の下がひくひくと引き攣《つ》るのを感じながら、私たちを見上げている小さな顔を見た。二〇七号室といえば、よく夜に「うぇーん」という声をさせている部屋だ。すると、この紺色の半ズボンを穿《は》いた、三、四歳の男の子が「うぇーん」の正体ということか。

「おばちゃん、だぁれ、この人」

その言葉に、私はかっと頭に血が昇る心持ちだった。「だぁれ」だと？　それは、こっちの台詞《せりふ》だ。

「おばちゃんの家のね、おじちゃんよ」

登与子は困った顔のままで子どもに近づき、曖昧《あいまい》な笑顔で私を見ながら、その子どもの頭を撫でた。

「田中、コレマサ君」

登与子がそう言うと、その子どもは「おじちゃん、かぁ」と言いながら私を見る。ついでに登与子に「こんにちは、は？」と促されて、にっこりと笑いながら「こんにちは」と言った。

「ね、いい子でしょう？」

登与子がつられたように笑顔になるから、私の目の下はますます引き攣った。この家に他人を入れるのはよそうねと約束してあったのだ。おまけに、子どもなんか！

「何で、その、田中コレマサ君が、僕の家にいるわけ」

私はついつい真顔になって、低い声でそう言って登与子を見据えた。無意識のうちに片手が耳たぶを引っ張っていた。

「だからね、頼まれて、預かってるの」

「どうして、家《うち》が預かるの。ここは、昼間は託児所か何かになってるの」

私の言葉が理解できるのか、コレマサは急に不安そうな顔になって、登与子の背後に回った。私の登与子の陰に隠れれば、それで守られるとでも思っているのか。そんなガキの甘えが、私は何よりも嫌いなのだ。小さいというだけで、何をしても可愛がられると思って。

私は、腹の底からじりじりと苛立《いらだ》ちがこみ上げて来るのを感じながら、大きく深呼吸をした。その時、背後でチャイムが鳴った。

「あ、お母さんだよ！」

コレマサが嬉しそうな声と共に登与子の背後から顔をのぞかせた。登与子は困った表情のまま、私の脇をすり抜けて再び玄関を開けた。

「すみませんでしたぁ、助かりました」

ドアが開いた瞬間、明るい張りのある声が響いてきて、ピンク色のトレーナーを着た若い女が顔をのぞかせた。素早く奥に引っ込んでいるべきだったと、その時になって思いついたが、もう手遅れだった。

「あら、御主人様？」

走り寄るコレマサの頭を撫でながら、若い母親は瞳を輝かせて私を見た。その途端、私は営業用の笑顔を浮かべていた。例の、「谷野スマイル」と呼ばれている、奥歯まで見えるくらいに思いきり口を左右に開いて、目尻から頬骨にかけて数本寄る皺《しわ》がいかにもお人好《ひとよ》しに見える、人なつこい笑顔だ。けれど、見る人が見れば、瞳は一向に柔らいでいないことに気づくにちがいない。

「どうも、いつも家内がお世話になっております。谷野です」

「あ、田中です。こちらこそ、うちの子が、お宅に行きたがって、しょうがないものですから、ついつい奥様のお言葉に甘えてしまって」

コレマサの母親は、屈託のない笑顔で軽く頭を下げる。私は慌てて親子を引き留めでもするように、二、三歩玄関に歩み寄った。

「とんでもないですよ。うちでよかったら、いつでも使って下さい」

ああ、私はいったい何を言ってるんだ。

「家内も仕事のない日は一人でいるんですから。な、コレマサくん」

情けなくて涙が出る。職業病とでも言うのだろうか。心にもない言葉をぽんぽんと吐き出し、なんとしてでも相手が気持ちの良い笑顔になるのを確かめなければ気が済まないのだ。

「まあ、ありがとうございます」

コレマサの母親はいかにも嬉しそうに頭を下げると、田舎から送ってきたのだと、林檎《りんご》が四、五個入った袋を差し出した。登与子は相手にあわせて笑顔になりながらも、視界の片隅で私の動向を見ていた。

ようやく二人に戻ったところで、私は悔しさと苛立ちで、指先が震えそうになるのを堪《こら》えながら、登与子を見た。

「どういうことなんだよ、トんちゃん」

「どうって――」

登与子は悲しそうな顔でうつむきがちに、たった今までコレマサが遊んでいたらしいおもちゃを片づけ始めた。

「そういうことだったか。この前のシマウマさんのおもちゃも、コレマサと遊んだんだな、そうだろう」

「だって――断われなくなっちゃったのよ。一度、市民センターで会ってね、色々と話すうちに、同じマンションだって分かって。その時は、まさかあの『うぇーん』の家の子だとは思わなかったし」

「約束したじゃないか！　何であんなガキを預かるのさっ！　僕とトンちゃんのお城なんだから、誰にも邪魔されたくないんだから、よその人を入れるのは止《よ》そうねって、約束してたんじゃないか！」

私は、もう腹立ちを通り越して、悲しくなり始めていた。私と登与子だけの世界に、赤の他人が入り込んだと思うだけで、いてもたってもいられない気分になるというのに、こともあろうに子どもがここに入り込んでいたなんて、まったく、私たちの世界が汚《けが》された気分だった。

「ごめんね、ミッちゃん。そんなに怒らないで」

登与子は悲しそうな顔のまま、一生懸命になって私の顔をのぞき込む。

「トンちゃんは、僕と遊ぶよりもコレマサと遊ぶ方が楽しいの？」

私は口を尖《とが》らせたままで、うつむきがちに登与子を見た。確かに、私はコレマサよりもずっと身体《からだ》だって大きいし、声だって、あんなに細くはない。半ズボンなんか、それほど似合わないし、登与子のスカートに隠れることも出来ない。

「違うわ、違うのよ、ミッちゃん。どうしても断わり切れなかったの」

「じゃあ、本当は嫌なのに、我慢して遊んでるんだね？　そうなんだね、ね？」

「——そうだわ」

それならば、分からないではなかった。

まったく、世間の人というものは、どうしてこんなにも人に忍耐を押しつけるのだろう。結局は、私や登与子のような人間は、家から一歩でも外に出れば、忍耐、我慢の連続なのだ。

憂鬱《ゆううつ》そうにため息をつく登与子を見て、私は途端に笑顔を作った。この部屋にいる限り、私たちは無駄な我慢などせずに、のびのびと子どものままでいられるのだ。

「いいよ、トんちゃん。許してあげる。トんちゃんだって、我慢してたんだものね。僕、もう怒ってないからね。きっと、もう来ないよ」

登与子は憂鬱そうな顔のまま、小首を傾げ、その柔らかい頬を手のひらで支えながら「でもねえ」と言った。

「いま、ミッちゃんが『いつでもどうぞ』なんて、言ったでしょう？　田中さんの奥さん、嬉しそうだったもの。きっとまた連れて来るんじゃないかしら」

「あああん、そうかあ——」

私は、自分の愛想の良さを心の底から呪《のろ》いながら、登与子と一緒にため息をついた。

5

それから数日は、私はコレマサのことさえ忘れて過ごしていた。けれど、ある日の夕方、それは登与子の方が遅くなると分かっていた日だったが、スーパーで買物をしていたら、後ろから声をかけられた。家の近所で人に声をかけられたことなどなかったから、私は全身が総毛立つほど驚いて、手にしていた「ポッキー」を落としそうになってしまった。

どきどきしながら振り返ると、そこにはコレマサの母親の笑顔があった。私は帰りの電車の中で一度仕事から普段用に切り替えた気分を、大急ぎで仕事用に戻した。

「御主人様が、ああ言って下さったからって、そのままお言葉に甘えてしまっては、あまりにも図々《ずうずう》しいんじゃないかと思って」

「何を言ってるんですか。お互いに、自分が生活しているところでおかしな見栄《みえ》を張ったり、心にもないことを言うようなことはやめませんか。僕だって、仕事中ならばともかく、自分が生活している環境で、そんな無駄な神経を使おうなんて思いませんから」

赤いブルゾンにチェックのマフラーをした彼女は、まだ女子大生みたいな雰囲気で

「これからもよろしく」と言いながら嬉しそうに笑ったものだ。

「そんなこと、言っちゃったの？」

「だってさ、だってさあ」

「んもう、ミッちゃんてば」

それからというもの、私はコレマサと顔を合わせる機会が増えていった。自分があんなことを言ってしまった手前、登与子に当たることも出来なかった。実際にコレマサの相手をする羽目に陥った登与子は、目の端に不満を滲《にじ》ませたまま、いつまでも黙っていた。

早く帰りたい、早く登与子の顔を見たいと思うのは山々なのだが、もしかして、と思うと、いつしか私は急いで帰るのが億劫《おっくう》というよりも、恐ろしく感じるようにさえなってきた。

「おじちゃん、おかえんたい！」

ついついい、いつもの気分で帰宅すると、甲高い声が私を迎える日がある。私は、太陽の光を集めたみたいに細く輝く髪の下で、まん丸く見開かれた澄んだ目を思わずにらみつける。

「また、来てるの」

ガキとはいえ、家に戻ってから親に何を報告するか分からないと思うと、私は言いたいことも言えずに、困った顔の登与子を横目で見ながら、知らん顔を決め込むより他にない。

「おじちゃん、遊んで」

「いやだ」

「遊んで、遊んで」

「忙しいの」

「そっかぁ。おじちゃん、忙しいの。じゃあ、しょうがないね」

コレマサは、私が邪険にしても、悪びれるということがなかった。駄々をこねるということもなかったし、我がままも言わなかった。それが、ますます私の癇に障った。ガキのくせに「いい子」ぶっているなんて、三つか四つのガキが、処世術を身につけているなんて、親はどういう神経の持ち主なのかと思った。

「わざと、ああしてるわけじゃないと思うけど」

けれど、登与子は私の意見には賛成しなかった。

「あの子は、ああいうふうにしつけられてるんだと思うわ。お母さんが、きちんとしてるからよ」

「ふん、だ。トんちゃんは、コレマサなんかの肩を持つんだね」

私は口を尖らせて登与子を見る。

「だって、元々はミッちゃんが、あんなことを言うからでしょう?」

それを言われてしまうと、私には何を言い返すことも出来ない。私はがっくりとうなだれてため息をつくより他になかった。

これまでは、私は電車に揺られている間に気持ちを切り替え、駅に降り立つ頃には完全に普段の自分に戻っていることが出来たのに、家に入ってコレマサがいないことを確かめるまでは、ずっと仕事の延長の気分のままでいなければならないことになってしまった。

それどころか、私の家がコレマサを預かっているということが近所中の評判になってしまって、私は道行く人たちの噂《うわさ》の種になった。

スレ違いざまに「あの人よ」「ああ、あの人」「うちも頼もうかしら」という声が聞こえて来ることがある。私はますます緊張し、いよいよ自分の居場所が見つからない気分になってしまう。どこにいても、自由になれる空間がない。どこにいても、他人の目がある。そう考えると、出来ることならば引っ越したいと思うくらいだった。

「そのうち、他の子どもも預かるようになったら、どうするのさ。僕、絶対に嫌だからね、そんなの」

私は噂が流れていることを登与子に言った。もう私の中ではコレマサの母親は悪魔の化身としか思えなくなっていた。

「私は、そんな噂は聞かないけど。コレマサくんやお母さんが話してるのかしら」

膨れっ面のまま登与子の膝《ひざ》に頭をのせている私の髪を撫でながら、登与子は「ミッちゃんが、優しくしてあげるからね」と言う。

「僕なんか、優しくなんかしたくないんだよ。だけどさ、いい子でいなきゃならないんじゃないか」

「そうねえ。ミッちゃんの方がお兄ちゃんなんだものね」

「お兄ちゃんなんかじゃないもん。それに、トんちゃんは、僕だけのものなんだからね。コレマサなんかに、取られないんだから」

「大丈夫よ」

頭上から登与子の柔らかい声を聞きながら、けれど、私はふと不思議な感覚に陥っていた。あのガキが我が家にちょろちょろと出入りするようになって以来、私たちの話題はコレマサのことが圧倒的に多くなっている。

「そうそう、昨日なんかね、コレマサくんてばねぇ――」

「ああん、もうっ」

私は勢いよく起き上がって、登与子をにらみつけた。私は、以前と変わらない生活を続けたいのだ。二人だけの時、無理をせずに、自然のままに、外界のことなどすべて忘れて、私と登与子だけの世界で遊びたいのだ。

「僕、あいつの話はいやっ！」

思わず大きな声を出してしまうと、登与子は一瞬驚いた顔になり、それから「そうだったわね」と小さく呟《つぶや》いた。

6

「店長、何だかお疲れみたいですよ」

店でぼんやりしていると、池田君が例によってコーヒーを運んで来てくれる。

「何か悩みごとですか」

私はコーヒーをすすりながら、ため息を漏らした。

「子どものことでね、ちょっとね」

思わず口を滑らしてしまうと、池田君は「あら」と華やいだ声を出した。

「店長のお宅、おめでたなんですか？」

私は、自分の好みで砂糖もミルクも入っていないコーヒーをすすりながら、生まれて初めてコーヒーの苦みを知ったみたいな顔になったと思う。

「まさか。僕が子ども嫌いなの、知ってるじゃないか」

私が本気で不愉快そうな顔をしていたからだろう、池田君は途端にしょんぼりした表情に変わって「すみません」と頭を下げた。

「君が謝るようなことでもないんだけどね。ねえ、子どもって、どうしてあんなに馴《な》れ馴《な》れしいものなんだろうねえ」

「ああ、まあねえ」

池田君は、気の毒そうな顔でため息をついてくれた。けれど、私は池田君が本当は子ども好きだということを忘れてはいなかった。彼女になど、いや、世界中の誰にだって、私の気持ちは分からないに違いない。私くらいに大切にしたい空間、誰にも邪魔されたくない空間を持っている者でなければ、この気持ちは絶対に分からないに違いないのだ。

「トンちゃん、また――」

昨晩も、大分遅い時間だったのに、あの小さな生物は嬉々《きき》として私たちの部屋で遊んでいた。コレマサの母親が夕食の支度をしている途中で急に買物を思い出したとかいう話で、預かってしまったのだと登与子は笑った。

「この子、お家《うち》に帰って『下のお家はおもちゃ屋さんみたいなんだよ』って言ってるんですって」

登与子は私のコートと背広を受け取りながら、穏やかな笑顔で遊んでいるコレマサを見ている。コレマサがいる手前、私は登与子に服を脱がせてもらうことも、その場ですっ裸になって浴室に行くことも出来なくなった。

「おもちゃ屋さんなんかじゃないもん。あれ、全部僕のなんだよ」

「ミッちゃんが気持ちよく貸してあげるから、コレマサ君は嬉しくてしようがないのよ。田中さんのお宅ではね、クリスマスとお誕生日以外はおもちゃは買わないことにしてるんですって」

最初の頃とは違って、登与子のコレマサを見る眼差《まなざ》しは、穏やかで柔らかい。私はにわかに不安になった。

「トんちゃん、いいように利用されてるんじゃないの?」

登与子は最初の頃ほど当惑した様子もなく、落ち着いた表情で答えた。

「田中さん、偉いと思うわ。御主人は来年の春にならなきゃニューヨークから戻らないそうだし、私よりもずっと若いのに、しっかりしてる」

「トんちゃんはトんちゃんで、いいんだよ！　あんな奴、何が偉いもんか！」

私は思わず声を荒らげた。するとコレマサが、反射的に驚いた顔をこちらに向けた。するると、登与子は慌《あわ》てて「びっくりしたわねえ、何でもないのよ」とコレマサに笑顔を向ける。それから、何か言いたそうな顔で少しだけ私の顔を見ていたが、そのまま視線を外してしまった。

そんな、前夜の苛立ちがずっとくすぶり続けていて、あくる日、私は池田君も含めて五人しかいない店員の全員に一度ずつは小言を言ってしまった。口うるさいなどと思われたくないのに、あとからあとから文句が出た。

確かに広い空間を少ない人数で切盛りしているのだから、大変なことは多いのだが、その分お客様がいらっしゃらなければ、私たちは案外呑気《のんき》に過ごすことが出来る環境にいる。だからといって、あまりにも周りがだらだらし過ぎていた。それに、言葉遣いも乱れていた。伝票が溜《たま》りっ放しになっている。茶碗《ちゃわん》に茶渋がついていた。手洗いのモップが倒れたままだった。展示してある机に髪の毛が落ちていた。鏡にも誰かの指紋がついていた。ああ、きりがないくらいに私は苛立っていた。

今日も来ていたらどうしよう、今日もコレマサがいたらどうしようと思うと、私はそれだけで心臓まで痛くなりそうだった。気がつくと、片手でしきりに自分の耳たぶを引っ張っている。いつからついた癖か分からなかったけれど、耳たぶが真っ赤になって、熱を持っているのが自分でも分かるくらいに引っ張り続けた。

「よかった。今日も来ていたらどうしようかと思っちゃった」

だが、その晩は、登与子は一人で私を待っていてくれた。私は、何だかとても久しぶりに二人で落ち着いた夜を迎えられた気分になって、いつもよりもずっと登与子に甘え、いつもよりも我がままを言った。

「ミッちゃんは、本当に甘えん坊さんなんだから」

夕食のスパゲティーを食べながら、登与子はくすくすと笑い、私の口の端のケチャップを拭《ふ》いてくれる。

「だってさ、ここはね、僕とトんちゃんだけのお城なんだもん。それなのに、あんな汚い子どもが入ってくるのなんて、僕、本当はすごい我慢してるんだよ。本当は、絶対にイヤなんだからね」

満月の色のワインを喉に流し込みながら、私は口を尖らせて、胸をそらせて登与子を見た。登与子は、いつもの穏やかな笑顔のまま、ちらりと視線を横に流した。

「子どもは、うるさいもんね――」

「そうさ。うるさいし、汚いし、我がままだし、可愛《かわい》くも何ともない」

「――コレマサ君ね、トんちゃんのこと『お花のおばちゃん』って呼ぶのよ」

その言葉を聞いて、私はますます口を尖らせた。

「僕のトんちゃんなんだからね、何だよ、気安く『おばちゃん』なんて。だから、子どもは嫌なんだよ、馴れ馴れしくて、すぐに図々しくなる。それに、あいつの話なんか、僕、聞きたくない」

登与子は「はいはい」と穏やかに笑いながらも「子どもから見れば、とっくにおばさんよ」と答えた。私は思わずどきりとなって登与子の笑顔を見た。これまでにも何百、何千回となく見てきている笑顔だったけれど、何故《なぜ》だか今までの笑顔とどこかが違う気がした。

夜、ずっと耳たぶを引っ張りながらベッドの中で目をみはっていると、天井がゆわゆわと波打ちそうな感じがする。ダイニングのテレビが、まだ私たちが眠ってもいないのに、勝手にスイッチを入れて一人で喋《しゃべ》り出しているような気がした。しかも、私たち夫婦がコレマサを預かっていることについて報じているのだ。けれど、私はじっと天井を見上げながら、登与子がベッドに入って来るのを待った。と言うよりも、見えない何かに縛られて、身動きが出来ない気分だったのだ。コレマサの能天気な笑い声が天井から降り注いできて、私は自分がその笑い声に溺《おぼ》れると感じた。

このままでは息も出来なくなると思った時、登与子が部屋に入って来た。すると、声はすべてドアから流れ出て行き、テレビの声も消えて、私は元通りに動くことが出来るようになった。

「ねえ、ご本を読んで」

一旦《いったん》私を着替えさせてくれ、それからしばらく仕事の続きをしていたらしい登与子は、ひよこ色のパジャマに着替えると私の隣に滑り込んで来て「まだ起きてたの？」と言い、それから困ったような笑顔になって「読むの？」と聞く。

「読んで、読んで」

私は、にわかに確かに、しっかりと感じられるようになった天井を一度眺め、心の中でほっとため息をつきながら、本を差し出して見せる。大丈夫、テレビも今はおとなしくしている。声も降ってはこない。あれは私の錯覚、疲労が見せた幻影だったのだ。登与子は少しの間考える顔をした後で一つため息をつき、それから「もう」と言った。登与子は、自分が「読んで」という時には平気な顔をしているくせに、私がせがむと必ず一度は「もう」と言う。

「ええと――この間の続き？」

本をぱらぱらと開きながら、登与子はしきりに咳払《せきばら》いをする。

「ああ、この辺りだったわね。いい？」

私は、仰向《あおむ》けになって本を掲げ持つ登与子の横顔を見つめながら「いいよ」と返事をした。

「『──佐山《さやま》は手早くシャワーを浴びると、バスローブはおらずに、タオルだけを巻いて浴室を出た』あら、ここ、読んだわね」

「いいよ、そこからで」

私は布団《ふとん》の上から登与子の胸のあたりに手を置き、続きを促す。登与子はちらりと私を見、妖《あや》しい輝きをたたえた瞳《ひとみ》を一瞬細めると、もう一度深呼吸をする。

「女はほの明るい照明の部屋で、その豊かな肢体をあらわにして、ベッドに横たわっていた。服を着ていた時には小柄で華奢《きゃしゃ》に見えたが、一糸まとわぬ姿になった女には、ある種の迫力さえ感じられた。佐山は少しの間ベッドに近づかず、じっくりと女の身体を観賞することにした」

そこで、登与子は小さく咳払いをした。私は片脚を登与子の脚に絡《から》ませて、布団の上に出していた手を潜り込ませた。頭の中では、登与子が見知らぬ男にあられもない姿をさらしている場面が思い浮かんでいる。

「首から肩へかけての線には、まだ娘と呼んでもおかしくないほどの恥じらいが感じられるのに、その下に続く線は、女がもはや小娘などではないことを十分に感じさせる。ピンク色の乳首はいたずらっぽく天井を向き、形のよい乳房は横たわっていても形をくずしていない。みぞおちのへこみは滑らかな線を描き、それに続く草原はかすかに震えて見える。豊かに張った腰は深い海のうねりのように、ゆっくりとたゆたいながら佐山を呼んでいるように見える。

『ねえ、何してるのよ』

女はかすれた声で佐山を促した――こらミッちゃんてば」

「読んで、続き、読んで」

私は、登与子に本を読んでもらうのが大好きだった。子どもは本を読んでもらって、想像力の羽を広げる。そして、私も登与子の読む小説の主人公と同じ気持ちになるのが大好きだった。

「そんなことしてたら、読めないでしょう」

登与子が、本を読む時とは異なる声でささやくように言った。私は「いいから」と言いながら、手の動きを止めない。

「早く、読んで」

「悪い子なんだから」

「悪い子だよ。僕、悪い子だもん」

私は登与子の腰に手を回して抱き寄せた。

「――本当の子どもじゃないんだものね、当り前よね」

登与子がゆっくりと呟いた。私は登与子のパジャマのボタンを外しにかかりながら
「子どもだよ、だからね、おっぱいが欲しいの」と言った。登与子は私がパジャマを脱がせるのと同時に本を置いた。登与子の肌は、いつもしっとりと潤《うるお》っていて肌理《きめ》が細かい。私はスタンドに手を伸ばし、電気を消した。

「ミッちゃん」

「なあに、トんちゃん」

登与子が、いつになく真面目《まじめ》な声で囁《ささや》いた。

「私たち、本当にこのままでいいのかな」

「なにが?」

「――大人に、ならなくて、いいのかな」

私は、登与子の乳房に手を伸ばしながら、登与子のかすれた声を聞いていた。

「今は大人でも子どもでもないんだよ。男と女なんだから」

私は熱い息と一緒に登与子の耳に囁く。登与子は微《かす》かに身を震わせながら、それでも冷静に聞こえる声で「そうだけど」と言った。

「ミッちゃんと、こうしているのが大好きよ。でも——何も生まなくていいのかな」

私は、急速に気分が萎《な》えるのを感じた。カーテンを通して洩《も》れて来る淡い明りの中で、登与子の瞳が潤んでいるのが分かる。遠くで酔っぱらいらしい人の声がした。

「トんちゃん——どうしたの。何が言いたいの？」

「——ごめん」

私が身体を離すのと、登与子が寝返りを打つのとが同時だった。私の中で微《かす》かな不安が渦巻《うずま》き始めた。

最近、登与子は何だか変だ。何かが登与子を変えようとし始めている。

「トんちゃん、何か不満があるの？」

「不満なんか、何もないわ。ただ、今のままで、いいのかな。これで、いいのかなって——そう思ったの」

私はゆっくりと息を吐き、登与子の肩に手を置いた。

「私だって、来年には三十二になるのよね。どう考えても、もう子どもじゃない。子どもの一人や二人いたって不思議じゃない年よ。だから——」

「子どもなんか、いらないねって、何度も話し合ったじゃないか。僕とトんちゃんと、二人でいつまでも仲良く暮らしていければ、それだけで十分なんだ。今だって僕は満足してるし、トんちゃんだって――」

　私は、まさかベッドの中で登与子とこんな話をすることがあろうとは、これまでに一度だって思っていなかったから、言いながらいささかうろたえ始めていた。頭の中か、またはどこか他の場所で、誰かがけたたましく笑う声が聞こえたような気がした。コレマサとも違う、もっと年上の人が大勢で私たちを見ているような気がする。

「トんちゃん、僕との暮らしに退屈しちゃったの？」

「まさか。そんなこと、あるわけないでしょう？」

　登与子の肩が大きく一度上下に動いた。やはり、誰かが笑っている。通りを歩く酔っぱらいか、またはどこかの家が騒いでいるのかも知れない。

「――おやすみ」

　そう言ったきり、登与子は私に背中を見せて黙ってしまった。私たちの寝室は、まだおもちゃが遊ぶ時間にもならず、ひたすら静かなままだった。

　何がいけなかったのだ、何が、どうなろうとしているのだ。私は、ベッドの底に引きずられるような感覚と渦巻く不安の中で、薄ぼんやりとしか見えない室内を見回した。いつだったか、一度だけ遊びにきた田舎の母が、この部屋を見て「子ども部屋みたいだね」と言った言葉を思い出す。あの時、おふくろは、私たちが早く子どもを欲しがって、こんな部屋にしているのだと思ったらしい。

「僕、大人になんか、ならないからね。ミッちゃんは、お父さんになんか、ならないんだから！」

私は、大きなため息と同時につぶやいた。登与子は、もう眠ってしまったらしく、ぴくりとも動かなかった。

7

クリスマスが近づいていた。ボクらの部屋の扉には、トんちゃんが作った立派なクリスマス・リースがかけられた。ボクは、クリスマスにはサンタさんが来るんだからと、大きな靴下をトんちゃんの分と二つ用意した。

あれ以来、トんちゃんは前ほど笑わなくなったみたいだった。ボクは、一度「猫を飼おうか」と話しかけたことがあったけれど、トんちゃんは淋《さび》しそうに微笑《ほほえ》みながら首を左右に振るだけだった。ボク、猫ならば飼ってもいいと思った時だったから、トんちゃんがそっけない顔をしたのでつまらなかった。

ボクはコレマサと顔を合わせないために、駅に着いたら電話をかけて確認するようになった。何しろ、コレマサはガキのくせにトんちゃんを狙っている。ボクはときどきトんちゃんに内緒でコレマサのぷよぷよの頬《ほ》っぺたをつねる。でも、コレマサはにこにこ笑っている。

トんちゃんは、時々何かを考える顔になって、子どもが欲しいと言うことがあったけれど、ボクが「約束したじゃないか。トんちゃんは、ボクだけのものなんだからね」と言えば、そのまま黙ってしまった。

そんなことよりも、ボクにとって一番大切なことは、来週に迫ったクリスマスのことだった。だって、ボクは、トんちゃんには内緒だったけれど、もう先月くらいから、プレゼントを決めていたんだ。それは、ドレスを何通りかに替えて着せられる、新しいバービー人形だ。本当は、ボクはサンタさんなんかいないって知っている。でも、こっそり靴下に入れてあげることに決めていた。

「トんちゃん、クリスマス、ご馳走食べようね、ボク、ケーキもチキンも買って来るからね」

ある朝、コーヒーを飲みながら言うと、トんちゃんは少し考える顔をして「あのね」と言った。

「外で、食べない？」

その言葉にボクは顔をしかめた。

「いや」

「どうして？　今からなら、まだ素敵なお店をリザーブ出来ると思うわ。二人でお洒落《しやれ》して、クリスマス・ディナーに出かけない？」

「ボク、お家《うち》でトんちゃんと二人だけでクリスマスしたいの」

去年だって、一昨年《おととし》だって、そうだったのだ。それは、確かに恋愛時代には二人で外食したこともあったけれど、今は二人でゆっくりと過ごすことが、ボクにはなによりも素晴らしいことだった。第一、外へ出て「大人する」なんて、ただ疲れるだけのことだ。

「――私、たまには大人のミッちゃんとお食事したいな。最近のミッちゃん、前よりももっと子どもみたいで」

トんちゃんは、淋しそうな顔になって目を伏せてしまった。ボクは、トんちゃんのそんな顔を見るのは大嫌いだった。でも、なぜトんちゃんの前で無理に大人にならなければならないのかと思うと、その方が嫌だ。

「そうだ、分かった。何だ、そうだったのか」

　ボクは、トんちゃんの顔を見ていて、ようやくトんちゃんが悲しそうな顔をしている理由が分かった。

「いいよ。じゃあ、こうしようよ。クリスマスは、トんちゃんが赤ちゃんになって、いいよ。ボク、お兄ちゃんになってあげる、ね？」

　トんちゃんは、最近ボクよりも遅くなることがなかったので、機嫌が悪くなったのだ。おまけにコレマサの相手までしなければならなくて、トんちゃんは誰にも甘えられなかったから、淋しかったのに違いない。ボクは、大人の社会で「店長さん」だから、最近何だか忙しくて、それに、いつでもお家に帰るとトんちゃんの方が先だった。しかも、あまり早く帰ると、コレマサがいるかも知れないと思うから、ボクはたまにわざと遅くなったりした。だって、あいつときたら、ボクのトんちゃんに対して「だっこ」なんて言ったりして、時にはお尻《しり》まで拭いてもらったりする。ボクの、ボクのトんちゃんに、うんちをしたあとのお尻を拭かせて、ちっぽけなちんちんを見せたりしているんだ。

「トんちゃんが、赤ちゃんになるんだったら、いいでしょう？」

　ボクが言うと、トんちゃんは少し考える顔をして、それから大きなため息をついた。

「ねえ、ミッちゃん」

「なあに」

「クリスマスが終わったら、お部屋の模様替えをしようかと思うんだけど」

急に話題が変わったから、ボクはぽかんとしてトんちゃんを見た。これから、楽しい楽しいクリスマスのことをあれこれ考えようとしてるのに、トんちゃんときたら、クリスマスが終わった時の話をしようとしてる。

「どんなふうに？」

「いらないものをね、整理して、少し、すっきりさせようかなって」

「――いらないもの？」

おかしいな。ボクの見るところだと、この家にいらないものなんか何もないはずなんだ。全部、大切な宝物ばっかりなんだし、第一、おもちゃ箱っていうのは、あんまりすっきりしてたら面白くなんかない。何が出て来るか分からないみたいな、ごちゃごちゃの感じが素敵なんだ。

「くだらないおもちゃとか、使わない人形とか」

「くだらない？　使わない？」

ボクは呆気《あっけ》にとられてトんちゃんを見た。そんなことを、まさかボクのトんちゃんが言い出すとは思わなかった。

「――整理するって、どこにしまうの」

ボクはなんだか急にトんちゃんが恐《こわ》くなって、そっと聞いてみた。だってね、トんちゃんってば、急にお姉さんみたいな顔、ううん、あれはお姉さんじゃない、もっともっと大人の人の顔になって、ボクをね、じっと見てるんだ。

「男の子のおもちゃはね、コレマサ君にあげようかなと思うのよ」

「だめ、だめだめだめ！」

なに言ってるんだよ、トんちゃん！

ボクは、もう少しで涙が出そうになった。ボクの大切なおもちゃを、どうして急によその子にあげようなんて思うのか、ボクにはどうしても分からない。トんちゃんが、どうして急にそんなに意地悪になったのか、ボクには全然分からない！

「あげないよっ！　ボクのだからねっ！」

ボクは、肩で大きく息をしながら、トんちゃんを見つめた。トんちゃんは、急におばさんみたいな顔になって、ゆっくりとコーヒーを飲んでいる。その時、トんちゃんの大好きな陶製の柱時計がぽーんぽーんと九時を告げた。

「子どもの心のままでいることは、本当に大切だと思う。ミッちゃんの、そういうとこ、私も大好きよ。でも、時は元には戻らないのよ」

ボクは、もうちょっとで「きゃあっ」と声を上げそうだった。トんちゃんは、病気になってしまったのかも知れない。そうじゃなかったら、急にそんなことを言うはずがないんだ。トんちゃんは、ボクが選ぶものをいつだって大喜びで受け入れてきたじゃないか！

「さあ、ミッちゃん。お仕事の時間よ」

ボクが、ぼんやりとテーブルに向かって動かずにいると、トんちゃんはゆっくりと顔を上げた。

「――行きたくない」

「どうして？」

「だって、トんちゃん、病気だもん。ボク、傍にいる」

どうしよう。お医者さんに診てもらった方がいいんだろうか。そうしたら、トんちゃんはもとのトんちゃんに戻るんだろうか。ボクは、頭の中がぐるぐる回りしそうになっていた。ボクのトんちゃんが、どんどん遠くに見える。一つのテーブルで向かい合って座ってるのに、急にトんちゃんが「ぴゅん」って遠のいたみたいに見える。

「――トんちゃんの、傍にいる」

おかしい。ボクの声なのに、すごく遠くに聞こえる。トんちゃんの顔は、もうキャンディーくらいに小さく見える。皆が、急にボクから遠くなってしまう。時計の音まで、うんと遠くでぽーんぽーんと言っている。

「私は大丈夫よ、どこも悪くなんかないもの。さあ、心配しないで、ちゃんとお仕事に行って、ね？」

「ボク、ボク」

ああ、やっぱり声が遠い。トんちゃんが、小さくしか見えない。それなのに、トんちゃんの言葉がはっきり聞こえるのが、ボクは不思議でならなかった。

「しっかりして。これで仕事も嫌だなんて言い出したら、ミッちゃんは本当に大人として失格になるのよ」

「ボク——大人じゃないもん」

トんちゃんが、そんなことを知らないはずがないじゃないか。ボクはね、ミッちゃんなんだからね。ときどき、大人の男の人の身体を借りることがあったけど、あれは本当のボクじゃない。ボクは、今ここにいる、これがボクなの。

「あなた。あなたは、どこから見ても立派な大人よ。あれだけの大きな店を任されてる、きちんとした人なのよ。だから、もうそろそろゲームは終わりにしましょう。無理よ、私たちは子どもには戻れないの」

「トんちゃん、自分の言ってることが分かってるの？」

ボクは、トんちゃんが可哀相《かわいそう》でたまらなくなった。だって、トんちゃんを、そんなふうにおばさんに見えるようにしてしまったのは、宇宙からの電波なんだ。トんちゃんは、気がつかないうちに宇宙人に侵略されちゃってるのかも知れない。そうじゃなかったら、ボクにそんな意地悪を言うはずがないだろう？　それにね、ボクを大人だなんて言うはずがない。

ぱちぱちと瞬《まばた》きを繰り返しているうちに、ぼんっとトんちゃんが急に大きく見えた。ああ、よかった、魔法が解けたんだと思ったら、また「きゅうん」と小さくなってしまった。

「トんちゃん！」

駄目だ！　このままだと、トんちゃんは宇宙人に連れていかれるかも知れない。ボクは慌てて立ち上がり、トんちゃんを追いかけた。トんちゃんが「来ないで！」と叫ぶ。可哀相なトんちゃんは、ボクと宇宙人の見分けがつかなくなってしまっている。

「トんちゃん、トんちゃんは、ボクのものなんだからね！　宇宙人なんかには、渡さないんだ！」

ボクは、うんと遠くにいるはずのトんちゃんに向かって手を差し伸べた。すると、ボクの手もぎゅうん、と伸びて、遠くにいるトんちゃんに何とか触れることが出来た。

「トんちゃん、トんちゃん、誰にも渡さないぞ！　ボクが守ってあげるからね、大丈夫だ！」

ボクは、必死になってトんちゃんを押さえつけた。

「ミッ――あなた、やめて。離してっ。あなたは、子どもじゃないのよ。もう三十になろうっていう、立派な大人じゃないのっ」

トんちゃんが、苦しそうな声でそう言うのを、ボクは自分の手のひらにつつまれて聞いていた。そう、ボクが水をすくうような手つきをしたら、その手のひらにボク自身がつつまれてしまった。ボクが使っていた大人の身体が、ボクを逃がすまいと手で押えているのがよく分かった。

「トんちゃん、逃げるんだ！　二人で逃げよう！」

ボクは夢中でトんちゃんの頭を抱え込んだ。トんちゃんは、ボクと宇宙人の見分けがつかなくなって、ボクの背中をげんこつで何度も叩《たた》いた。

「言うことを聞くんだ！　トんちゃん、しっかり！」

一緒にクリスマスを過ごすんだ。ボクは、必死で見えない宇宙人に向かって話し続けた。今、はっきり分かった。宇宙人はコレマサに乗り移り、ボクのトんちゃんを侵略しようとしていたのだ。

「トんちゃん！　トんちゃんは、ボクのものだ。ボクだけのものだ！」

そう言った途端、激しくボクの背中を叩いていたトんちゃんの手がぴたりと止まり、ボクの背中をすっと撫でながら下りていった。優しい、とろけそうなくらいに柔らかい触り方だった。

「――よかった。やっと分かってくれたんだね」

トんちゃんは、疲れて眠ってしまったらしかった。ずっとね、ボクがね、赤ちゃんの役をしていたから、トんちゃんは今からすぐに赤ちゃんになりたかったんだって、ボクにはすぐに分かった。だから、ボクはトんちゃんを抱き上げて二人のベッドに運んであげた。

「今日は、ボク、ずっと傍にいてあげるよ。ね、トんちゃん」

何となく、もう大人になることはないのだと思っていた。ボクは、眠っているトんちゃんの隣で、読みかけの本を開いた。

指定席

1

津村弘《ひろし》の最大の個性といえば、それは、どこから見ても、これといった特徴がない、ということだった。

中肉中背、面長の顔に黒縁眼鏡をかけている彼は、その顔の造作からして、「ほどほど」に出来ていた。目鼻も口も、すべてが普通としか言いようがなく、眉《まゆ》や髭《ひげ》の濃さ、髪形にいたるまで、特に印象に残る部分はない。よく見れば、幼い頃には案外可《か》愛《わい》らしい顔立ちだったのではないかという片鱗《へんりん》くらいは窺《うかが》わせるのだけれど、彼を熱心に観察し、その少年時代などを想像する人はいなかった。

彼の正確な年齢を知っている人は、職場にはまずいないと言ってよかった。学生時代から三十代に見られた彼は、最近ようやく実年齢と外見との間隔を狭めつつあったが、それでも彼が人に与える印象は「中年」というくくりに入っている。二年ほど前のこと、長いつき合いになる友人が、珍しく彼に女友だちを紹介しようとしたことがある。だが、その女性に「どんな人？」と聞かれて、その友人さえも、彼の特徴を話すことが出来なかったという笑い話が残っているほどだ。何度会っても、どうも忘れてしまう、それが津村の個性だった。

彼はいつでも物静かで、昼休み以外は常にきちんと自分の席におり、淡々と仕事をする。周囲の人々は彼が怒鳴ったり、または声を出して笑っていたり、慌《あわ》てているところなどを見たことは一度もなかった。壁にかけられた額縁のように、彼はいつも端然と「そこ」にいた。

「津村さん、来週の内田さんの送別会なんですけど——出席、になってますけど」

「ああ、出ますよ」

その日の午後、珍しく彼の傍に来た若い女子社員は、生まれて初めて津村の声を聞いたみたいな顔をした。

「あ、出ますか——じゃあ、間違いじゃないんですね」

額縁の絵がしばしば風景に溶け込んでしまうように、彼も人々から忘れられることがあった。津村本人は、決して人づき合いが悪いつもりはなかったし、律儀《りちぎ》で几帳面《きちょうめん》でもあったから、宴会などの誘いがあれば大概は応じるのだが、出かける度に額縁を壁から外して持って歩く人がいないのと同じで、彼はまるで動かないものと思われているようなところがあった。

「じゃあ、あの、花束と記念品代、千円ずつ集めてるんですけど——いい、ですか?」

その上、津村は倹約家だと思われている。確かに彼は服装にも構わず、酒はつき合い程度、煙草《たばこ》は吸わない。競馬もパチンコもしないし、金のかかる趣味も持っていない。独身で、就職して以来、ずっと同じ小さなアパート暮らしを続けている彼は、ひたすら貯蓄に励んでいるように見えるかも知れなかった。だが、それさえも特別、意識してのことではない。元来、金銭には無頓着《むとんちやく》な方なのだが、それほど使う用事もない、というだけのことだった。

「千円、ね」

幹事を任されているらしい女子社員は、津村がズボンのポケットから小さな小銭入れを取り出し、小さく畳んである千円札を広げるのを、口の端にほんの少しの冷笑を浮かべながら眺めていた。

——口の脇《わき》に小皺《こじわ》が出始めてるな。

彼は、自分のことをよく知っているつもりだった。幼い頃から、彼はいつでも忘れられてきた。その場にいるのに、誰の目にも留まらず、「見落とされて」しまうのだ。

だが、相手は風景と同じにしか感じていなくても、津村には津村の感想が常にある。それを内側に秘めているというだけのことだ。

「来週の木曜日ですから。よろしく」

確か、今年で入社三年目くらいになる女子社員は、細かい畳み皺のついている千円札を受け取ると、わずかに愛想笑いを浮かべてすたすたと行ってしまった。津村は俯《うつむ》きがちに、ちらりとその後ろ姿を見送った後、また机に向かった。

――真面目《まじめ》そうに見えるけど、案外遊んでるんだろうな。何だ、あの腰の振り方は。

そして彼は、何時間も前からまったく動いていなかったみたいに、再び風景に溶け込む。彼の頭の中が、いくら目まぐるしく動いていようと、そんなことは他人の目からは分からなかった。

――ああいう女に限って、男にはだらしないものなんだ。

時は、津村の上を、しごく淡々と流れていくだけだった。その連続した流れを静かに受け止めていくことこそが、津村の日々だった。

彼は毎日、八時半までに出社して、与えられた仕事をきちんとこなし、四時半ちょうどに仕事を切り上げる。そして、四時四十分前後には電車に乗り、五時過ぎには彼の暮らす町を通過して、その一つ先の駅で降りる。駅前の商店街を抜け、時々はその途中にある比較的大きな本屋に寄って、彼は長いときには一時間以上も、その本屋で過ごした。そして、大抵の場合は、一、二冊の本を買い、店を出ると駅とは反対の方向に歩く。

電車から吐き出されてくる勤め人や学生、慌ただしい買い物客で混雑する商店街を、彼はさらに五分ほども歩く。やがて、商店街も外れにさしかかった辺りの路地を一つ曲がったところに、そのコーヒー店はあった。

「こんばんは」

ことん、と微《かす》かな音をたてて、目の前に水の入ったグラスが置かれ、いつもの声がする。津村はその瞬間だけ、わずかに視線を動かして、柔かな笑みを浮かべている娘を見る。

「コーヒー」

毎日のことなのだから、わざわざ改めて言う必要もないかも知れないけれど、「コーヒー」と言うのが津村の習慣だった。そして、彼女が小さく頷《うなず》くのを確認すると、ようやくほっとして鞄《かばん》から読みかけの本を取り出す。それから一時間程度、本を読みながらゆっくりとコーヒーを飲むのだ。それが、津村の毎日の中でもっとも心の安らぐひとときだった。

2

津村が初めてその店を見つけたのは、昨年の春のことだった。ひと駅だけ電車に揺られて、先ほどの本屋に来たついでに、津村にしては珍しく、散歩をするつもりになった。

その日は休日で、上着もいらないほどの穏やかな陽気の日だった。目映《まばゆ》い陽射《ひざ》しの溢《あふ》れる街は、思い思いの休日を楽しむ人々でごった返していた。声でも表情でも仕草でも、必要以上にオーバーに表現する若者たちの横をすり抜け、子どもを抱きつつ夫婦で手をつないでいる家族連れや、横に広がって、のろのろとしか進まない若い娘たちを眺めながら、津村は一体何が楽しくて、彼らはこんなにはしゃいでいるのだろうかと思った。

――どいつもこいつも、浮かれた顔で。

人生に、そんなに楽しいことなど、あるはずがない。喜びとか快楽とか、そんなものを求めてはならないというのが、津村の考え方だった。求めるから裏切られる、楽しいことがあれば、その後が余計に辛《つら》くなるに違いないのだ。

——実際、無意味だよ。そんな笑いは。

いつか、苦難のときを迎えたとき、彼らは今日のこの日を思い出すだろうか。たとえ思い出したとしても、笑いながら休日の街を歩いた記憶など、何の役に立つというのだろう。そのときになって、はしゃぎすぎた罰だと気づき、後悔しても遅いのだ。そんな不幸に見舞われないためには、自分のように、目立たず、はしゃぎすぎず、淡々と生きていくことこそが肝要なのだと、津村は言いたかった。

やはり、休日の繁華街など散歩するのではなかった、こんなに無神経な乾いた明るさは煩《わずら》わしいだけだったと後悔し、少しでも彼らから離れるために小さな路地を曲がったとき、香ばしい香りが漂ってきた。ふと見れば数軒先に、「炭火珈琲《コーヒー》」の看板がしごく控えめに掲げられていて、津村は一瞬の静寂と潤《うるお》いを求める気分で、その看板に近づいた。それが「檀」という名のコーヒー店に通い始めたきっかけだった。折しも、その少し前までよく行っていた喫茶店が火事を出してしまい、コーヒー好きの彼としては、物足りない日々を送っていた矢先だった。

「お待たせしました」

今夜も、津村の前には見慣れたカップが置かれる。黒く艶《つや》やかに輝く液体からはほのかな湯気とともに香《かぐわ》しい匂《にお》いが立ち昇っている。微かに揺らいでいるコーヒーこそは、世界中の魅惑的な瞳《ひとみ》を集めたように妖《あや》しい魅力に満ちている。

「ごゆっくり」

白いブラウスから華奢《きゃしゃ》な手首をのぞかせて、津村の横にそっと伝票を置くと、ウェイトレスは彼から離れていく。その声も仕草も、実にさりげなく、そして控えめなものだ。

歳《とし》の頃は二十歳《はたち》そこそこというところだと思う。そのウェイトレスは小柄で痩《や》せっぽちで、小さな白い顔にソバカスを散らし、鉛筆描きの絵みたいに、細く弱々しい線だけで出来ているような雰囲気の娘だった。いつもサイズが合っていないような印象を与える制服の背中で、一つに結わえた茶色い髪が揺れている。彼女が遠ざかるのを、津村はいつも視界の隅で見送り、それからようやく熱い液体をひと口する。馥郁《ふくいく》たる香りが自分の内にゆったりと広がるのを味わい、手元の本に目を戻しながら、彼はいつも心の中で呟《つぶや》いた。

——彼女とぼくは同類だ。

彼が「檀」を気に入った最大の理由は、店に音楽が流れていないことと、そして、あのウェイトレスだった。以前、ひいきにしていた店にも、やはりおとなしい雰囲気のウェイトレスがいたけれど、「檀」の彼女は、あの娘よりももっと津村に親しみを覚えさせた。ここに来てこの席に座り、そして彼女の顔を見ると、津村はようやく一日が終わったと思う。食器の触れ合う音や控えめな人の話し声、穏やかな照明に浮かび上がる落ち着いた調度と、そしてコーヒーの香りに包まれたこの空間で好きな本を読む。それこそが、津村にとって最大の贅沢《ぜいたく》と言えた。

だから昨年来、津村は会社の帰りには必ずひと駅乗り越して、この店に寄るのを習慣にしていた。誰も気づいていないが、津村にだって職場の不満はある。気に入らない奴《やつ》もいれば、癇《かん》に障《さわ》る出来事もあるのだ。彼は毎日この店に来て、微かな人の温《ぬく》もりを感じながら、ゆっくりと本を読む間に、それらの不満を少しずつ溶かしていく。そして、六時半か、遅くとも七時には店を出て帰路に着くことにしていた。夕食は、アパートの傍の三軒の定食屋のうちのどこかと決めていた。

「ありがとうございました」

今日も、切りのいいところまで本を読み、津村はウェイトレスの声に送られて店を出た。彼はいつでもコーヒー代の六百円ちょうどを用意しておき、伝票とその金をレジの前に置くだけで、すっと店を出ることにしている。

――彼女も、その方が助かってる。余計な話はしたくないタイプなんだから。

「檀」に通い始めて十日か二週間ほど過ぎた頃、小さな変化があった。彼の姿を認めただけで、あのウェイトレスが、目顔《めがお》で一つの席を指したのだ。その目は、「あの席は空いていますよ」と言っていた。最初、津村は、自分が彼女に覚えられているらしいことに驚いた。確かに、津村はそれまでの数日、ほとんど同じ席に腰掛けた。最初に入ったときに座った席が、どうも落ち着く気がして、その場所が気に入っていたからだ。だが、そんなことをウェイトレスに気づかれているとは思わなかった。

突然、津村の中に警戒心が湧《わ》き起こった。続けて話しかけられたらどうしよう、妙に親しげにされたらどうしようと、頭の中であらゆることが駆け巡った。そんなことになれば、煩わしくなるばかりだ。せっかく見つけたコーヒー店だが、もう来るのはやめにしようかなどとも考えた。

だが、彼女は、おずおずと腰掛ける津村を見届けると、いつもと変わらない仕草で、実にさりげなく、ことん、と冷水の入ったグラスを置いた。そして、津村が小声で「コーヒー」と言うのを頷いて聞き、すぐに彼を一人にしてくれた。

――何も聞かないのか？　何も？

彼女は、その席が津村のために確保されていることを示しただけだった。それでも最初、津村はなかなか警戒した心を解こうとはしなかった。彼は、自分が人に記憶されることに慣れていなかった。個人的なことに興味を抱かれることに、恐怖心を抱いていた。それでも、いつも同じ席に座れる嬉《うれ》しさは、少しずつ津村を安心させた。

そこは、「檀」の奥にあるカウンターの、いちばん右端の席だった。その店のカウンターは、高からず低からず、黒く磨き込まれた厚い一枚板で出来ていた。奥行は一メートル近くもあるだろうか、余計なものは置かれていない代わりに、アール・デコ調のアンティークらしい大きなランプが、間隔を開けて二個置かれている。痩せっぽちのウェイトレスは、毎日、同じような時刻に現れる津村のために、その右端の席を「指定席」として確保してくれたのだった。彼にとって、それは最高のもてなしに思われた。その場所で、彼は肘掛《ひじか》けのついているゆったりとした椅子《いす》に座って本を読む。時は、いっそう緩やかに流れる。広々とした大河の深い澱《よど》みのように、その空間は津村の日常の中でも特に静かで落ち着いたものだった。

いつしか彼は、意識のどこかで常に彼女の動きを追い続けるようになった。薄明るい店内を、靴音もたてずに移動する彼女の気配を探るのは、そう簡単なことではなかった。それくらいに、彼女は空気をかき回さず、漂うように動き回った。津村の読書のスピードは以前よりもわずかに落ちた。けれど、変化といえばそれくらいのもので、あとは、しごく淡々と「檀」に通う日々が続いただけのことだった。月曜日の定休日を除いて、彼は毎日この店に通い、指定席に座り、苦みの強いコーヒーを飲みながら読書をする。それだけで、満足だった。

3

翌週の木曜日、津村は同じ課の女子社員の送別会に出席した。乾杯の後、彼は時間をかけて一杯目のビールを飲んだ。そして、人々のざわめきに包まれ、空になったグラスを前に置いたまま、控えめに料理を食べた。

「あれ？　おい、飲んでる？」

二十分以上も過ぎた頃、ようやく隣の同僚が津村に気づいた。彼は、決して嫌われているわけではなかった。その存在に気づきさえすれば、誰もが優しい笑顔を向けてはくれるのだ。

「また嫁にいかれちまうなぁ、おい、どうしようか」

同僚は苦笑しながら津村にビールを注いでくれる。津村は、彼に合わせて笑みを浮かべながら「そうだねえ」としか答えなかった。

——いいじゃないか、あんなケバケバした女が誰と結婚しようと。

「そうだねえ、か。いいなあ、津村くんは、マイペースで」

――僕は点数が辛いだけだ。妥協なんか、したくはないからな。

けれど、口では「そうかな」と呟き、津村は曖昧《あいまい》に笑ってみせただけだった。それきり会話も続かなくなって、同僚は、いつの間にか他の連中と話し始めてしまった。今夜は飲み、歌い、笑っている彼らを眺めながら、津村は「檀」のことを考えていた。今夜はあの席はどうなっているだろうか。あの、鉛筆描きの絵みたいなウェイトレスは、空っぽの席を眺めながら、少しは津村のことを案じているだろうかと思う。

――どうして来てくれないの。

ぺそぺそと泣く顔が思い浮かぶようだ。彼女には、そういう泣き顔が似合うに違いないと、津村は以前から思っている。声を出さず、大袈裟《おおげさ》に涙を流すのでもなく、ただぺそぺそと泣くのだ。

――待ってたのに。私、待ってたのに。

やっとの思いで絞り出したみたいなか細い声で、彼女が言う様を想像して、津村は思わず、この送別会が終わった後にでも立ち寄ろうかと考えた。けれど、あの店は、確か九時で閉店のはずだ。閉店ぎりぎりに行くのも落ち着かないし、いつもと違う行動をすることで、面倒な会話の糸口が生まれてしまうのは嫌だった。あの席だって、津村が帰った後は、他の客が座っているかも知れない。そう考えると、やはり予定外の行動はしないに限るという結論に達する。だから結局、津村はその日は真《ま》っ直《す》ぐに帰宅した。いつもの通り、二次会には誘われなかった。

翌日、四時半に仕事を終えると、津村はいつもよりもいそいそと会社を出た。だが、たった一日行かなかったくらいで、忘れられるはずもない。あまりに慌てて行ったと思われるのも嫌だと考え直して、いつもの本屋に寄ることにした。そこで、内心ではそわそわとしながら小一時間も過ごし、それからやっと「檀」に向かった。

「ご注文は」

こんばんは、の代わりに、そんな声がかけられた。しかも、カウンターに水を出すときも、いつもは、ことん、と小さな音をたてるだけなのに、ごん、という音がするのだ。津村は、いつになく真っ直ぐに顔を上げてみた。

「メニュー、こちらですから」

そこには、見知らぬ娘がいた。妙にのっぽで、顎《あご》に大きなにきびが出来ている。彼女は無表情のまま、どことなく憮然《ぶぜん》として見える顔で津村を見下ろした。

「――コーヒー」

「ブレンドですか」

津村は、その娘が嫌いだと思った。何故《なぜ》、そんなことを改めて言わなければならないのだろう。ずっと同じコーヒーを飲み続けている津村に向かって、今更メニューを指す娘の無神経さに、珍しく心の底が苛立《いらだ》った。

「ブレンドは、リッチとマイルドとありますけど」

助けを求めるつもりで、急いでカウンターの中を見回したが、マスターはこちらに背を向けて、コーヒー豆を大きなミルにかけているところだった。

「どっちにします？」

「——リッチ」

津村が言い終わるか終わらないかのうちに、彼女はくるりと踵《きびす》を返し、カウンターの内側に向かって「リッチ・ワン！」と言う。津村は、いかにも無神経そうな、でくでくとした娘の後ろ姿を横目で見、急に気持ちが萎《な》えるのを感じた。

——あの娘は、どうしたんだ。今日は、休みなのか。

たった一日来なかっただけなのに、彼女がいないというだけで、店の雰囲気はすっかり違って感じられた。津村は、カウンターの内側で働き続けているマスターを一心に見ていた。津村と目が合ったら、何かの説明をしてくれるのではないか、「彼女なら、今日は風邪で休んでいます」とか、そんな説明を受けられるのではないかと思ったのだ。けれど、マスターは豆をひいたと思えば、次にはトースト用のパンをトースターに放り込み、すぐに汚れた食器を洗い始め、濡《ぬ》れたままの手で新しいミルクのパックを取り出すという具合で、絶えず動き回っている。時折、顔を上げて「いらっしゃいませ」などと言うのに、彼は、ただの一度も津村の方を見ようとはしなかった。

やがて、かちゃ、と音をたてて、津村の前にコーヒーが置かれた。いつものカップの中で黒い液体は大きく揺れて波立ち、ソーサーにまで跳ね飛んでいる。

――どういう置き方なんだ。無神経な。

心なしかコーヒーの味さえも、いつもよりも落ちたように思える。それでも、津村は黙ってコーヒーを飲み、いつもの通りに本を読んだ。たとえ彼女が休んでいても、だからといって、さっさと帰るつもりにはなれなかった。何しろ、このひとときは、津村にとって欠かせない時間、大切な指定席を温める時間なのだ。

――それに、彼女がどうしていようと、結局、僕には関係ない。

明日には、また彼女が迎えてくれるに違いない。そうなれば、たった一日くらい、失礼なウェイトレスがいたことなど、すぐに忘れてしまうだろうと、彼は自分に言い聞かせた。

だが、彼女は、それきり「檀」からは姿を消してしまった。二日過ぎても、三日目になっても、彼女の代わりに、のっぽの女が「ご注文は」と言う。やがて、津村は徐々に諦《あきら》め始めた。所詮《しょせん》は単なるアルバイトだったのに違いない。いつ、どこへ消えてしまおうと、津村とは縁のない娘だったということだ。

——それでも僕は、別に変わらない。

実際、津村の生活には何の変化もありはしなかった。彼は、彼女がいたときと同じように、いつも「檀」のカウンターの右端の席に座り、「リッチ」と言って出てくるコーヒーをゆっくり飲む。そして、のっぽのウェイトレスに「六百円です」と言われてレジで金を払って店を出る。小さなことに拘《こだわ》りを持ち続けても仕方がない。そのうち、新しいウェイトレスにも慣れるだろうと、彼は常に自分に言い聞かせていた。とにかく、この店には彼の指定席がある。その席さえ確保されていれば、彼の日常は、それほど乱されるということはなかった。

4

ある日、彼は珍しく係長に呼び出された。係長は、彼の仕事が遅いと言った。本来ならば、もっと任せたいことがあるのに、いつも最低限の仕事しかしないから、任せられないのだとも言った。

「もう少し効率的に仕事を処理しようとか、そういう努力もしてもらいたいものなんだけどな」

　何年か前に係長になった男は、津村よりも年下の後輩だった。津村から見れば、彼はお調子者でデリカシーのかけらもなく、やたらと派手に動き回るタイプだ。津村は、出世などには興味はなかったけれど、後輩に居丈高になられれば、やはり愉快な気はしない。

「真面目なことは分かってるけど、もう少し前向きなガッツというか、そういうものが欲しいんだよね」

　青二才にそんなことを言われる筋合いはないと思いながら、津村は「すみません」と頭を下げた。何と言われても、彼は自分のペースを守るだけのことだった。もしも、仕事の出来る男だなどと思われたら、面倒が増えるだけだ。そんなことで自分をすり減らすなんて、まっぴらだ。

「まあ、いいや。君みたいな人も、世の中には必要なのかも知れないから。な」

　やがて、係長は深々とため息をつきながらそう言うと、津村の肩をぽんぽんと叩《たた》いて「頑張ってくれよ」とだけ言った。

　――あんな男の言いなりになるものか。僕は、僕なんだ。

はけ口のない不満を渦巻かせながら、津村はその日もきっちり四時半に仕事を切り上げた。課内のほとんどの人間が仕事を続けていたが、津村が席を立っても、顔を上げる人間はいなかった。「お疲れさま」の声さえもかからない。彼が何をしようと、何時に帰ろうと、誰も注意など払ってはいない、まるで透明人間のようなものだった。

――誰も、僕に気づかない。僕を見ない。

陽が伸びてきて、外はまだ明るかった。駅までの道すがら、津村は自分の細長い影を見つめながら、まだ影の方が存在感があるのかも知れないと自嘲《じちょう》気味に考えた。ふと、大声で叫び出したい気にさえなる。

――声まで聞こえなかったら、それこそお笑いだ。

けれど、そんなことをするはずがない。津村は、不愉快な塊を抱えたまま、いつもと同じように淡々と歩き、電車に乗り、いつもの通りひと駅乗り越す。そして、今やアパートの近所よりも歩き慣れた感のある商店街を歩いた。あののっぽのウェイトレスのことを考えると、ほんの少し憂鬱《ゆううつ》にならないこともないのだが、他に予定があるわけでもないし、第一、一年以上も続けている習慣を、あんな小娘一人のために変えなければならないのは、いかにも不愉快なことだった。彼は、予定通りに日常生活を送ることこそが大切だと信じていた。アクシデントや、わくわくする出来事などは、一生のうちで二、三回もあれば十分だ。

夕暮れに向かう商店街は、休日ほどではないにしても、やはり混雑していた。それらの人に紛れながら、今日は本屋の前は素通りして、ちょうど半分くらい歩いたときだった。人混みの中を、こちらに向かって歩いてくる一組のカップルが目に留まった。二人は揃《そろ》って晴れやかな顔で笑っている。真っ白い半袖《はんそで》のポロシャツを着て、両手をジーパンのポケットに入れている長身の青年の腕に摑《つか》まりながら、娘の方は彼の隣をぴょんぴょんと飛び跳ねるようにして歩いていた。その姿を見た瞬間、津村の心臓は珍しくどきりとした。ミニスカートに鮮やかなピンク色のニットを着て、長い髪を肩の上で躍らせている娘、明るい笑みを振りまいて男に甘えている彼女は、あの鉛筆描きのウェイトレスに違いなかった。

彼らとの距離はどんどんと縮まってくる。津村は息苦しささえ覚えながら、立ち止まることも出来ず、歩調を変えないように努力するだけで、精一杯だった。

——そんな顔をする娘だったのか？　そんな服装で、そんなにはしゃいで。

もはや、彼女は鉛筆描きの娘などではなかった。はっきりとした色と形を持ち、彼女は全身から若さと生命力、十分すぎるほどの存在感を放っていた。

——僕の知ってる彼女じゃない。

それでも、やはり懐《なつ》かしい気がして、津村は彼女を見つめていた。一年間、毎日のように短い言葉を交わし、顔を見ていた娘なのだ。彼女は、津村をすぐに覚えた。そして、彼のために指定席を用意してくれた。やがて、津村と彼らの距離が、ほんの数メートルというところまで縮まったとき、ふいに彼女がこちらを見た。

——や、やあ。

咄嗟《とっさ》に曖昧な笑みさえ浮かべそうになりながら、津村は彼女を見た。彼女は、真っ直ぐにこちらを見ていた。確かに、視線はぴたりと合ったはずだった。それなのに、次の瞬間、彼女は素知らぬ顔で視線を外してしまった。まるで表情を変えることなく、ただの風景でも見たみたいに彼女は横を向いた。

——気がつかないのか？　僕に？

中途半端《はんぱ》に口を開いたまま、津村は彼らとすれ違った。

「駄ぁ目。ねえ、行こうよ、ね、ね」

甘えた声が津村の耳に届いた。それは、確かにあの娘の声に違いなかった。津村は信じられない思いで、振り返って彼らの後ろ姿を見つめていた。そんなはずがない、津村の顔を覚えていなければ、席など用意してくれるはずがないのだ。

——無視したのか？　男と一緒だから、わざと知らないふりをしたんだろうか。

思わず彼らの後を追っていきたいと思った。彼女の住まいをつきとめて、彼女に直《じか》に聞いてみたい。僕を覚えていませんかと。津村は、来た道を引き返しそうになって、その行動の、いかにも自分らしくもないことに気づき、慌ててまた歩き始めた。

——何を考えているんだ。僕には関係ないじゃないか。

それに、こちらの質問に、涼しい顔で「どなた？」などと聞き返されでもしたら、津村は恥ずかしさのあまり、どうしたらいいのか分からなくなってしまうに違いない。自分の愚かしい行動を死ぬまで悔やむことになる。

——僕をだましていたんだ。僕を。

要するに、彼女は芝居をしていたのだ。そうに違いない。さっきから抱えている不快な塊が大きくなった。彼女こそは同類だと思っていたのに、その思いは、今やはっきりと裏切られていた。

——何ていう女なんだ。

取りあえず、熱いコーヒーを飲み、ゆっくりと本を読もう。そうすれば、怒りも不満も溶けていくに違いない。今までだって、ずっとそうしてきたのだから。津村は、すがるような気持ちで「檀」に向かった。ほんの数分の距離が、ひどくもどかしく感じられた。

ようやくいつもの路地を曲がり、香ばしい香りに吸い寄せられるように「檀」のドアに手をかけたとき、津村はもう安堵《あんど》のため息を洩《も》らそうとしていた。やっと、自分の居場所にたどり着いた、あの席が津村を待っている。早く、あの席で気持ちを落ち着かせたかった。

音もたてずに店に入り、いつもの通りにカウンターに向かおうとして、だが、彼の足は止まってしまった。指定席に、他の客が座っているのだ。津村は頭の芯《しん》がかっと熱くなるのを感じた。その耳に、流れているはずのない音楽が聞こえてきた。彼の頭はますます混乱しそうになった。

――ここは「檀」だろう？　そこは、僕の席だろう？

「すいませんね」

津村に気づいたマスターが、如才ない笑みを浮かべて軽く頭を下げてみせる。その声に気づいて、カウンターに身を乗り出してお喋《しゃべ》りに興じていた例のウェイトレスが顔を上げた。たった今までにこにこと笑っていたくせに、彼女はすっと真顔に戻り、死んだ魚みたいな目つきで「いらっしゃいませ」とだけ言った。彼女の顔を見て、津村はそこが間違いなく「檀」であることを確認した。

「あの子の知り合いが来てるもんですから、いつもより少し賑《にぎ》やかかも知れないんですが」

　これまで、一度として足を踏み入れたこともない、入り口に近いテーブル席の方に案内されて、津村はマスターから水を出された。他の客の姿はなかった。

　落ち着かなければ、こんなことで慌てたり取り乱したりしてはいけないと、津村はカウンターのものよりも窮屈に出来ている椅子に腰掛けながら、自分に言い聞かせていた。とにかく、コーヒーを飲みたかった。

「ご注文は」

　マスターの穏やかな声が頭上から聞こえて、津村は、ぎょっとしながらマスターを見た。五十代に見えるマスターは、慇懃《いんぎん》な表情で津村を見ている。

「――コーヒー」

「ブレンドですか？　でしたら、当店の場合ですとリッチ・ブレンドとマイルド・ブレンドがございますんですが」

　津村は、ごくりと生唾《なまつば》を飲み込みながら、「マイルド」と呟いた。

「マイルド・ブレンドでございますね。少々、お待ちを」

　愛想笑いを浮かべ、大股《おおまた》でカウンターの方へ戻るマスターの後ろ姿を見送りながら、今や津村の心臓は明らかに高鳴っていた。

ないか！

――いつも、リッチじゃないか！　一年以上も、ずっと同じものを注文してるじゃないか！

頭の芯がかっかと燃えている。腹の奥で渦巻いている塊も、せり上がってきそうだ。音量は抑えてあったが、店内には、津村の大嫌いなジャズが流れていた。

――クラシックならともかく。

大体、マスターが「すいませんね」と言ったとき、津村は明らかに指定席のことを謝られたのだと思ったのだ。あの馬鹿《ばか》ウェイトレスのせいで、指定席を占拠されてしまっていることについて謝ってくれたのだと思った。それなのに「ご注文は」ときた。いつもと違うものを注文したことにも、まるで気づきもしなかった。

――どいつもこいつも、どうして僕が分からないんだ。

カウンターの方で、どっと賑やかな笑い声が起こった。津村は、自分のすぐ脇の飾り棚に置かれているアンティークのランプに身を隠すようにしながら、彼らの様子を窺った。ポーカー・フェイスだと思っていたマスターまでが、顔をほころばせている。そんな顔で淹《い》れたコーヒーなど、旨《うま》いはずがないと津村は思った。

「そうだよ、マスター。夜はパブ・タイムにしなよ、この店。ジャズ・バーでもいいしさ」

誰かがそんな声を上げている。

「そうしたら、俺、ボトル・キープするよ」

「コーヒーより、儲《もう》かるだろう？」

他の客も賑やかに笑いながら勝手なことを言っている。ウェイトレスはにこにこと笑いながら「いい、いい、いい！」と叫んでいた。

——僕の大切な席に酒飲みを座らせるつもりか。

「雰囲気いいんだからさ。コーヒーだけじゃ、もったいないって」

津村は、ランプシェードに身を隠しながら、額から脂汗《あぶらあせ》を滲《にじ》ませていた。頭がぐるぐると回っている気がする。何とか気持ちを鎮《しず》めなければと思い、鞄から本を取り出したものの、気持ちは一向に落ち着かなかった。この際、リッチでもマイルドでもいい、早く、コーヒーを飲みたかった。

「その方が、絶対にいいって」

音楽がうるさい、奴らの無神経な声がたまらない。津村は、必死でコーヒーを待った。耳の奥でどくどくと鼓動が聞こえている。

だが、コーヒーはなかなか運ばれてこなかった。いつもならば、五分もしないうちに出てくるはずなのに、今日に限って、十分、十五分待っても、まだ出てこない。

――忘れているのか？　僕は注文したじゃないか。

津村は腕組みをしながら、何度も深呼吸をした。今日一日のことが頭を駆け巡る。それだけでなく、これまでに屈辱的な思いをしたり、妥協を強いられたすべての場面が思い出された。

――僕は、ここにいるじゃないか。

頭の中が真っ白になりそうだった。どこかに救いを求めるつもりで、津村は自分の周囲を見回した。カウンターから彼の姿を遮っているランプは、淡い緑色の曇ったガラスで出来ていた。これもアール・デコ調らしく、胴体の部分からランプシェードにいたるまで、全体に蝶《ちょう》と紫陽花《あじさい》の文様が入っている。そのランプの置かれている飾り棚は、まるで骨董品《こっとうひん》屋の様相を呈していた。ランプの隣には、片隅に少女のレリーフがはめ込まれた鏡がかけられ、その隣には、やはりアール・デコ調の振り子時計が置かれている。さらに、その奥には、大きなガラス製の壺《つぼ》までが置かれていて、それらのすべてを取り巻くように、天井からは厚手のビロードのカーテンが下がっていた。飾り棚全体を一つの舞台に見立てているみたいに、カーテンは緩やかな曲線を描きながら天井と壁の境の辺りを這《は》い、その端は、大きく波打ちながら津村の脇に垂れ下がっていた。

——くどすぎる。何だ、こんなごてごてと飾りたてて。

つい、小馬鹿にしたい気持ちで心の中で呟いたとき、再びカウンターの方から笑い声が上がった。

「コーヒー一杯で粘る客ばっかりじゃ、マスターだって困るだろう？」

一人の客が言った。「俺も、その口だけどね」と続けて、また笑い声が上がる。

「そうよ。マスターだって、いつもそう言ってるんだもんね」

ウェイトレスの言葉が聞こえた瞬間、津村は頭の芯どころか、全身がかっと熱くなった。彼女の言葉だけが耳の中で鳴り響いていた。

——無神経にも程がある。

津村は、テーブルの上の黒くて丸い灰皿と、その中に置かれているブック・マッチをぼんやりと見つめていた。耳の奥でどくどくと脈打つ音ばかりが聞こえる。マッチは、黒い地に「檀」という文字が白抜きで入り、文字の周囲を唐草模様が取り巻いているデザインだった。

それにしてもコーヒーは来なかった。紫陽花の周囲を蝶が舞い飛ぶ文様のランプシェードに隠れながら、いくらカウンターの方を見ても、マスターは話に夢中になっている様子で、まるで手を動かしている気配がない。

——待ってるんじゃないか。僕は、ここにいるじゃないか！

震える手がマッチに伸びた。行儀よく並んでいるマッチの、右端の一本をむしり取りながら、津村は、それこそが津村自身の姿に思えた。右端は、津村の席だったのだ。あそこは指定席だった。一年間も、ずっと、毎日。それなのに、鉛筆描きみたいな彼女も、今の馬鹿ウェイトレスも、そしてマスターさえも、皆が津村を忘れている。

津村の指先に、小さな炎が生まれた。明るい黄色の炎は、生き物のように揺らぎながら、紙マッチを燃やしていく。その炎を見た瞬間、津村の頭はすっと冷静に戻った。彼は、ゆっくりと腕を伸ばし、マッチの火を飾り棚のカーテンに近づけた。ほんの小さな生き物だった炎は、垂れ下がっているビロードに触れると、十分な栄養を与えられたように、躊躇《ためら》うこともなく、静かに成長を始めた。津村は、炎が瞬《また》く間に天井にまで上がるのを見届けてから、そっと立ち上がった。

——僕の、指定席だったのに。

いつもの歩き方で店の出口に向かい、そっとドアを押したとき、背後で「火事だ！」という声が聞こえた。津村は、振り返りもせず、ゆっくりと店の外に出た。外には、まだ完全に暮れきっていない、いつもの街があった。

昨年、いつも行っていた喫茶店が燃えたのも、こんな時間だったことを思い出しながら、彼は久しぶりに晴れ晴れとした気分で歩いた。あのとき、彼は生まれて初めて味わった興奮を、その後も幾度となく蘇《よみがえ》らせた。新聞でもテレビでも「放火らしい」とは報道されたが、誰一人として津村を記憶していなかった。恐らく、今回も同じことになるだろう。何しろ、彼は目立たない、見落とされてしまう存在なのだ。

――今夜は、中華でも食うか。

遠くから、けたたましいサイレンの音が近づいてくる。けれど、津村は振り返らなかった。人混みと夕闇《ゆうやみ》に溶け込んで、淡々と歩いた。また明日から、新しい店を探さなければならない。今度は、もう一つ先の街まで行ってみようかと思いながら、彼は駅に向かった。

出前家族

1

今朝は風が強かったので、加納實《かのうみのる》は掃除をしないことにした。

實の習慣として、掃除というものは、起きてすぐに行い、その際には必ず窓を開け放った上で、鴨居《かもい》といわず、茶簞笥《ちゃだんす》の上といわず、丹念にはたきをかけるところから始めなければならない、ということになっている。

だが、今日のように風が強くては、家中を埃《ほこり》だらけにするために、はたきをかけるような結果になってしまうだろう。箒《ほうき》を使っても、何を掃き集めているのかわけが分からないことになる、ということも、長年の経験で分かっていた。しかし、窓を閉めたまま箒やはたきを使うのは、絶対に嫌なのだ。だから、こういう日は、掃除をしない。そう決めていた。

それでも唯《ただ》一つ、仏壇だけは、きれいな布でから拭《ぶ》きをする。これだけは絶対に欠かさなかった。

「私が元気だった時には、縦のものを横にもしなかったのにって、そう言いたいんだろう」

から拭きしながら、實は機嫌のいい声で仏壇に向かって話しかける。毎日磨いているのだから、さして時間はかからない掃除を終えると、今度は炊《た》きたての白いご飯を小さな容器に盛り、それから蠟燭《ろうそく》に火を灯《とも》して、最後にようやく線香を焚《た》く。

「今朝は風が強くてな。掃除はやめだ。俺はね、おまえみたいに、がさつじゃないから、本当は気持ちが悪いんだがな、しょうがないさ」

小さな写真立てに納まってしまっている喜美子《きみこ》は、いつまでも五十三歳のままでとまっている。

「俺がそっちに行ってから、爺《じい》さん扱いするなよ」

實は、ほんの少しの間仏壇に向かうと、それから「よいしょ」と立ち上がり、今度は自分の朝食の準備に取り掛かった。味噌《みそ》汁《しる》を作り、沢庵《たくあん》を刻み、朝は必ず生卵と納豆を用意する。それから、昨晩の残りものの鯖《さば》の煮つけを温めなおし、しそちりめんやら海苔《のり》の佃煮《つくだに》やら、瓶詰めで売られているものを冷蔵庫から取り出すと、準備完了だった。

「おはようございます。五月十八日、木曜日の、朝六時のニュースです」

「今朝は、日本海を東に向かっている低気圧と、それに伴う前線の影響で、関東から東海地方にかけて、強い風の吹く、荒れ模様の朝になりました。海上は波が高く――」

テレビをつけると、ちょうど六時のニュースが始まったところだった。掃除をしなかった分、今朝は万事が早く進んでいる。いつもは、テレビをつけると大抵七時に近くなっているのだが、今朝はまだ早いせいか、二階は静かだった。

「いただきます」

實は、箸《はし》を持った手を軽く合わせると、小さく頭を下げ、それから一人で朝食をとり始めた。

毎朝五時に起き、乾布摩擦をしてから布団《ふとん》を上げ、普段なら掃除をしてから食事をする。

實のこの朝の日課は、妻の喜美子が死んだ直後から、この十年間というもの、まったくといっていいほど変わっていない。

六十歳で定年を迎えて、会社は残らないかと言ってくれたのだが、その時には既に喜美子が癌《がん》に冒されていると分かっていたから、最後の数年間だけでも喜美子の傍にいてやりたいと思い、会社の申し出を断わった。

「馬鹿《ばか》みたい、働けるうちは働けばいいのに」

自分の癌のことを知らなかった喜美子は、實を「怠け者」と決めつけて、ぶつぶつと文句を言い、「すぐに惚《ぼ》けちゃいますよ」などと言っていた。

「お父さんが、急に家にいるようになったから、私の仕事が増えて疲れてしょうがないわ」

實の気持ちも知らないで、喜美子はそんな憎まれ口を叩《たた》いていたが、やがて体力が低下し、みるみる間に痩《や》せ細って、一年後には帰らぬ人となった。

「こんなに女房孝行の亭主は、いないんだぞ」

棺桶《かんおけ》に納まってしまった喜美子は、死後の数時間の間に様々に表情を変え、最後には實と知り合った娘の頃のような顔になった。實は、その冷たい頰に触れて、生まれて初めてと言っていいくらいに号泣した。日本が戦争に負けたと知った時にも、安堵《あんど》の涙が少しばかりこぼれた程度だったのに、これから夫婦で旅行でも楽しもうと思っていた實にとって、早すぎた喜美子の死は、さすがに痛手だった。

それでも、せめて最後の一年間だけは女房孝行が出来たのだ、という満足感が、周囲が心配していたほどには實を衰えさせなかった。

さすがに最初の一、二年は、喜美子がいないことの不思議さと、そういえば、自分はもう働きに行く場所もないのだということに改めて気づいて、何をしたらいいのかも分からず、ぼんやりと過ごしてしまったが、喜美子の三回忌を迎える頃には、少しずつ新しい習慣も出来上がっていった。

「情報コーナーです」

テレビからは、この連中はいったい何時から起きて準備をしているのだろうか、と思わせるほどすっきりとした表情のアナウンサーが、朝らしい、きびきびとした口調で話しかけて来る。

實は、歯の調子が悪いせいで、あらかじめ細かく刻んでおかないと食べにくくなってしまった沢庵を、ゆわゆわと嚙《か》みながら、ふいに鯛味噌《たいみそ》を食べたいと思った。今日は、帰りにどこかで探してこようか、だが、あれは飽きるから、残すことになると困るな、などと考えながら、ひたすら顎《あご》を動かし続ける。

「レンタル家族、という言葉をお聞きになったことがあるでしょうか」

實は、朝飯は二杯と決めている。

一杯目の半分は、骨が弱くならないように、しそちりめんと海苔の佃煮で食い、残り半分は納豆で食う。二杯目には生卵を落として、ずるずると流し込まないように注意しながら、もごもごと顎を動かす。

「最近、急激に需要が高まっているこのレンタル家族、その内容は言葉通り、依頼主から要望のあった家族をセットして、注文主に届けるというものです」

その時、天井からどすどすと音が響いてきた。

「ああっ、もうっ！　どうして起こしてくれなかったんだよっ」

「あら、今朝は早いんだった？」

「昨日、言ったじゃないかよ。早朝練習があるからってぇ！」

「あら、どうしよう、ご飯まだ炊けてないのよ」

「もうっ！　金くれよ、金。買って食うからよぉっ」

「ああ、分かったわ。出しとくから」

朝の荘厳《そうごん》な雰囲気をぶち壊しにする声が、二階から響いて来た。實は思わず顔をしかめながら、沢庵をゆわゆわと嚙み続けた。

「実の子どもが遠くに行ってしまっていて、淋《さび》しい思いをしていらっしゃるお年寄りなどに評判のシステムです」

「おふくろ、何やってんだよ！　シャツがねえじゃねえかよっ」

「乾かなかったのよ。昨日の、もう一日着てってちょうだいよ」

「馬っ鹿野郎、そんな汚ねえ真似《まね》、出来っこねえじゃねえかよ！」

「あ、じゃあ、半袖《はんそで》、着て行きなさい。もうそう寒くないでしょ、ね？」

「最低だな、もう！」

毎朝、毎朝、この騒ぎだ。

實は刻み沢庵を飲み下し、階上の物音が聞こえないようにしようと、テレビに神経を集中させた。

「どこから見ても、本当の家族のように見えますが、ご覧の、この三人、実はまったくの他人です。レンタル家族として派遣されるために、十分に訓練を受けた派遣要員なのです」

實は、いらいらとしながら、テレビの画面をにらんでいた。自分と変わらない年代の夫婦のもとに、長年転勤で離れて暮らしていた娘夫婦が孫を連れて訪ねて来る場面が映し出されている。

「お母さん、ごめんね、長い間会いに来られなくて」

「お祖父《じい》ちゃん、お祖母《ばあ》ちゃん、こんにちは！」

「ははは、いやあ、お義父《とう》さん、お元気そうじゃないですかぁ」

「——このように、数時間ではありますが、まるで本当の家族のように、再会を喜びあい、食事などを共にして、子どもと孫に囲まれて暮らす雰囲気を作り出します」

昨日煮つけた鯖の味が、一日たったら塩辛くなりすぎた。第一、生卵を落とした飯と鯖の煮つけは合わない。實は、大急ぎで鯖だけを食べてしまうと、それから卵飯を流し込んで、口の中に残った味を調整しようとした。

大きな急須《きゅうす》にポットの湯を注ぎ、寿司《すし》屋でもらった大きな湯呑《ゆのみ》に玄米茶を注ぐ。歯をせせりながら、ゆっくりと茶を飲み、實は再びテレビに神経を集中させた。

「子どもたちが遠くに転勤してしまった、ゆっくりと話したいのに、なかなかこちらの話を聞いてくれないなど、お年寄りたちの淋しい心を、実際の子どもたちになりかわって聞いてあげながら、ひと時を共にするという、一種のドラマのようなものになりますが、評判は上々です」

「おい、喜美子、聞いたか。最近は家族も出前で頼めるらしい」

「もちろん、レンタル家族を申し込む方々も、これがつかの間のドラマであることは十分に承知しています。つまり、家族ごっこを楽しむ、というわけなのです。評判は上々、一度申し込んで、とても楽しかったから、続けてまた申し込みたいという方が後を絶ちません」

「面当《つらあ》てには、いい方法だわな」

實は茶をすすりながら、一つため息をついた。相変わらず、二階からはばたばた、どすどすと動き回る音が響いてきて、毎度のことながら、實の神経を刺激する。

「お母さんっ、シャンプーがないよっ」

「そのくらい、自分で探しなさいよ、もう。朝シャンしたいんなら、もっと早起きしなさいって、口が酸《す》っぱくなるくらい、言ってるでしょう」

「おふくろっ！　何だよ、五百円だけかよぉ」

「パンと牛乳なんだから、それで十分でしょうが」

「ああっ、うるさいな。父さんが出すから、ほら、幾らだ」

「あ、悪《わり》ぃね、あと千円」

ふん、これでは強請《ゆすり》と変わらないではないか。それに、亜紀《あき》はまだ中学生だぞ。今から色気づいて、どうするっていうんだ。

「まったく、どいつもこいつも」

茶を飲み終えると、實は手早く食器をかたづける。喜美子がいた頃から使っているアルミの洗い桶の中で、数少ない食器をきゅっきゅと洗いながら、相も変わらず階上の水道が、とうとうと流し続けられている音を聞いて、一人で顔をしかめる。

やがて、玄関の扉を乱暴に閉める音が響き、階段を駆け下りる音がして、陽一《よういち》が「行って参ります」も言わずに出かけて行った。

實は再び茶の間に戻り、ニュースをつけっぱなしにしたまま、今度はゆっくりと新聞を読み始めた。朝の明るいうちでなければ、どうも目がかすんで新聞の活字などは読みにくいものだから、昨晩の夕刊も一緒に読む。

不景気だ、公定歩合だと言っているが、もう何年も前に、日本の経済活動から遠く離れてしまっている實には、あまり実感がなかった。平和なことは平和だが、だからといって幸福に満ちているともいえない世の中が、ずっと続いているだけのことだ。

「お母さん、お母さん。家庭科の宿題、やっといてくれた？」

「少し下手に縫っといたからね。まち針、打ちっ放しになってるから、気をつけなさいよ」

「さっすがぁ、サンキュ！」

七時を過ぎても、まだ二階ではがたがたと動き回っている。親が子どもの宿題を手伝う、それに対して、娘の方は「サンキュ」で済ましてしまう。どういう教育の仕方をしているんだ。

「あの、バカ嫁とバカ息子が」

實はばさりと音をたてて新聞を卓袱台《ちゃぶだい》の上に置き、腰を上げた。

茶の間から庭に出て門の方へ回ると、ちょうど、階段を制服姿の亜紀が走り下りてくるところだった。日本人離れしていると思われるくらいに茶色い髪をした亜紀は、その前髪をくるりとカールさせ、おさげ髪を肩の上で跳ねさせて、白いソックスを穿《は》いた大根足で元気に階段を駆け下りて来る。

實がいるのに気づきながら、亜紀はそのまま門に走り寄った。

「これ、亜紀」

實は慌《あわ》てて紺色の制服を呼び止めた。鋳物《いもの》で出来ている門を押しながら、亜紀は怪《け》訝《げん》そうな顔で振り返った。

「行ってきますくらい、言えないのかい」

「ああ　おじいちゃん。行ってきます」

「気をつけて、行きなさい。道草せんで帰って来るんだぞ」

「――うん」

亜紀は、明らかに不満そうな顔をしていたが、それでも一応おとなしく挨拶《あいさつ》をすると、ぱたぱたと駆け出した。

「こらっ、門は、開けたら閉めるんだろうが」

だが、亜紀はとうに遠くまで行ってしまっていて、その声は聞こえなかったようだった。

「おじいちゃん、おはようございます」

強い風に吹かれながら、門の脇《わき》のさつきを眺めていると、今度は繁樹《しげき》がゆったりと下りて来る。

「おまえ、子どもたちにどういう教育をしてるんだ。開けたら閉めるっていうことくらい、教えてないのか」

實は、最近とみに腹が出てきて、恰幅《かっぷく》ばかりよく見えるようになった繁樹を、意地の悪い目で見上げた。繁樹は一瞬驚いた顔になったが、やがて曖昧《あいまい》にごまかす笑みを浮かべる。

「ああ、はいはい、すいませんね、おじいちゃん」

「返事は一つでよろしい」

實はさらに意地悪い顔で繁樹をじろりと見、それからわざとらしく視線を外して、しおれかけているツツジの花をぶつっと摘んだ。

「なんだ、『はいはい』とは。まるで人を小馬鹿にした返事じゃないか。だいたい、おまえは生返事ばかりだ。いいか、どこの子どもが、朝飯に千円以上もかけるんだ？　いい加減なことをやっとると、そういうところから、非行が始まるんだぞ。それから、道子に言っておきなさい。水道を出しっ放しにするなと。とうとう、とうとうと、好きなだけ垂れ流しにするなと」

繁樹は、さすがに憮然とした顔になって、口の中だけでああ、とか、うう、とか返事をすると「じゃあ、行ってまいります」と言いながら馬鹿丁寧な仕草で門を閉めた上に、實に軽く会釈《えしやく》さえして、出かけて行った。

「まったく、どいつもこいつも」

朝方は薄紫に染まり、喜ばしい一日の始まりを告げるのにふさわしく輝いていた雲は、今は重い灰色に変わり、風がどれほど吹き飛ばしても、後から後から空の隙間《すきま》を埋めてしまうほどに増えていた。

「傘を持っていかにゃ、駄目だな」

湿り気を含んだ強風に、残り少なくなってきた白髪をかき回されながら、實はひとまず家に入った。連続ドラマを見て、それから出かけるのが日課だった。

2

ピイッと十分間の休憩を告げる笛が鳴る。

ひたすら同じペースを守り、流して泳いでいた實は、そこでやっとプール・サイドに上がった。

「いらしてたんですか。よく続きますな」

身体《からだ》を冷やしてはならないから、いつもどおりに低温サウナ室に入ったところで、紺色の水泳キャップがやけに似合わない猫背の老人が手を振った。

「毎日、ですか」

「ああ、はは。習慣になってますからね。来ないと気持ちが悪くてね」

本名は忘れてしまったが、秘《ひそ》かに「古漬け」とあだ名をつけている老人の隣に腰を下ろすと、實は白い水泳キャップを取り、まだ濡《ぬ》れている顔を手のひらでつるりと拭《ぬぐ》った。

市民プールに通い始めたのは、三年ほど前からのことだ。それ以来、プールの休みの時以外は、ほとんど規則正しく毎日九時に来て十一時まで泳いでいる。

ゲート・ボールだの「歩け歩け運動」だの、社交ダンス、果てはハワイアンに至るまで、最近は老人の楽しみとして用意されているものは、昔に比べれば少なくはない。自分がその気になりさえすれば、どこかのグループに加わるだけで、新しい社交の場が出来るというわけだ。だが、實はどうも婆《ばあ》さん連中に混ざって、「元」黄色い声の相手をするつもりにはなれなかった。喜美子が生きていれば、共に楽しむことも出来たかも知れないが、今更、婆さんたちの相手をするなんて、喜美子に申し訳ない気がした。だから、海軍時代の名残で、水泳をすることにしたのだ。

「これで、帰れば昼飯がおいしく食べられます」

水泳を始めたおかげで、以前よりも大分締まってきた腹の辺りをさすって見せると、隣の古漬けは必要以上に大きくうなずいた。

「まあ、そう言ったってね、あたしの場合は、出来あいの弁当で済ますんですがね」

「ご家族は」

「家内と二人ですが、いま、入院中なんですわ。もう一ケ月半にもなるんです」

その言葉を聞いた途端に、また喜美子のことを思い出しそうになった。けれど、口に出して死んだ女房のことなど話すのは、好きではなかった。

「加納さんは」

古漬けは、しっかりと實の名前を覚えているらしく、当り前のように「加納さん」と呼んでくる。何となく後ろめたい気がしながらも、今更名前を聞き直すことも出来ないから、こちらからは一切、名前を呼ばないことに決めている。

「うちは、息子夫婦と一緒ですわ。三世代同居、いうかね。あれです」

「そりゃ、羨《うらや》ましいですな」

古漬けと名づけた理由は、彼が面長で古漬けのキュウリみたいな顔をしているからだった。彼は、瞼《まぶた》のおおいかぶさった垂れ目のせいか、まるで温泉に浸《つ》かってでもいるかのように、間の抜けたのんきな表情で實を見る。實は、しかめっ面の前で手を振ってみせた。

「何が羨ましいもんですか、あなた」

「いやあ、実に羨ましいです。奥さんは、以前、亡《な》くなられたと仰《おつしや》っていたが、それじゃあ淋しいことはないじゃないですか」

實は、さらに顔をしかめ、いつまで経《た》っても水気の切れない感じがする身体を、一度大きく反らしてから大きなため息をついて見せた。

「心の通いあわない家族なんぞ、近くにいない方が増しですわ、あなた。私はね、まるっきり、家庭内流刑《るけい》みたいなもんですよ」

「か、ていない……？」

「流刑ですよ、島流し。まったく、どいつもこいつも。年寄りを馬鹿にして、ついに今では食事から風呂《ふろ》、便所に至るまで、何もかも別々ですからね。私が望まない限りは、顔も見られやしない」

こんなことなら、何も家を建て直すのではなかった。喜美子との思い出のつまっている、あの家のままにしておくべきだったのだと言いそうになった時に、休憩時間の終了を知らせる笛が鳴った。實は、怒りと悲しみでこみ上げそうになった涙を急いで引っ込め、白い水泳キャップを再び被《かぶ》った。

「そんなに、大変なんですか」

だが古漬けは、長い顔をますます貧乏臭くして、實を見ている。

「けしからんな、そいつは。お気の毒に」

「まあ、正論を吐く者のたどる運命というのは、社会でも家庭でも変わらないということですか」

実際は、實は会社員だった時に、正論を吐いたことで立場を危うくしたことなど一度もありはしなかった。しかし、そういう連中は何人も見ていた。自分は上手に生きているつもりだったのに、まさか隠居の身になって、そういう立場に立たされるとは思ってもみなかった、ということだ。

再びプールに入ると、一度暖まってしまった身体には、水がひどく冷たく感じられる。休んでいると、もっと冷えてしまうから、實はさっさと泳ぎ始めた。五十年も前に、十キロ二十キロの遠泳で鍛えられた身体は、今もちゃんと泳ぎを覚えている。ただゆっくりと、全身の力を脱いて水の中を漂っている時が、何も考えずに済む、一番の安らぎの時かも知れなかった。

「加納さん、加納さん」

着替えの時間を見計らってプールから上がり、ロッカー・ルームに戻ると、少し前に上がっていたらしい古漬けが、また声をかけてきた。

「どうです、昼飯を御一緒しませんか。どこか、うまい店でビールでも飲みながら」

古漬けは人の好《よ》さそうな顔で、手だけでグラスを傾ける真似をする。だが、實は「そりゃあ、いいですが」と言いながら、小首を傾《かし》げて見せた。昼からビールを飲むというのは、實の習慣にはそぐわない。

「それより、どうです。うちに寄っていかれませんか。奥さんが入院中なら、しばらく家庭料理を食ってないんじゃありませんか」

實が言うと、今度は古漬けの方が怪訝そうな顔になる。そこで、實は彼の考えていることを先回りしてにやっと笑った。

「嫁が用意するんじゃありませんよ。私がやるんです。なあに、任せて下さい。これでも味つけには自信があります」

「ははあ。加納さんが、御自分で。偉いなあ、そりゃ」

「仕方がありませんよ。必要に迫られてのことだ。どれ、待ってて下さいよ、すぐに着替えます」

古漬けと、いつから顔見知りになったのか、はっきりとは覚えていない。だが、考えてみると、ここしばらくの間、ゆっくりと話す相手もいなかったのだ、と實は改めて感じていた。何となくうきうきした気分で、手早く着替えを済ませ、實は古漬けと並んで外に出た。案の定、大粒の雨が降り出していたから、用意してきた傘を取り出し、實はあまり気色がいいとは思えなかったが、古漬けと二人で傘に入った。

「ほほお、御立派なお宅じゃないですか」

實の家は、市民プールから二十分ほど歩いたところにあったが、途中で買物をして、古漬けの要望でビールまで買って歩いたから、家に着いた時には、もう十二時近くになっていた。

「今朝は箒をかけてないんで、散らかっていますがね、まあ、どうぞ」

門を開けながら、實がそんなことを言っている時に、二階の階段から赤い傘をさした道子が下りてきた。

「あら、おじいちゃん。お客様？」

道子は一向に悪びれた様子もなく、これまた真っ赤なスーツに身を固め、妙に化粧の濃い顔でにこりと笑う。

「出かけるのかね」

「ええ、ちょっと」

「お客様なんだよ、私の友人の――」

「まあ、おじいちゃんにお友だちがいたの」

「――奥さんが入院中なんで、昼食にお誘いしたんだ」

「まあ、そう。じゃ、ごゆっくり」

それだけ言って、道子は實たちと入れ違いにさっさと出て行ってしまった。實は恥ずかしさに胸が痛くなりそうだった。隣の古漬けは、ぽかんとした顔で尻《しり》を振って歩いて行く道子を見送っている。

「あれが、お嫁さんですか」

「ご覧になったでしょう」

「ははあ」

「私には月々の小遣いさえ与えていれば、あとはどうでもいいと思ってるんです。あの化粧で、孫の学校にでも行く女ですわ」

「ふーむ」

「まったくねえ、どいつも、こいつも」

古漬けは、實が道々話して聞かせてきたことが嘘《うそ》ではなかったことを、家に来るなり目《ま》の当たりにして、言葉も出ない様子だった。實は、初めて味方を得て、にわかに張り切って食事の支度をしよう、という気分になっていた。誰かのために食事の支度をするということが、こんなに心はずむものだとは思わなかった。


「あなた、加納さん、それは、よくないですぞっ」

「そうは思いますがね。じゃあ、伺いますが、ああたがね、ね、ああたが、私と同じ立場だったら、どうします、え？」

「まず、行動ですよ、こ、う、ど、う。ね？　いったい、誰のおかげで今の生活が出来るようになったんだ、とね。びしっと言ってやりますよ。あたしたちは、あの戦争をくぐり抜けて、生き延びて、今の日本の繁栄を築き上げた、原動力だったんだ」

古漬けは顔を真っ赤にして、今やしば漬けみたいになりながら、口角泡を飛ばす勢いで喋《しゃべ》りまくる。

「そうだ、そうです。私も常日頃、それが言いたかったんだ」

昼過ぎには雨も風もおさまり、今は西陽が射《さ》している。實は冷蔵庫にあったつまみになりそうなものは全部出しつくし、古漬けと一緒に赤い顔になっていた。古漬けにすすめられるままに、ついつい自分もグラスを傾け、酔いがまわるにつれて、舌の回転も滑らかになっていった。

「どうです、夕食も、食って行きませんか」

まだまだ話したいことが山ほどある。實が上機嫌でそう提案すると、古漬けは「ああ」とか「いや」とかいう言葉を連発したが、予想以上に遠慮はせず、案外あっさりと「じゃあ」と言って笑った。

「何せね、あたしときたら、加納さんみたいに料理が出来ないでしょう。外食ばっかりだったもんでね。こんなもてなしを受けられるなんて、ねえ。よそ様のお宅に呼ばれるなんて」

古漬けはそこで急に涙ぐみ、鼻をすすり上げる。

「家内が早く退院してくれればいいんですがねえ、でも、考えてみたら、あれが退院してきたって、急に前のとおりには出来ないでしょうしねえ」

「骨折でしょう？　大丈夫ですよ、少しずつでもリハビリをやりゃあ、きっと戻りますって」

實は「どっこいしょ」と声を出して立ち上がり、台所に行った。すぐに食べられるものは、既に出し尽くしていたから、残っているのは大根が半分とニンジン、タマネギ程度しかない。

「ちょっと、ちょっと、待ってて下さいよ。二階に行って、何か探してこよう」

居間に戻り、茶簞笥の引出しをかき回していると、古漬けがグラスを宙に浮かせたまま、口をぱくぱくとさせて實を見上げる。

「大丈夫なんですか、そんなことして」

「合鍵《あいかぎ》がね、あったはずなんだが。ああ、あったあった。何がです？」

「勝手に、家に入ったりしたら……」

實は、鼻の頭を赤くして、なおも鯉《こい》のように口をぱくぱくさせている古漬けをにらみつけた。

「何を言ってるんです。元はと言えば、家族の間で鍵を使わなければ行き来できない、こんな状態がおかしいんだ。長年住み慣れた家を壊して、あの連中のために建て直して、その挙げ句に、こんなことになってるんですよ」

「そ、そうでした。そうでしたよね」

實は、そこで一度大きく胸を反らして、不敵に笑って古漬けを見た。

「待っていて下さいよ。二階には、もうね、無駄な物がごろごろしてるんだ。私が少し整理してこよう」

古漬けも赤い顔に皺《しわ》を寄せて嬉《うれ》しそうに笑っている。實は二階の合鍵につけられている鈴を鳴らしながら、うきうきとした気分を抑えきれず、ついつい小走りになって玄関に向かった。

3

亜紀は、門の脇のポストに夕刊が入っているのを見て、そういえば母は六時頃までは戻らないと言っていたのを思い出した。夕刊を取り、階段をとんとんと上がりながら、ポケットの鍵を探す。制服の、上着のポケットには見つからなくて、階段を上り終え、ジャンパースカートの方に手を入れようとした時、玄関の隣にある台所の窓の向こうで、がたがたと音がしているのに気がついた。黒い人影も動いている。

一瞬、心臓がどきりと飛び跳ね、それから「なあんだ、もう」と言いそうになりながら玄関の扉を引けば、案の定、鍵はかかっていない。

「まだ帰ってないのかと思っちゃったじゃないよ、新聞が——」

靴を脱ぎながら、見慣れないサンダルがあるのを見て、けれど、亜紀の心臓はもう一度、今度は本格的に高鳴った。

――お母さんじゃない。誰?

急に、自分がいかにも不用心に家に入ってしまったことを後悔しながら、亜紀はそろそろと玄関から上がり、そおっと台所に向かった。台所からは、相変わらずがたがたと音がしているのだ。

「おや、帰ったのかい」

「――おじいちゃん」

亜紀は、急に全身の力が脱けるのを感じ、次の瞬間には腹の底からむらむらと怒りが湧《わ》いてきた。

「なにやってるの、こんなところで」

「ただいま、は」

「なにしてるのって、聞いてるの」

「お客様がみえてるんだ。夕飯も召し上がることになってね、何かいい材料はないかと思って。ただいまくらい、ちゃんと言えないのか」

おじいちゃんは、テーブルの上にハムだの冷凍ピザだの、それからレタスとかトマトとか、適当な物を並べて、まだ何か探している。亜紀は、椅子《いす》の上に鞄《かばん》と布の袋を置くと、思いきり口をとがらせ、腕組をしてみせた。

「どうして、うちの台所を探すのよ」

「おじいちゃんの方に何もなかったからに決まってるだろうが」

「だからって、どうしてうちなのっ！」

「道子がいらんものまで買い貯《た》めてるでしょうが。わざわざ買いに行く時間がないんだから、いいんだよ」

「何がいいのよっ！　それに、お母さんを呼び捨てになんか、しないでよっ！」

亜紀は地団駄を踏みながら、一向に手を休める様子のないおじいちゃんをにらみつけた。

「ああ、ああ、やめなさい、それ。下まで響いて困るんだから」

おじいちゃんは、流しの下に屈《かが》み込んで何かを探していたが、やがて大きな鍋《なべ》を取り出すと、眉間《みけん》に深い皺を寄せて立ち上がった。

「朝シャンもいいが、毎朝毎朝、同じことばかり繰り返して、もう少しちゃんとしなきゃ、駄目だな」

「あっ――な、何で、おじいちゃんに、そんなこと言われなきゃならないの」

亜紀は、もう一度大きく足を踏みならし、制服の両わきに下げていた手で握り拳《こぶし》を作った。

「まあ、いい。今はね、そういう話をしている暇はないんだから。鍋は、後で返すからって、道子サンに言っておいておくれ」

おじいちゃんはそう言いながら、テーブルに並べたものを鍋に全部入れ、「うんしょ」と声を出して持ち上げて、さっさと玄関に向かって歩き出した。

「ちょ、ちょっと待ってよ、おじいちゃん！」

亜紀は、一瞬ぽかんとしてしまったが、おじいちゃんががにまたで玄関に向かうのを見るや、急に我に返って自分も玄関に走った。

「おや、悪いね。じゃあ、頼もうか」

するとおじいちゃんは、鍋を亜紀にひょいと渡し、「足元が見えないと心配だからね」とにんまり笑う。亜紀は、大きな鍋を両腕で抱えながら、呆気《あっけ》に取られておじいちゃんに従う形になってしまった。

「亜紀はいい子だ。口は悪いし、足は太いけど、それでもだんだん娘らしくなってきた方だしな」

おじいちゃんは、階段の手すりにつかまってはいるものの、案外軽い身のこなしで、とんとんと階段を下りて行く。

「おじいちゃんに、そんなこと言われる筋合い、ないよ。だいたいねえ、どうしておじいちゃんがうちの物を盗むのを、私が手伝わなきゃならないのよ」

「人聞きの悪いことを言うもんじゃ、ありませんよ！」

大きな鍋の脇から足元を見ながら階段を下りて行くと、急に足元から違う声が昇ってきた。亜紀は驚いて顔を上げた。階段の下から、見たこともない赤ら顔の老人が、恐《こわ》い顔をして亜紀を見上げている。

「お戻りが遅いんでね、心配してたんですよ。上でどすんどすんいう音がしたしね。立ち回りでも始まったかと思った」

老人は、おじいちゃんに親しそうな笑顔を向ける。地上に下り立ったおじいちゃんも笑顔になって、それから困ったように亜紀を見上げた。

「ほら、ごらん。足を踏みならすのはやめなさいって、言っただろう」

「大切なお祖父《じい》さんを、泥棒呼ばわりはいけないよ、お嬢ちゃん。色々事情はあるんだろうがね、それは大人の世界のことなんだから。お嬢ちゃんにとっては、たった一人のお祖父さんだっていうことを忘れたらいけません」

亜紀は、ぽかんとして二人の老人を見比べた。彼らが何を言っているのか、分かるような分からないような、どちらがおかしいのか混乱しそうな気分だった。

「ほいよ、御苦労さん」

おじいちゃんは亜紀から鍋を受け取ると、さっさと家に入ってしまう。

「どうして私があんなこと言われなきゃならないの？　何なのよ、あのじじい！」

それから三十分ほどして帰宅した母に、亜紀は猛然と食ってかかった。亜紀の話を聞いている間、母は、いちいち顔をしかめたりため息をついたりした挙げ句、いつもの癖で片方の手で頬を支えるような仕草をすると、「やっぱり、だんだんひどくなってくるみたいねえ」と呟《つぶや》いた。

「鍵、替えればいいじゃんよ」

夕食の時には、兄の陽一がいともたやすくそう言った。

「そうだよ。鍵、替えちゃおう」

亜紀も意気込んで両親を見た。だが、父も顔をしかめたまま、つまらなそうな顔で母がデパートで買ってきた「中華飲茶《ヤムチャ》セット」に入っていたザーサイをかじっている。

「そういうわけにいかんだろう。勝手にそんなことしたら、それこそ大騒ぎだ」

その時、階下から突然笑い声が聞こえてきた。そんなことは、かつてないことだったから、亜紀たち四人は、全員が一瞬箸を止めて顔を見合わせた。

「――気持ち悪ぅい」

「あのじいさんも、笑うんだ」

母と陽一が、揃ってひょっとこみたいな顔になった。

「へんなさ、顔の長いおじいさんを連れ込んでるの。おじいちゃんから何聞いてんだか知らないけど、私のこと説教したんだよ」

ついで、今度は軍歌が聞こえ出した。二本目のビールの栓を母に開けさせながら、さすがに父も舌打ちをする。

「私たちの手にはあまるわねえ、いくら何でも」

母は父のグラスにビールを注ぎ、ついでに自分のグラスにも半分ほど注ぐ。陽一が面白半分に自分もグラスを差し出すと、何も考えていない母は、兄のグラスにまでビールを注いでしまった。

「ずるい、お兄ちゃん」

「あら、いけない」

だが陽一は、注がれたビールをぐいぐいと飲み干して「うまいっ」と笑った。

「どこの誰ともつかないような人を家に連れ込んだりして、大丈夫なのかしら。友だちがいるなんて聞いたことないわよ」

「まあな。年寄りっていったって、皆が皆善人っていうわけじゃないものな」

「それで何か事が起こったら、それこそ大変よ」

階下からは相変わらず、たった二人しかいないとは思えないほどの賑《にぎ》やかな笑い声が響いている。

亜紀はその時になって初めて、自分たちの生活の、その床の下にも人の生活があるのだと感じた。それくらいに、亜紀たち家族にとっては、階下のおじいちゃんのことは意識の外のことになっていたのだ。

「ごっそさーん」

がたん、と椅子を響かせて、陽一が立ち上がった。

「お兄ちゃん」

亜紀は、自分はほんの二、三粒ずつのご飯を口に運びながら、兄を見上げた。陽一は最近、わざと大人ぶって、どういう必要があるのか分からないが、爪楊枝《つまようじ》をくわえる癖がついていた。今も楊枝をくわえながら「ああん?」と振り返る。

「椅子、乱暴に引かない方がいいよ。下に響くんだって」

「関係ねえよ、んなこたぁ」

陽一は、そう言うと、冷蔵庫からダイエット・ペプシを一缶取り出して、さっさと部屋に行ってしまった。

「亜紀、そんなことまで文句言われたの?」

母が驚いた顔で見るから、亜紀は箸のほんの先の部分だけくわえながら、口を尖《とが》らせてみせた。

「どすどすいわせるなって」

「それは、建物が安普請《やすぶしん》だからいけないのよねえ。うちは、そんなに騒がないし、迷惑になるようなことはしてないつもりなのに」

「暇だからさ、聞き耳たててるんだろうよ。今朝だって、水を流しっ放しにするなって、文句言ってたよ。ああなっても耳だけは達者なんだな」

父が言うと、母はビールを飲みながら、ますます顔をしかめる。

だみ声の軍歌は、亜紀が風呂から上がる、九時近くになっても、まだ聞こえ続けていた。やっと静かになったかと思うと、再び笑い声が起こり、そして軍歌が始まる。その繰り返しだった。

「私たちより、よっぽど元気なんじゃないの」

いい加減にうんざりしながら、亜紀は首にタオルをかけたまま、誰かと電話で話している母に話しかけた。すると母は口の前に人さし指をたてて「しいっ」と合図をしただけで、また電話に神経を集中させる。

「そうなんです。ええ、そうしていただけると助かるわ。いいかしら、ええ、明後日《あさって》、ね？　ええ、じゃあ、お願いします」

　母は電話に向かって愛想笑いを浮かべたり頭を下げたりしている。その間も、階下からは笑い声が聞こえ続けた。

　――あのおじいちゃんも、あんなに笑うことがあるんだ。

　勉強する気にもなれなくて、ベッドにひっくり返りながら、亜紀は階下から響いて来る笑い声をずっと聞いていた。

4

「おはようございます。五月二十日、土曜日の、朝六時のニュースです」

　實は、今朝もすっきりした表情のアナウンサーを見ながら、茶をすすっていた。

　何となく、一昨日《おととい》古漬け氏と充実したひとときを過ごして以来、胃がもたれたままで食欲がない。あの時は珍しく酒まで飲み、大いに笑い、大いに歌い、時も忘れて語り合ったのだが、後になって、がっくりと疲れてしまった。昨日はプールにも行かなかったくらいだ。

「ああ、今日は土曜日か――プールは、混んでるだろうな」

そんなことは、これまで考えたこともなかった。混んでいようがすいていようが、實は自分のペースを守ってひたすら泳ぎ続けていた。だが、今日はなんだかそれも煩《わずら》わしく思えてならない。

「ちょいと、羽目を外し過ぎたかな」

朝の日課はすべてこなし、仏壇の喜美子にもちゃんと炊きたての飯を供えはしたのだが、なんだか気分はすっきりしない。やたらと爽《さわ》やかなアナウンサーが煩わしく思えるほどだ。

背中を丸めて茶をすすりながら、實は大きくため息をついた。新聞を読む気にもなれないし、出来ることならば、上げたばかりの床を敷きなおして、もう少し横になりたいくらいだった。

「そう思うんなら、やりゃあいいんだが」

一度寝る癖がついてしまったら、起きるのが大儀になって、どんどん弱ってしまうような気がする。挑戦的な気持ちを失っては、寿命が縮まるばかりだ。とは言うものの、実際のところ、食欲がないから力が出ないのは確かだった。實は、テレビの画面を見ながら、畳の上にごろりと横になった。居間の窓からは、申し訳程度の庭に植えられたスズカケの若葉が鮮やかに見える。

「おじいちゃん、おじいちゃん」

はっと気がつくと、若葉の代わりに三つの顔が並んでいた。實は慌てて身体を起こし、その顔を見た。

「ああ、よかった。何だ、眠ってただけだわ」

にこにこと笑っている、道子と同い年くらいの女性が、隣の、亜紀とそう変わらない年頃に見える娘に話しかけている。その隣には、これまた繁樹と似た年格好の男が笑っていた。

「おじいちゃん、開けて」

「あ、ああ……」

——何だ、これは。

實は、のろのろと起き上がりながら、何とか頭を早く回転させようとした。三人で、妙ににこにこと笑っている連中だ。つい、うとうとしていただけなのに、倒れているとでも思ったのだろうか、おかしな連中だ。

「お玄関の方、開けてくださいな」

窓の向こうから、なおも若い女が声を出す。

實は、言われるままに、ゆっくりと玄関に向かった。三和土《たたき》に下り、鍵を外すと、さっさと向こうからドアを引く力に、思わず手を引っ張られそうになる。

「おじいちゃん、久しぶり！」

「お父さん、済みません、御無沙汰《ごぶさた》しちゃって」

「本当に心配しちゃった。どこか、お具合いが悪いんじゃないでしょうね？」

三人が一斉に話し始める。實は、ぽかんとしながら少しの間三人を見つめていた。

「どうしたんです、そんな、狐《きつね》につままれたような顔をして」

「嫌だ、おじいちゃん。夢でも見てると思ってるんじゃないの？」

こんな情景を、つい最近どこかで見たことがある。その時、實の頭の中で閃《ひらめ》いたものがあった。

――レンタル家族。そうか、あれだ！

「突然来たんで、びっくりしちゃったかな」

「ああ――いやあ、いやあ。よく来てくれたね。ささ、お入りなさい」

實はとっさに笑顔を作った。これか、家族の出前は。そうならば、この芝居に乗り遅れないようにしなければ、と思った。誰の仕業かは分かっている。こんなことを考え出すのは、陽一か亜紀か、二人のどちらかに違いない。

この間テレビで見た通り、三人の家族は、息子夫婦に一人の孫という構成で、満面の笑みを浮かべて立っている。

自分たちはやたらと小言を言われるばかりで、實を煙たく思っている息子一家が、どういう了見でこんな真似をしたのか。そこのところが今一つ、よく分からない。だが、とりあえずもう芝居は始まってしまっている様子だ。

――あれを観《み》ておいてよかった。そうでなかったら、とんだ赤っ恥をかかされたところだ。

實は、三人の家族のために、普段は飾り物にしかなっていないスリッパを揃《そろ》えてやり、とびきりの笑顔で彼らを眺めた。

「待ってたんだ。いやあ、嬉しいよ」

――どんなもんだ。はは、こいつら、驚いた顔をしている。大方、繁樹たちに「本人には内緒なので」とか言われてきたのだろう。

實は、にわかに気持ちが引き締まるのを感じた。二階の連中がそういうつもりなら、實の方にも考えがある。うろたえているところなど、絶対に見せるものか。むしろ、あいつらが驚くくらいに上手に芝居をして、家族に愛されている老人を演じきってみせる。

「ああ、大きくなったねえ、ああ、ええと」

「真奈美よ、おじいちゃん」

「ああ、そうだった、そうだった。真奈美ちゃんは、何年生になったね」

實は三人を居間に通すと、笑顔を絶やさないまま、そそくさと台所に行き、茶の支度をしようとした。

「あら、おじいちゃん、そんなこと私がやりますから。おじいちゃんは、ゆっくりして下さい、ね」

すると、道子と似たりよったりの雰囲気の嫁役の女が、慌てたように實の後を追って来る。

「そうかね。じゃあ、頼むよ、ええと」

「嫌ぁね、忘れちゃったんですか。直子です」

「ああ、直子さん、頼みますよ」

――そうか。嫁は、直子というらしい。孫が真奈美で、嫁が直子。それでは、息子の名前も聞き出さなければいけないな。

實は一人でくすくすと笑いながら居間に戻った。真奈美がにこにこと笑いながら、大きな包みを實の前に差し出して来る。

「はい、おじいちゃんに、おみやげ。何だと思う？」

「さて、何かねえ」

「これがね、パジャマと、ガウンのセット。私が選んだんだよ」

「それから、お父さん、これ、好物の酒悦の漬物セット。鯛味噌、好きでしたよね」

實は驚いて息子役の男を見た。眼鏡をかけて冴《さ》えない顔をしているが、實の好物まで調べてあるとは、レンタル家族というのは、なかなかどうして大したものだ。

「おお、ありがとう。いやあ、ここ何日かね、食べたいと思っていたんだ。すまないねえ」

實は、二つの包みを押しいただいて見せた。ちょうどその時、直子が台所からポットと急須などを載せた盆を持って戻ってきた。

「おじいちゃん、私からもあるんですってば」

「直子さんからもかね。真奈美ちゃんと、ええと」

「幸夫《ゆきお》ですよ」

「そうそう、幸夫から、こんなに頂いたのに」

直子はにこにこと笑いながら、持ってきたデパートの紙袋をがさがさといわせ、中から二つの紙包みを出してきた。

「こっちがね、新しい競泳用の海水パンツと、競泳用のキャップに、ゴーグル」

「ほほうっ」

これには實も目を丸くした。市民プールは、規則で競泳用の水着を着用のことと決まっている。最初は抵抗を感じたものだが、泳ぐためには仕方ないと思って買い求めた海水パンツが、そろそろくたびれてきていたのだ。

「ふふ、それからね。これは、今日皆で食べようと思って、『小ざさ』の栗羊羹《くりようかん》なの。お義母様《かあさま》が、お好きだったから」

「おおっ」

實は、ますます感激してしまって、不覚にも、思わず涙ぐみそうになった。

繁樹たちだって、心の底ではこういうことをしたいと思っているのに違いない。本当の家族だからこそ、かえって簡単に口には出せなくて、人の手を借りて自分たちの気持ちをあらわそうとしているのかも知れないのだ。そう考えると、實はこの突飛な贈物を、階上の連中の嫌味のようには感じられなくなってきた。それどころか、彼らがいじらしくさえ思えて来る。

「いやあ、すまないねえ、本当に持つべきものは、家族だなあ」

「いやだわ、おじいちゃんたら。水臭いわ」

とにかくこの人たちも仕事で派遣されているのだ。そして決められた時間、与えられた役どころを演じきらなければならないはずだ。だから、實はひたすら本当の家族を演じることに決めた。それが、繁樹たちの思いに報いることでもあり、今はやりのゲーム感覚というものかも知れないとも思う。實と出前家族のやりとりを、彼らはどこからか覗《のぞ》いている可能性だってあった。

「やっぱり、わが家だなあ。建物は変わっても、空気が変わらないよね」

幸夫はのんびりと煙草《たばこ》をふかしながら、庭の木を眺めている。

「しかし、いつ見ても見事なスズカケの木だねえ、お父さん」

「ああ、そうだろう。あれは、おまえが大学に受かったのを記念して、父さんが植えたんだ。もっともっと大きくなるぞ」

「ははは、そうだったかね。僕はちっとも覚えてなかった」

幸夫は、照れたような笑いを浮かべる。

「あ、そうだ。ねえねえ、おじいちゃん」

それまでおとなしく茶をすすっていた真奈美が瞳《ひとみ》を輝かせて實の二の腕につかまってきた。その、柔らかく温かい感触が、薄手のカーディガンの上からも伝わってきて、實は、もうそれだけで笑顔になってしまった。人の温《ぬく》もりを感じたのは、何年ぶりのことだろうと思う。

「お兄ちゃんね、すごいんだよ。今年の春から、アメリカに留学したの」

「ほほう、陽一が」

「違うよ、うちのお兄ちゃん。隆史《たかし》だってば」

「あ、ああ、そうか。へえ、隆史がねえ」

實は、真奈美の手の温もりを味わいながら、相好《そうごう》を崩したままだった。直子は、せっせと羊羹を切り、勝手をすべて知っているかのように、小さな皿を用意して、その一つを仏壇に供えている。

「御挨拶が遅れちゃったけど。あなたも、真奈美も、ね。お祖母《ばあ》ちゃんに、御挨拶しましょう」

直子の言葉に、幸夫も真奈美も素直に仏壇に向かい、順番に線香を上げて、手を合わせている。

實は、彼らの様を見ていて、再び涙ぐみそうになってしまった。何という奥ゆかしい、また美しい家族の姿だろう。これならば、申し込みが殺到するのも分からないではない。血のつながった関係には替えられないものの、やはり、こういう生活に憧《あこが》れない者はいないのだ。

「昼は、寿司《すし》でもとろうかね」

　三人が順番に手を合わせた後、實は上機嫌で出前家族を見回した。真奈美は、素直な中学生らしく、即座に「わあい！」と言う。幸夫夫婦は、少し驚いた顔をしたが、實がずっと笑顔でいるので、安心した顔で互いを見合っている。

「安心したわ、おじいちゃん。昨日は食欲がなかったって聞いたから、お具合いでも悪いのかと思ったんですよ」

　直子の言葉に、だが實はすっと笑顔を引っ込めた。

「道子が、言っていたんですか」

「ええ。何だか、一昨日はずいぶん御機嫌で、遅くまで起きてらしたみたいだから、お疲れになったんだろうかって」

　直子は遠慮がちに、少し怯《おび》えた表情になっていた。實は、そこで鼻から大きく息を吐き出した。

「そんなに心配なら、自分で具合いを聞きにくればいいんだ」

　さっきまでの感謝の気持ちはなりをひそめ、實は再び、あのバカ嫁が、自分たちの責任を人任せにしているような気がしてきた。

「もしも私の身に何かあったとしたって、あの連中は、あたしを見殺しにするでしょうよ」

實は、吐き出すように言ってのけた。幸夫が目を伏せ、弱々しくため息をついた。

「お父さん、そんな言い方はよくないですよ」

「あいつらの、肩を持つんですか。金をもらっているからかっ」

真奈美もしゅんとした顔になってしまう。

「そんな――」

「まったく、どいつもこいつも、年寄りを馬鹿《ばか》にしおって――」

そこで實は、はっと我に返った。

――いかんいかん。この人たちは、あくまでも仕事で来ているんだ。とりあえず、今は本当の家族ということなんだから、息子の悪口を言ったら、目の前の、この男の悪口ということになってしまう。

實は急いで気分を切り換えると、とにかく今日一日は、二階の連中のことは忘れて、この人たちと徹底的に家族ごっこをすることに決めた。

「とりあえず、だ。まずは寿司屋に電話を入れておこうかな」

「栄寿司《さかえ》がいいよ、おじいちゃん」

「真奈美ちゃん、栄寿司を覚えているかい」

實は、大方實の湯呑《ゆのみ》でも盗み見て、寿司屋の名前を覚えたらしい真奈美を可愛《かわい》らしく感じながら、電話をかけに立った。

5

賑やかな笑い声が絶え間なく響いて来る。

亜紀は、母に「やめなさい」と言われていたが、ついに我慢しきれなくなって、そっと階下の様子を見に行った。居間の窓から覗くと、この前変な老人と笑っていた時よりも、なお嬉しそうな顔をしたおじいちゃんが、息子家族に囲まれている。

——嬉しそう。

亜紀は、何となくほっとしたような、淋《さび》しいような、不思議な気分でその様子を見ていた。食卓には寿司桶《おけ》や食器が並び、ビールも数本抜かれている。

「おや、亜紀」

やがて、おじいちゃんがふいに振り返った。亜紀は瞬間びくりとして、すぐに逃げてしまおうかとも思ったが、そんな子どもじみたことも出来ないと考え直して、曖昧《あいまい》な笑みを浮かべた。おじいちゃんは「よいしょ」と言いながら立ち上がると、窓辺に寄ってきて戸を開けた。

「亜紀、二階に行って、道子さんに伝えておきなさい。ありがとうってね」

「ああ——うん」

「おまえも、仲間に入れてあげたいんだがね。今は真奈美ちゃんがおじいちゃんの孫なんだ。だから、駄目だよ」

「——うん」

おじいちゃんはそれだけを言ってしまうと、また途端に笑顔に戻って居間に戻る。

「それにしても、直子さんの料理の手際《てぎわ》は、大したもんだ。寿司に加えてこんなに料理が並んで、すっかり宴会気分だねえ」

「そんなことはありませんてば。昔はよくお叱《しか》りを受けたじゃありませんか」

「ははは、やっぱり、あたしも人間が出来てなかったんだな。本当に、済まないことをしました」

「やめようよ、父さん。謝るなんて、水臭いよ」

「そうよ、おじいちゃん」

亜紀は、ぽかんとしたまま、彼らの会話を聞き、それからゆっくりと二階に戻った。今日は土曜日だったから、あの子は学校を休んで来たのだろうか、とふと思う。それにしても、まるで絵に描いたようなホームドラマではないか。

「ねえねえ、お父さん」

　午前中はゴルフの練習に行って、今はごろ寝を決め込んでいる父の傍に行くと、亜紀はまるでアザラシみたいに腹の出ている父を見おろした。

「すごく、うまくいってるみたいよ、下」

「そりゃあ、そうだろう。これだけ笑い声が聞こえて来れば分かるよ――何だ、亜紀、下の様子を見てきたのか」

　父はそこでむっくりと起き上った。後頭部の髪がぴょんと飛び跳ねていて、妙に間が抜けて見える父を見ながら、亜紀はその場にゆっくりと腰を下ろした。

「変だと思わない？　半年前に来た時には、すぐに大喧嘩《おおげんか》になったのに」

「淋しかったんだろうさ。半年の間に、おじいちゃんなりに考えたんじゃないかな」

「お母さんにね、『ありがとう』って言っておけって。何のことかな」

「電話したことじゃないのかね」

　父は大きなあくびをして、首筋をぼりぼりと掻《か》いている。それにしても、「今は真奈美が孫だから、仲間には入れてやれない」というのは、どういう意味なのだろう、と亜紀は考えた。おじいちゃんの考えていることが、亜紀にはどうもよく分からなかった。

「あの調子だとさ、私たち、引っ越さなきゃならなくなるんじゃないのかな」

亜紀の言葉に、父は急に難しい顔になる。

「まあ、そうなったらそうなったで、仕方ないけどなあ」

亜紀は、何だかつまらない気分で、どうも変だという感覚を抱いたまま午後を過ごした。そして、夕食時に、ようやく「変」と感じた理由が分かった。

「私たちも、最初はわけが分からなかったのよ」

七時過ぎになって、下に来ていた加納のおじさん一家が二階に上がってきたのだ。おじいちゃんは、最初は夕食も一緒に、と言っていたのだが、楽しかった代わりに少し疲れたらしく、おばさんが布団《ふとん》を敷いて休ませてきたという話だった。

「あんなに惚《ぼ》けてるとは、なあ」

亜紀たちは、ちょうど夕食の前で茶の間に集まっている時だった。亜紀の父は、加納のおじさんにビールをすすめながら、相変わらず曖昧な返事をしている。母は直子おばさんと並んで、熱心に話を聞いていた。

「帰りがけにね、お金を差し出すのよね、『少ないけど、とっといて下さい』って。そんなこと、これまでになかったから、びっくりしちゃってたら、続けて言った言葉が、こうなの」

「『規定の料金は息子夫婦から支払われるはずだから、これは事務所を通さずに、三人で分けて下さい』だって」

真奈美ちゃんは、丸い目をくるりと回しながら、夢中でおばさんの後を引き継いだ。

亜紀は、真奈美ちゃんの髪がとてもさらさらとして綺麗《きれい》に見えて、後で忘れずに、どこのシャンプーを使っているのか聞いてみようと思った。

「何だろう、それ」

「つまり、こうだろう」

加納のおじさんは難しい顔でため息をつき、父にすすめられたビールをまずは一口飲んだ。

「親父《おやじ》はさ、俺たちが本当の息子一家だってことが、分からなかったんだ。どこかから派遣されてきた、偽物《にせもの》の家族だと思ったんじゃないかな」

亜紀はぽかんとしておじさんの、ビールの泡のついている口元を見ていた。

「知ってる知ってる。レンタル家族ってヤツでしょう。いつかテレビで見たことあるぜ、俺」

陽一が、自分もビールを飲みたそうにしながら、膝《ひざ》を乗り出して来る。亜紀は、そんな言葉は聞いたこともなかった。直子おばさんもため息をついて、肩をがっくりと落としている。

「つまり、私たちが実の家族じゃないと思ったから、あんなに親切で優しいおじいちゃんになってたっていうわけよ」

「気持ち悪いくらいだったもんねえ」

真奈美ちゃんが、再び目をくりくりと動かす。亜紀は最近ニキビが気になってきたのに、真奈美ちゃんは真っ白いきれいな肌をしていた。どんな洗顔フォームを使っているのかも、後で聞こうと思いながら、亜紀はテーブルに出されたトリの唐揚げに手を伸ばした。

「亜紀ちゃん、そういうの、好き？」

真奈美ちゃんが、大口を開けようとしていた亜紀をちらりと見る。

「揚げものばっかり食べると、ニキビが増えるよ。それに、太るし」

亜紀は途端に嫌な気分になってしまって、わざと大きな口で唐揚げにかじりついた。やっぱり、シャンプーのことも洗顔フォームのことも聞くのはやめようと思った。真奈美ちゃんは、可愛い顔をしているけれど、昔から何となくお高くて意地が悪そうなのだ。同じクラスにいたら、絶対に仲良くなれないタイプだと亜紀は思っている。

元々、真奈美の一家は、親戚《しんせき》とはいっても、それほど近い間柄ではない。亜紀の父と加納のおばさんがいとこ同士だということだから、ほとんど他人といってもいいくらいに遠い親類だった。

そして、おじいちゃんは、加納のおじさんのお父さんだった。おじさん一家が長い転勤から東京に戻ってきて、一人暮らしになってしまっていたおじいちゃんのためにも、古い家を建て直し、同居を始めたのだが、どうしても折り合いが悪くて、一緒に暮らすのを諦《あきら》めたのが、三年前というわけだ。

「あそこまで、とは、なあ」

おじさんは憂鬱《ゆううつ》そうにため息をつく。

「だから、言ったでしょう？　とにかく、もう、大変よ。合鍵を使ってどんどん家《うち》に入ってきちゃうしねえ、勝手にあちこちを引っかき回されるし」

亜紀の母は「どうだ、見たか」と言わんばかりに、加納家の連中を見回す。それから、同意を求めるように亜紀たちの方を見た。

「ちょっとくらいの小言なら、我慢もするけど。気持ち悪《わり》ぃんだよな、何だか」

「失礼だぞ」

父が慌《あわ》てて陽一をたしなめた。だが陽一は平気な顔で「だって、そうじゃんかよ」と続ける。

「前だって、俺が帰ったらさ、勝手に俺の部屋に入ってて、雑誌とかひっくり返して見てやがんの。挙げ句の果てに『陽一、こんな雑誌を読む暇があったら、勉強に精を出しなさい』とか言っちゃってさ。余計なお世話だってえの」

「あんた、それ、どんな雑誌だったのよ」

母が陽一の顔をのぞき込んでいる間、加納のおじさんは父のグラスにビールを注ぎながら、またもやため息をついている。

「機嫌よく会ってくれたのは嬉しいんだが、僕らを他人だと思ってのことだっていうんだから、複雑な心境ですよね」

「やっぱり、もう一人にしておくのは、無理なんじゃないかしら。戻って来なきゃ、駄目かしらねえ」

直子おばさんも憂鬱そうにため息をつく。真奈美ちゃん一人が、自分はまるで関係ないという顔をして、澄ましていた。

「でも私、前のおじいちゃんより、今日みたいな方が、ずっと好きだな」

「それは、真奈美ちゃんのことを他人だと思ってるからだってば」

亜紀は、何とか真奈美に仕返しがしたくて、わざと意地の悪い目で真奈美を見た。真奈美は、驚いた顔で亜紀を見る。

「じゃあ、亜紀ちゃんのことを本当の孫だと思ってるの？」

「そうみたい。さっきだって『今は真奈美ちゃんが孫なんだから』って私に言ってたもん」

真奈美の白い頬がぱっと染まり、目がきゅっとつり上がった。

「あ、あ、でもね。おじいちゃん、亜紀ちゃんのこと言ってたわよ。いつも大根足で床を踏みならして、ちっとも娘らしいところがないって」

「な、なによ、それ」

亜紀は、思わずテーブルを叩いて立ち上がりそうになってしまった。二人の母親が慌てて「こら」「やめなさいよ」を連発する。陽一が「くっだらねえなあ」と吐き捨てるように言った。

「実の孫だと思ってるから、そういうことが言えるんだろう」

加納のおじさんは難しい顔のままでぽつりと呟いた。その途端、真奈美は顔をぐにゃりと歪《ゆが》めて、不満そうに鼻を鳴らした。おじさんの言葉を聞いて、亜紀は急に怒る気がしなくなった。

「ご迷惑はおかけしないようにって、それとなく言ってはきたんですけれどねえ」

直子おばさんは、疲れた表情の頬をさすっていた。

「水泳だか何だか知らないけど、そんなこととして大丈夫なのかなっていうくらい、ずいぶん弱ってる感じはしたし。ねえ、あなた」

「我々も、ちゃんと気をつけてはいるんですよ」

「ああ、いや。それは十分分かっています。感謝してるんですよ、ははは」

ビールを飲み続けているおじさんは、亜紀の父とは違ってエリートだという話だった。もう部長になっていて、今は都心のマンションに暮らしている。亜紀たちに、格安の家賃で自分たちの住まいを貸す代わりに、階下のおじいちゃんのことに気をつけていてくれ、というのが、亜紀たちがこの家を借りた時の条件だった。確かに、月々五万程度の家賃で借りているのだから、こんなにありがたい話はなかった。

だが、その家賃でさえ、下のおじいちゃんは、いつの頃からか息子夫婦から月々もらっている小遣いだと思い込んでいる。

「やはり、息子さん夫婦が見てあげるのが、一番なんじゃないかねえ」

そんなことを言ったって、おじいちゃんは実の息子一家だとは分からなかったではないか、と亜紀は言おうとしたが、さっきからずっと真奈美ににらまれている気がして、黙っていた。

「まあ、もう少し様子を見て、それから考えないといけないかもな――ああ、もちろんね、こちらの勝手で、そんなにすぐに引っ越してくれなんて言うつもりはないですから、その辺は心配しないで頂きたいんですが」

おじさんの言葉に、母はほっとため息をついた。この家を借りている間に、せっせと貯蓄をして、ここから出る時には、ちゃんとした家を買うつもりらしい。

「あれですよね。親父にもしものことがあったら、私たちが下に住んで、皆さんはそのままここに居て頂くことも出来るんですがね」

おじさんの言葉に、室内に「ああ」「ねえ」という言葉が氾濫《はんらん》した。亜紀は、真奈美などと一緒に暮らさなければならないとしたら、その苦痛はおじいちゃんの比ではないだろうと思うと、憂鬱になった。第一、おじいちゃんを心配しているようなことを言いながら、結局は死ぬのを待っているようで、それも不愉快だった。

6

「ほう、レンタル家族、ですか」

古漬けが興味深そうな顔で相槌《あいづち》を打つのを、實は上機嫌で眺めていた。

体調はそう良くはないのだが、とにかく誰かにその話をしたかったたし、気分はすこぶる快調だったので、實はまたプールに通う習慣を取り戻した。

「傑作なんですなあ、本当の家族以上に、家族らしく振舞うんですな、これが」

實は、あの一日のことを思い出して、一人でくすくすと笑ってしまった。

「よくまあ、下調べしているものですよ。ほら、この水泳パンツもね、嫁役の人が、おみやげに持ってきてくれたんですわ。私が毎日泳いでることも、家内が栗羊羹が大好きだったことも、全部調べた上で、ああた、来てるんだ」

實の言葉に、古漬けはいちいち目を丸くして「ほう」と言い続けている。

「孫役の子もねえ、美少女でね。あれは、三人とも他人の人たちが集まってるらしいんだが、両親役の人たちとの息もぴったりで」

あれは、本当に楽しいゲームだった。

實は濡《ぬ》れた胸をさすりながら、一人でにやにやとしていた。

「あんなのが、本当の息子一家だったらなあと、思いますわな」

「でも、息子さんたちが申し込んでくれたんでしょう」

古漬けにそう言われた瞬間、實の胸がちくりと痛んだ。古漬けは、自分のたるんだ胸を見おろしながら、乾燥室のベンチで足をぶらぶらとさせている。

「口では何とか言ってても、結局のところはね、やはり親孝行したいとは思ってるんですよ。まあ、自分たちが素直に出来れば問題はないんだから、面倒なことをしているなとは思いますがね」

「そうですなあ、まったく……」

やはり、胸がちくりと痛む。

實は、一家団欒《だんらん》を楽しんで演じていた時に、居間の窓から顔を覗《のぞ》かせた亜紀のことを思い出した。アライグマみたいな孫娘は、きょとんとした、少し淋しそうな顔をしていた。

「あたしもね、まあ、他人だと思うから、いい顔しか見せないわけですしね、まあ、本当は二階の連中に言いたいことを、代わりに言わせてもらいはしましたが」

その時、プールの休憩時間の終了を知らせる笛が鳴った。

「また、頼みたいもんです」

そう言いながら、「よいしょ」と立ち上がった瞬間、今度こそ胸が締めつけられるような感覚に襲われた。急に息が出来なくなり、自分より先を歩いて行こうとしている古漬けの貧弱な後ろ姿が歪んで見えた。

「あ……、あ……」

そう言ったまま、實はその場に倒れ込んだ。膝を強く打ったらしく、意識が遠のく寸前に、タイルの冷たさと、膝の痛みだけが感じられた。

「おじいちゃん、おじいちゃん」

うとうととしていると、喜美子が自分を呼んでいるような気がした。やっとの思いで目を開けると、ぼんやりとした視界にたくさんの顔が並んでいる。

實は少しの間、自分の身に何が起きたのか分からなかった。ただ、左の膝と胸が妙に痛む。種類の違う痛みではあったが、かなり不愉快な痛みだ。

「おじいちゃん、分かる？」

「ああ、あなた――直子さん」

「良かった、分かりますね？　今、幸夫さんもこっちに向かってますからねっ」

實は、出来るだけゆっくりと息を吸い込むと、一度目を閉じて大きく息を吐き、それからもう一度目を開いた。よく見れば、出前家族の脇《わき》に、亜紀たちが顔をこわばらせているのが見える。

――水臭いことをするものじゃない。ここまで来て、まだ「ごっこ」をさせる気なのかね。

「おじいちゃん、真奈美よ。ここにいるからね」

力の出ない手を、柔らかい、温かい手が包み込んでくる。實は、安堵《あんど》のため息をもらした。人の温もりとは、何とありがたいものなんだ。こんなに身体《からだ》が冷えて感じられるのに、手だけが別の生き物のように温かい。

「真奈美ちゃんか、ありがとうよ。おじいちゃん、嬉《うれ》しかったよ」

天井の辺りに、喜美子の笑顔が浮かんでしようがない。きっと、迎えに来たのだろうということが、はっきりと感じられた。自分は、死のうとしているのだ。

――それにしても、どうして最後に、こんな連中を呼んだんだ。繁樹は何を考えているんだ。

實はもう一度自分の周りを見回した。その時になって初めて、ここが自宅の寝室ではなく、病院らしいことも分かった。

「繁樹」

「おじいちゃん、大丈夫。すぐに家に帰れますよ」

恰幅《かっぷく》ばかり良くなりおって、出世からは見放されているくせに、と思うと、實は自然に涙が溢《あふ》れてきた。

「おまえは、本当に金の使い方を知らない男だな。いいか、後のことは、おまえに任せるんだから、しっかりしてもらわなきゃ、困るんだぞ」

やっとの思いでそう言うと、繁樹の顔が「えっ」と言っている。

「家のことも、財産のことも、おまえに任せるから。ちゃんと、やってくれるな」

「お、おじいちゃん――」

長く話すことが、こんなに辛《つら》いことだとは思わなかった。實は、もう一度ゆっくりと息を吸い込み、道子や亜紀、そして陽一を見た。可愛《かわい》い嫁、可愛い孫たちだ。

「亜紀は、綺麗《きれい》になるぞ。床をどすどす踏むのだけは、やめなさい。陽一も、いい男になるだろう。エロ本は、母さんに見つからないようにしないとな。ああ、道子、道子さん――あんたも、いい人だった」

最後に、こんなに豊かな気持ちになって、家族に遺言を残せるとは思っていなかった。實は、静かな気持ちで言葉を続けた。

「この人たちを出前してくれたのは、嬉しかったよ、本当だ。だが、私は、本当はおまえたちと、ああいう、時間が持ちたかったんだ。一時間いくら払うんだか知らないけど、所詮《しょせん》は借り物なんだから――」

「なに言ってるのよ、おじいちゃん！」

せっかく静かな気分に浸っている時に、レンタル嫁が金切り声を上げた。

「私たちが、本当の家族なのよ！　しっかりしてちょうだいっ。今、おじいちゃんが変なことを言い出すと、後々で困ることになるんですよっ」

「ちょっと、病人の枕元《まくらもと》で、大声を出さないでっ。おじいちゃんが話してる途中じゃないですか」

「何言ってるのよ！　このまま、本当の家族になりすまそうっていうんじゃないでしょうね」

「あの家は、真奈美たちの家よ、ねえ？　そうでしょ、おじいちゃん！」

かつて、こういう喧嘩を毎日のように繰り返していたような記憶がある。そうだ、家だの財産だの、人の持ち物をあてにするようなことばかり言うから、實は息子夫婦が嫌になったのだ。

「あっ、お父さん」

ばたん、と音がしたかと思うと、息子役だった人までが額に汗を浮かべて實の視界に飛び込んできた。

「お父さん！　おじいちゃんてば、あの家をこの人たちに譲るって言ってるのよ」

顔立ちはまあまあだが、いかにも気の強そうな真奈美が、母親よりも先に口を開いている。きんきんと甲高い声は、相変わらずだ。そう、相変わらず。

「本当は、最初から私たちの家を乗っ取るつもりだったんじゃないのっ。惚けてると思って、いいように言いくるめて」

「しいっ！　病人の前で、何ていうことを言うんですかっ」

「だって、そうでしょう。私たちは、正真正銘の家族なんですよ。その私たちがいながら、どうして財産をあなた方に取られなきゃならないのよ！」

「でも、おじいちゃんは『繁樹』って言ったじゃないですか。惚けてるとも言えないかも――」

――ああ、うるさいな。

そう思った時、實の頭の中で何かがぐるぐると回った。そうだ、嫁はいつもそう言っていた。私たちは正真正銘の家族なんですよ、だから、財産の名義が変わったって、何の不思議もないじゃありませんか。死んでからばたばたするよりも、今のうちに、ねえ、お義父《とう》さま、ちゃんと決めることは決めておいていただかないと――。

既に棺桶《かんおけ》に納まっている人間にさえ鞭《むち》をうち、唾《つば》をかけ、死人が生き返るほどに甲高い声でわめき散らすような、そういう女だったな、直子という女は――。

そう、直子だ。嫁の名は直子。息子は幸夫。孫は、隆史と真奈美――そうだった。

頭の中で様々なことがかけ巡る。そして實は思い出した。今や、はっきりと。二階に住んでいるのは、自分の息子一家ではない。何を勘違いしたのか分からないが、いつの間にか入れ代わっていたのだ。

「実の息子だって、この数年間、ほとんど寄りつきもしなかったじゃないか！」

「何だとっ！」

——ああ、うるさいな、どいつもこいつも。

實は元来、それほど意地の悪い人間ではなかったつもりだ。可もなく不可もない人生を、安全に歩んできた。だが、ここにきて急に、最後に一つ、ちょいとした悪戯《いたずら》をしたくなった。人がせっかく気分良く往生できると思っている時に、枕元でぎゃあぎゃあとわめく連中など、息子だろうが他人だろうが、どっちでも同じだ、という気分になった。

——どうする、惚けたふりのままで、いくか。

天井辺りにふわふわと浮かんでいる喜美子の笑顔が、だんだんはっきりと見えて来た。喜美子が「最後なんだから、あなたの好きになさったら」と言う声まで聞こえる気がした。

7

おじいちゃんは、倒れてから一ケ月後に息を引き取った。せめて、最後は自分の家の畳の上で死にたい、と言い出した時には、急に熱心に看病するようになっていた亜紀の両親が、加納のおじさんたちがいない間に、おじいちゃんを家まで運んだ。最後に、おじいちゃんの惚けは一層ひどくなって、もはや、どちらが本当の家族だったか、見分けもつかないようだった。亜紀は母に駆り立てられて、真奈美と争っておじいちゃんの手を握る役目を果たした。

必ず誰かがおじいちゃんの傍にいたはずなのに、いつの間に用意したのか、自宅に戻ってからの数日の間に、おじいちゃんは奇妙な遺言状を残してあった。

「爺《じい》の私は仮の姿。この世はすべてうたかたに過ぎない。偽物も借り物も結構、時が流れれば本物になる場合有り。爺は、ただ借り物と知りつつ心通わせた者どもに、すべてを任せて、消え行くのみ」

お葬式の日に発見されたその遺言を巡って、二つの家族の間で、かんかんがくがくの争いが起きた。

結局は「どちらが借り物だったか」ということで――。

向日葵《ひまわり》

降り続いていた雨が漸《ようや》く上がったらしかった。テーブルの下や流しの陰にはまだ雨の匂《にお》いが残っていたが、小さな窓からは暗い台所に筋を描いて斜めに陽が射《さ》し込み始めていた。

彼は母の姿を探していた。だが、母は台所にはいなかった。だから彼は二階への階段を昇ったのだ。

二階の物干し場から母が何か口ずさんでいるのが聞こえていた。片時でも母の傍を離れたくはなかった。たいらな場所を歩き回るだけでもまだ上手とは言えなかったのに、両手を上の段につき、重たい頭を前のめりにさせて、やっとの思いで階段をよじ上った。母の声がだんだん近くなり、二階の明るさが漸く目に入ってきて、彼は頭を思い切り持ち上げた。そのまま頭の勢いにつられて、階段についていた両手がふわりと離れた。

身体《からだ》中に衝撃を受け、気がついた時には階段の下で天井を見上げて泣いていた。奇妙な構図の不思議な景色だった。果てしなく高く見える階段と天井との間に母の顔が逆さまに覗《のぞ》いて、悲鳴に近い声で彼の名を呼びながら駆け降りて来ようとしていた。頭のなかに焦《こ》げ臭い匂いが満ち、それきり何も分からなくなってしまった。

そして母は、甘い柔らかい匂いで、彼を二度とは包んでくれなくなった。それだけでなく、彼がそれまで感じていた部屋の匂い、風呂《ふろ》の匂い、ミルクの匂いも、すべて消えてしまった。すべてのものはその姿を彼に見せることはあっても、景色よりも彼に近づいてはくれなくなり、ただの写真や絵と変わらなくなり、彼に感じられるものは、ただ何もかもが焦げ臭い印象だけになった。あんなに楽しみだった食事の時間も、彼には何の楽しみにもならなくなってしまった。何を食べても分からない。色が違い、堅さが違うだけの塊《かたまり》に過ぎなくなった。彼は不安と恐怖にさいなまれ、苛立《いらだ》ち、暴れ、そして世の中のすべてから切り離された孤独の世界の子どもになっていった。

やがて彼は言葉を覚え、周囲のものの名前を覚え始めた。母は一生懸命に彼に様々なものの名前を教えた。ご飯を食べるときには「おいしい」と言うことを教わり、花には「いい匂い」と言うことを教わった。だが、彼にはその意味が分からなかった。自分に語りかけてくれる母でさえ、時にはぼやけて他の人間と区別がつかなくなるほどなのだ。

毎日形を違えて食卓にのぼる料理について、彼はある時母に質問をされた。

「どう、美味《おい》しく出来てるでしょう?」

目の前には黄色い泥みたいなものがご飯という名前のものにかかっていた。それが喉《のど》にはりついて気持ちが悪かったので、彼はコップに手を伸ばして口に運んだ。

「何をするの!」

母が悲鳴を上げて彼が飲んでいるコップを取り上げた。

「ドレッシングなの、お水じゃないのよ」

母はおびえた目で彼を見つめた。これが初めてのことではない。彼は同じ失敗を毎日のように繰り返しているのだ。どうしても母の言う違いが分からない。母の期待に添いたいと思って焦《あせ》れば焦る程、頭は混乱して焦げ臭くなってしまうだけなのだ。

母は彼を抱き寄せて「ごめんね、ごめんね」と繰り返して涙をこぼした。だが、母に抱きしめられ、顔に母の髪が触れたとしても、母の温《ぬく》もりが痛いくらいに伝わって来たとしても、彼の孤独は変わることがなかった。どんな時にも、彼を取り巻く風景は、まるでテレビの中の風景と変わりがないのだ。彼が目を逸《そ》らし、耳を塞《ふさ》いでしまえば、あとはすべてから閉ざされた世界になるだけなのだった。

彼の友だちは、音をたてて動き回る玩具《おもちゃ》だけだった。堅い感触の、魂のない玩具こそが、彼には自分に最も近い存在だと思われた。それ以外のものを彼は求めなくなっていた。それでも時折、あの匂いが頭に満ちると、どうしたらいいか分からなくなって大切な玩具も投げ出して暴れることがあった。一通り暴れたあとだけは気分がすっきりして、ほんの少し愉快な気分にもなることが出来るということも発見した。

母はもう「おいしい」や「いい匂い」と、彼に言わせなくなった。彼が思い出したようにその言葉を使うと、ただ悲しそうな顔で彼をじっと見る。彼は母のその顔が大嫌いだった。

彼は大人しい子どもから大人しい少年へと育っていった。いや、それは大人しいというよりは、何に対しても熱意のない、気力の乏しいという意味だった。言われたことは続けることが出来たが、ただ続けるというだけのことだった。それも気が向かなければ途中で投げ出したし、それについて注意されると普段の大人しさからは想像もつかないくらいに暴れて物を壊した。暴れた後はまたいつもの大人しい少年に戻って一人で無表情にテレビを見る。何を考え、何を望んでいるのか、その表情からはほとんど何も窺《うかが》うことが出来なかった。母はただ、彼が口にするものに細心の注意を払い、彼にとって最も虚《むな》しく思われる、そして彼が最も暴れる可能性の高い食事の時間を何とかして平和なものに出来ることばかりを祈って過ごした。

やがて彼は一人で食事を摂《と》りたいと望み、成長するに従って生活のすべても家族から切り離したいと望むようになった。彼にはいつでも一緒に暮らしていながら、どうしても肉親というもの、家族というものが理解出来なかったのである。

＊

終点に近いところで電車はいつも大きく右に傾くのだった。それまで無言で飽和状態を保っていた車内はバランスを失った乗客達の無数の靴音で満ち、一分の隙《すき》もない筈《はず》だった車両の左側におかしな隙間が天井から尻《しり》すぼみの形に出来て、一瞬だが遠くの座席の人の顔までが見える。私は電車がいつも傾くことを覚えてからというものは努めて車両の左側に乗る癖がついていた。終点間際《まぎわ》のほんの一瞬でも人との間に隙間を作れることが救いになっていた。だが、今日は違っていた。いつも通りに電車が大きく傾いて歪《ゆが》んだ隙間が出来た時、それまで私の腕と密着して立っていた男が小さくため息をついたのだ。私は、もうそれだけで憂鬱《ゆううつ》になり、あとは一分でも一秒でも早く電車から降りたいと祈らなければならなくなった。それまでは窮屈そうにスポーツ新聞を読んでいただけの男だったのに、その瞬間から彼は私の脅迫者に変わったのだった。

分かっている。どんなに気を配っていてもこんなに混雑している電車の中では、夏にはまだ早いと言っても汗が出る。そして、汗と一緒に出る私自身の匂いを、私以外の人は皆不快に思っているらしいということも、いつの頃からか気づいていた。

香水を使っても、どんなに朝からシャワーを浴びても、私自身の生きる証《あかし》のように、特有の匂いが周囲に広がるらしかった。ほんの小さくため息をついただけで私を脅《おびや》かすことが出来た若い男は、きっとホームに降り立ってから、今度は大きく深呼吸をすることだろう。私も一刻も早く男の傍から離れたい。そして一人になりたかった。生まれてこのかたずっとつき合っているこの匂いは、決して私を不快にすることなく、ただ私を一人の世界に閉じ込めるのだった。

私はいつでも仕事が始まる三十分以上前に会社に着くことにしていた。会社のあるビルの一階にある喫茶店に入って、汗の引くのを待つためだ。そこで私は化粧をなおし、柑橘《かんきつ》系のオーデコロンをふりかける。それですべての匂いが消せるとは考えられないが、何もしないよりはずっといい筈だと考えていた。

「お早よう」

すっかり顔馴染《なじ》みになっているマスターが柔らかい笑顔を見せてくれると、私は漸く人の嗅覚《きゆうかく》と視線から逃れられた気持ちになるのだった。五十は越えていると思われる、この人の好さそうなマスターは、私の秘密を知っているだろうか。

十五坪程の店内には、三、四人の見知らぬサラリーマンがいるだけだった。私は張りつめていた緊張をほんの少し緩めて、自分の周囲に出来た空間を楽しむ。

注文しなくても出てくるトマトジュースに軽く塩をふって、少しずつ喉に流し込む。匂いというものがもしも目で見えるものだったら、この瞬間私の身体から仄《ほの》かに立ち昇っているはずのものは、一瞬透明になり、揺らめきを静めていることだろう。この時間が、私は一日のうちで一番好きなのだった。

「いらっしゃい」

マスターの声がして、私は何気なくストローを口に運んだままで視線を上げた。まるで外の風をそのまま連れて来たような印象だった。だが、彼が纏《まと》って来た風は、もっと独特の不思議なものだった。彼は私に気づかずに奥の席に座った。

彼の周囲にはいつでも風が吹いているみたいだと、私は以前から考えていた。同じ会社にいながら口を利《き》いたことのない相手は少なくはない。人と口を利くためにはそれだけ相手に近づかなければならない。それが恐ろしくもあり、今では億劫《おつくう》にもなっている。ワンフロアーの小さな会社だったが、ことに経理の私と版下を作っている彼とでは接点もなかった。

　彼は自分のデスクで仕事をしていても、ほとんどその存在感を消してしまっていた。それは、彼が纏っている風のせいだろうと私は考えていた。いつでも無表情で、何を考えているのか分からない人だった。時々ふいと彼が立ち上がる時に、私はただ風が吹いたと思うのだ。

　やがて、始業の時間が近づいてレジに立った時、あとから立ち上がった彼が初めて私と目を合わせた。こんな時、急に気の利いた挨拶《あいさつ》をすることが私には出来ない。一瞬どうしようと思っている間に彼は目だけで挨拶をして先に出ていってしまった。私がいたことに別段驚いた様子もなかったし、その表情は相変わらず何を考えているのか分からないものだったが、とっさに何か言わなければならないと焦った私は、なぜか救われた気持ちになった。お互い人と口を利くのは嫌いらしい。それだったら何も無理をして愛想を振りまかなくてもいいのだと、彼が教えてくれた気がした。彼の無関心が私にはありがたかった。

　彼とはその後、数日に一回はその店で顔をあわせた。気がつけば互いに目で挨拶をした。ある日、店が珍しく混んでいた時、席を探している彼を見つけた時から、私達は同じテーブルに座るようになった。私はいつかそうなればいいと考えていたのだと思う。

いつの頃からか、家を出る時間をもう十分早くした。いつ彼と同じテーブルに座っても彼から軽蔑《けいべつ》されないで済むように、なるべく若い娘らしい印象を壊さないように、私は細心の注意を払った。香水でさえも新しく変えようかと考え始めていた時、私はもうすでに彼を異性として十分に意識し始めていたのだと思う。

「いつも早いんだな」

彼はそう言って、ひょろ長い足を窮屈そうに折り曲げて椅子《いす》に腰掛けた。

「早い方が電車が空《す》いているから」

私達の会話は途切れがちで、他愛《たわい》のないものだった。何を話せばいいのかが分からない。下手なことを喋《しゃべ》ってうるさい娘だとも思われたくなかったから、自然に無口になった。彼はそれを別段窮屈とも思わないらしく、黙って手にしている漫画の雑誌等を読んでいた。

彼と同じ席に座って、私はあることを発見した。私は相変わらずトマトジュースを飲んでいたが、彼はいつもモーニングセットを注文した。その食べ方がとても速いのだ。その店のモーニングは薄切りトースト二枚とミニサラダとスクランブルエッグにコーヒーという、ごくありふれたものだったが、彼はそのセットを牛丼《ぎゅうどん》でも掻《か》き込むような速さでいっぺんに口に放り込むのだった。コーヒーにはいつも三杯の砂糖を入れたし、ミルクもピッチャーに入っている分は全部入れた。行儀の善《よ》し悪《あ》しという問題ではなく、ただその勢いに私は驚かされた。最初、私は何日かは黙ってその様子を見ていたのだが、ある日思い切って言ってみた。

「そんなに急いで食べると身体に悪いわ」

彼は珍しく表情を動かして驚いた顔になった。

「急いでないさ」

「でも、急いでるみたい。身体に悪いわ」

「そう」

彼は紙ナプキンで口を拭《ぬぐ》いながら急に口の動きをゆっくりにした。私は案外素直に言うことを聞いてくれたことが嬉《うれ》しくて、この人にはあれこれと世話を焼いてやる存在が必要なのではないかと思ったりした。

中途半端《はんぱ》な気持ちが私に少しずつ新しい不安やときめきや夢を与えるようになる頃、木々の緑は深みを増して、少し前までの新鮮な色は消えていた。今年も私の大嫌いな夏が来ようとしていた。

彼は黙ってアパートのドアを開けた。手にはいくつもの商店の袋を提げていた。町中の雑貨屋、スーパー、仏具店を回って来たのだった。ちょうどお盆が近かったので助かった。部屋の電気をつけると、女はかつて彼自身が彼女の中でそうしていたように膝《ひざ》を抱いた格好で部屋の真ん中に転がっていた。彼は額の汗を拭いながらもう一度女の顔をよく覗き込んだ。さっきよりも顔色が随分変わっている。彼は急いで立ち上がり、女が買い揃《そろ》えた鍋《なべ》の中で一番大きなものを取り出した。

考えてみれば、あの娘に言われたことがきっかけだった。急いで食べると身体に悪いと彼女は言っていた。今までの自分の食事の仕方がそんなに人と違ったものだとは、考えたこともなかった。生きていくために必要な栄養を摂るのに、ただ飢えている腹を満たすだけのために、早いも遅いもあったものではないと考えていた。第一、何を口に入れても感触しか分からない彼には食事を楽しむなどということは頭の片隅にもありはしないのだ。

＊

帰宅すると、女が来ていた。半年ぶりに会う女は以前にもまして痩《や》せて小さくなっていた。髪はばさばさで薄汚く見えた。この女は今までただの一度だって、彼女のようなことを言ってくれたことはなかった。いつも黙って陰気に彼の食事を見ているだけだったのだ。

「俺の食べ方は、普通の人と違ってるらしい」

彼が言うと、女は怯《おび》えた目で彼を見つめた。今まで何十回、何百回となく見てきた目だった。その目を見ると彼は自分の中に急激に焦げ臭いものを感じる。誰を恨むでもない。この女がすべての原因なのだと頭の中で声がする。身体の奥から突き上げてくる衝動をどうすることも出来なくなるのだ。

「どうしてそういう目で見るんだよ。てめえの息子に、飯の食い方も教えられなかったのかよ」

何を言っても女は白い顔のまま身動きしなかった。彼は最初、貧しい小さなこたつを拳《こぶし》で殴りつけた。頭の中がどんどんと焦げ臭くなり、もうどうすることも出来なかった。何もかもを壊してしまいたかっただけだ。最後に彼は生まれて初めて女のうなじに手を触れた。女は何かを言おうとしているらしかったが、声にはならなかった。

そして、女は息をしなくなった。その時、彼は漸くすべてから解放されたと感じた。こんな爽快《そうかい》な気分は初めてだった。最初の最初から彼の秘密のすべてを知りながら何一つとして彼に手を差し伸べてはくれなかった女なのだ。

彼は、どの赤ん坊もそうであるように本能で母を求めただけだった。母の温もり、母の声、母の匂いから片時も離れたくなかった。その思いの強さが彼をあの階段の下に叩《たた》きつけることになった。あんなにも強く母を求めて、その結果として彼は母ばかりでなく、普通の子どもとして当然得られる筈の生活を、自分の人生から楽しみと喜びを失ったのだった。あの時の母の歌声がそれらを奪ったのに違いなかった。以来、彼はこんな女が自分の人生に必要だと思ったことはなかった。

今、彼は鼻歌を歌いながら女が買っておいた鍋で買い集めてきた蠟燭《ろうそく》を溶かしていた。弱い火で鍋を熱して白い太い蠟燭を少しずつ入れていく。蠟はやがて透明になり、芯《しん》になっていた糸ばかりが頼りなげに透明な液体の中を漂った。彼はこの思いつきに満足していた。よく小説や新聞に書いてあることを思い出したのだ。人間の死体は放っておくと腐り始めて異臭を放つものだと。それがきっかけで他人に殺人が分かってしまうということはよくあることらしい。異臭などという言葉は彼には無縁のものだったが、彼自身にはまったく理解できないものが自分を脅かすのはたまらない。だが、どんな感覚か分からないものを防ごうと考えるのは難しいことだった。それでも、ビニールにくるまれた嬰児《えいじ》の遺体が異臭を放っていたなどということを新聞で読んだ覚えがあるから、もっと確実に封じ込める必要が有るのだろうと彼は考えた。

鍋の中では透明な蠟が静かに揺れている。試しに箸《はし》を突っ込んで鍋から引き上げると、箸はすぐに薄く白い膜を被《かぶ》ったようになった。彼は鼻歌をうたい続けながら転がっている女が薄い膜に覆《おお》われる姿を想像した。女は、この薄い膜に包まれた姿でビニール袋に入り、静かに水になっていくだろう。

*

季節は温度と湿度を増していた。電車の中でも私はますます周囲に気を遣わなければならなくなった。何気ない人の視線が私を非難している。額に汗を光らせながら、新聞からちらりと視線を走らせる人の、ぞっとする冷たさが私を刺す。夏はいつでもそういう季節だった。それだけに私は必死で早く家を出た。彼と会う前に絶対に汗を引かせなければと考えていた。

彼は今まで何もかもから逃げることばかりを考えていた私にとって、初めての存在になっていた。私は彼の世界に少しでも近づきたいと思ったし、一日のうちでたった数分でも、彼と時間を共有できることが何よりも嬉しかったのだ。

いつも通りに汗を拭《ふ》きながら喫茶店に入ると、彼が私に軽く手を挙げて合図をよこした。その、どこか曖昧《あいまい》な笑顔を見て、私は思わず凍りついた。いつだって私の方が早く着いていなければならないのに。私はまだ汗をびっしょりかいたままだ。

「いつも待たせちゃ悪いと思ってさ」

私は耳鳴りがして彼の言葉が聞き取れないほどだった。悲しくて泣きたかった。これで私の初めての夢が終わるのだろう。もともと隠し事をしていた私がいけないのだ。私は人に愛される資格など持ってはいない。もう、おしまいだ。

「どうしたの」

彼は前に座ったまま身動き出来ずにいる私にいつもと変わらない声で言った。私はずっと俯《うつむ》いていた。顔をあげて彼の目の中に一瞬の戸惑いと嫌悪《けんお》、そして軽蔑とを見るのが恐《こわ》かったのだ。とどのつまりは彼の方から視線を外すに違いない。それで、何もかもが終わってしまう。

私はもう遅いとは分かっていても手にしていたハンカチで首の汗を押さえていた。目の前にいつものトマトジュースが置かれても、顔を上げることが出来なかった。

「俺ね、君に言われてから、気をつけて食事をするようにしてるんだ」

彼の調子はいつもよりも明るく快活に聞こえた。それが一層私を悲しくさせた。

「そんなこと、注意してもらったの初めてだったんだよ。ありがとう」

なぜ私に感謝などするのだろう。この後すぐに軽蔑されると分かっていて私は喜ぶわけにはいかないではないか。

「今日、夜、暇かな」

彼は相変わらずの調子で言った。私は彼の問いかけに何と言ったら良いかも分からなかった。ワンピースの下を汗が伝うのが分かる。私のこの匂いはもう彼にも届いているに違いない。

「一緒に映画でもどうかと思って。あと、晩飯と」

私は呆気《あっけ》にとられ、反射的に顔を上げた。今の今まで浸っていた恐怖にも似た絶望は行き場を失い、単純に喜べるはずのない不安と一緒になって私はどんな表情を作ることも出来なかった。

「駄目かな」

相変わらず風を纏って何を考えているのか分からない表情をしている。この表情のどこかで私のことを考えてくれているのかと思うと私は初めて自分の獣の匂いのことを忘れられるかも知れないと思った。

彼は映画が好きらしく、その晩は映画を観終《みお》わったあとの食事の時もずっと映画の話をし続けた。私は彼がそんなにも饒舌《じようぜつ》になることがあるのかと驚きながら、彼の態度が何一つ変わらないことに感謝していた。飄々《ひようひよう》とした、不思議な雰囲気の中には人並み外れて鈍感な部分と人一倍敏感でエネルギッシュな部分が同居しているのかも知れないと考えたりした。

最後に寄ったスナックで、私は少し酔った勢いもあって、思い切って彼に聞いてみることにした。

「私の匂いが、気にならないの」

「なぜ」

「だって、嫌じゃないのかなと思って」

「気にしてるの」

「――」

彼はカウンターで並びながら不器用に私の肩を抱き寄せて耳元でささやいた。彼の熱い息が耳に触れた。

「この匂いが好きなんだ」

そんな話も聞いたことがないわけではない。だが、実際そんなことを言ってくれる人が現われるとは思ってもいなかった。

「な、この匂いが好きなんだよ」

私は背筋に震えを感じ、思わず涙が出そうになった。幸せになりたいと、心の底から思った。

翌日、私達はどちらからともなくホテルに向かった。彼は私の胸に顔を埋《うず》めて昨日と同じ言葉を繰り返した。彼はいつもの飄々とした感じとはまったく違っていた。私の獣の匂いが彼の本能を刺激しているのだと思うだけで私は幸福だった。他のすべての人が嫌がる匂いに埋まりながら私を求めてくれる彼に哀れなものさえ感じ、愛《いと》しさと共に不思議な優越感に浸ることが出来た。その時、私の中に一つの決心が生まれたのだった。何があっても彼と離れまいと。

＊

その日は、天気のいい日だった。相変わらず気温はうなぎ昇りでじりじりと世界中のものを焼き尽くそうとしていたが、見上げると空の色は確かに秋が近いことを感じさせた。

私は手に食い込むくらいの料理の材料を持って、彼に教えられた道を歩いていた。

ふと見ると、花屋の店先に向日葵《ひまわり》が売られている。少し重そうな頭をもたげて鮮やかな濃い黄色の花びらはまさしく太陽の雫《しずく》だった。ああ、夏はこんなにすばらしい季節だったのだと私は汗も拭わずにその向日葵に見惚《みと》れた。この花を飾ったら、どんなに貧しい部屋も夏の幸福で満ちあふれるに違いない。花を買うことなど、自分のためには一度もなかったことだと、私は可笑《おか》しくなりながら店に入った。

「どう、きれいでしょう？」

扉を開けるなり、私はそう言って向日葵の花束を差し出した。彼は目の前に突然出現した太陽の雫に一瞬驚き、花束を受け取ると顔を近づけた。

「うん、いい匂いだ」

私は彼にしては珍しい冗談だと思いながら初めて見る彼の部屋に上がった。案外きちんと片付いた、あっさりした部屋だった。だが、この酸《す》っぱいようなすえたような匂いは何だろう。

「何の匂い？」

「何が」

彼は澄ました表情で、だがどこか怯えた目で私を見た。彼の手には向日葵の黄色が溢《あふ》れている。彼は向日葵をいい匂いだと言った。

「何を作ってくれるの」

「カレー」

「辛いのがいいな」

「うんと辛いのにするわね」

彼の好みはもう分かっている。熱いもの、冷たいもの、辛いもの、まるでその他の味はどうでも良いみたいに。

私は黙々と野菜を切り、炒《いた》めた。頭の中で鐘が鳴っていた。それは私達の幸福のウエディング・ベルだっただろうか。鍋を探して流しの下を覗くと、案外揃っている鍋の中で一番大きなものが汚れたままになっている。最初ホワイトソースかと思ったが、匂いはそれが明らかに食物でないと知らせていた。私は黙ったまま他の鍋に手を伸ばした。

カレーを煮込み始めると、部屋には刺激的な匂いが満ち、空腹を呼び起こす。彼は何も言わずに小さなこたつの前で映画の雑誌を読んでいる。他には簡単なベッドとビニールのファンシーケースとテレビだけの部屋だった。テレビの上では買ってきた向日葵がウイスキーのロゴマークが入っている水差しに生けられて、外の明るさを思い起こさせる。

「もうすぐよ」

私はグラスをふたつ持って彼の前に座った。彼は顔を上げると私の手からグラスを受け取った。

「もう出来るの」

「気がつかなかった？」

彼はうんとうなずいてグラスを見つめた。私は胸が高鳴っていた。

「安物だけど、ワインも用意したのよ」

私がグラスに鼻を近づけると彼も同じようにグラスに鼻を近づけた。

「いい匂いだ」

私達は乾杯した。私はワインで、彼はただ水で薄めただけの酢で。

彼は一口飲むと旨《うま》いと言い、残りを一息に飲み干して私に笑いかけた。

「ワインは悪酔いするのよ、ゆっくりと飲んでね」

私は本物のワインを注ぎながら手の震えをどうすることも出来なかった。涙がこぼれそうになるのを必死でこらえながらゆっくりとワインを注いだ。彼はそんな私をほんの少し動揺した、試すような目で見ている。

「ゆっくりだね」

彼は、今度はゆっくりとワインを一口飲んだ。彼の喉仏《のどぼとけ》が大きく上下に動いた。

「日曜の昼にこんなに旨い食事ができるなんて、みんな君と知り合ったお陰だ」

私は無理に笑顔を作っていた。

台所にいる時よりもこの部屋の方がおかしな匂いは強かった。生ゴミかも知れないと思っていた私はやはりその考えを打ち消さなければならなかった。こんな匂いは今まで嗅《か》いだことがない。ただ事ではないと私は直感していた。第一、映画以外に趣味のない筈の彼が一体あんなに大きな鍋で蠟を溶かして何に使ったというのだろうか。

私はなるべく自然を装《よそお》って視線を室内のあちこちに向けた。これといった家具もないこの部屋で、匂うとしたら、それは押入以外になかった。押入の中で何かが腐っている。

「時々、映画やテレビの世界の方が本物なんじゃないかと思うことがあるんだ。本当はこれも映画のワンシーンでやっぱり誰かが観ているんじゃないかと思うことがよくあるんだよ」

「あなたにとっては同じじゃないの」

私自身の声が、まるで他人の声のように遠く聞こえる。言い終わってからゆっくりと目を上げると、彼はよく分からないという表情でいぶかしげに首を傾《かし》げている。だが、ひそめた眉の下の目は逃げ場を探す雨の日の野良犬《のらいぬ》みたいに落ち着きなく怯えていた。

「現実だって映画やテレビと同じ。匂いも味もしないんですものね」

彼は一瞬のうちに青ざめて私の顔をじっと見ていたが、急に頭を抱え込んでこたつに大きくぶつけた。

「畜生、何だって！」

彼は嘘《うそ》をついていたのだ、何もかも。私のこの匂いが好きだと言ったのも、すべて嘘だった。向日葵の花をいい匂いだと言い、酢とワインの違いも分からない、そして、自分の部屋で何かが腐り始めていることも分からない男なのだった。

「焦げ臭いまんまなんだ、赤ん坊の時からずっと、食物はみんな泥の塊のまんま、下手すりゃガソリンだって飲んじまう。みんな、みんなあの女のせいなんだ」

彼はあの女と言った時に顔を上げた。目が充血し、唇は白くなっていた。

「これでもう知っている奴《やつ》はいなくなったと思ったのに」

私はちらりと向日葵を見た。向日葵は太陽の色のまま、私達の幸福を祈ってくれている。

「これで何もかもがうまくいくと思ったのに！」

彼の目は、悲しみと憎しみの同居した激しいものだった。こんなにもはっきりとした意志を持った彼の目を見たのは初めてだった。

「笑えよ、あんたの身体の匂いも、何もかも俺には分かりはしないんだから」

「私には匂いも味も分かるのよ」

「ああ、そうだろさ、俺みたいに、一生頭の中が焦げ臭い奴なんか、他にいる筈がないからな！」

「この部屋は臭いわ」

私は正面から彼を見た。彼は紙のような白い顔で視線を宙に漂わせた。言葉の激しさとは裏腹の、弱々しさばかりが目立つ顔になっている。

「そ、そんな筈はないんだ。俺はあの女を蠟《ろう》でしっかりと固めて」

私は努めて冷静にゆっくりと手を伸ばし、彼の固く握りしめた拳に触れた。いつの間にか彼は風を纏ってはいなくなっていた。そこにいるのはただの不幸な犠牲者なのだった。

私は決心したのだ。彼と初めて肌を合わせた時に、決して彼からは離れないと。彼に嗅覚がないのなら、私の身体から出る、この獣の匂いも絶対に不快になることはない。絶対に。

夏の終わりの貧しい部屋では私から燃え上がる匂いが陽炎《かげろう》になって立ち昇っている。

「私があなたの鼻になってあげられると思うわ」

彼はぼんやりと私を見つめていた。私は母親のように優しいほほ笑みを浮かべていたと思う。向日葵が小さく揺れている。

「たとえば死体の始末だって、手伝えると思うわ。まず、この匂いを何とかするところから」

氷《ひ》雨《さめ》心中

1

風が一渡り吹き抜けていく。例年ほどに乾いてもおらず、黄金色に輝いても感じられない風は、春山敬吾《けいご》の視界に広がる田の、頭《こうべ》を垂れそこなった稲を不景気にそよがせて、心なしかその音さえも、ばさばさと、不揃《ふぞろ》いに聞こえる気がした。

中身のない稲穂など、早く刈り取ってしまおうということなのだろう、敬吾の暮らす村では、例年よりもずいぶん早く、虚《むな》しい収穫の季節を迎えていた。あちこちの田から聞こえるハーベスターやコンバインの音も、悲しげに天に向かって響く。

「今年は俺も、出稼ぎに行かなきゃならねえことになった」

村を流れる川の土手に寝転がりながら、敬吾は溜息《ためいき》混じりに口を開いた。一時間だけという約束で、勤め先の洋品屋から呼び出した坂下朋美《ともみ》は、敬吾の隣に腰を下ろしていたが、敬吾の言葉にわずかに動いたのが気配で察せられた。

「だけど、都会も不況なんでしょう？　他でも出稼ぎの話はしてるけど、今年はどこも、なかなか決まらないってよ。毎年、行ってる家でさえ、今年は断られたところがあるって」

　敬吾は頭の下で組んでいた腕を解き、右手を彼女の丸い太股《ふともも》に伸ばした。その上に、朋美の温かくてふくよかな手が重ねられる。九月に入って、高く見え始めている空には、今更のように入道雲が湧《わ》いていた。

「豊田の守川って家、知ってるか？」

「守川——豊田の橋、渡って、山の方に行ったところの家？」

　朋美の言葉に、敬吾は空を見上げたまま小さく頷《うなず》き、一つ深呼吸をした。

「あそこの爺《じい》さんが、仕事の世話、してくれるっていうんだ。俺は全然知らねえ人だけどな、うちの死んだ祖父《じい》ちゃんの友だちだったんだって。ひょんなことから、山中の兄さんが、話を持ってきてくれた」

　わずかに首を捻《ひね》って朋美の方を見れば、敬吾の目は、彼女のトレーナーの胸元を捉《とら》える。服の上からでも、丸くて大きいと分かる、敬吾の大好きな朋美の白い乳房が思い浮かんだ。

「敬ちゃんのお祖父ちゃんて、うんと昔に亡《な》くなったんでしょう？」

「昔も昔、戦争が終わってすぐだ。だから、親父《おやじ》たちは、守川の爺さんていえば知らねえこともなかったみたいだけど、俺なんかは、もう全然関係ねえからさ。向こうの爺さんだって、『春山吾吉《ごきち》に孫がいたのか』って驚いたらしいもんな」

敬吾は、張りのある朋美の股を撫《な》でながら、「その、守川の、爺さんっていうのが」と続けた。

「杜氏《とうじ》をしてるんだと」

「杜氏？」

「日本酒を造るさ、職人の親分みたいなやつ。俺も、よくは知らねえけど、その蔵の、酒の味を決める人だってさ」

「あのお爺さんが？　ただの、しょぼくれたお爺ちゃんにしか見えないのに」

守川の爺さんは、戦前から毎年、秋から春にかけての農閑期に、神奈川県の造り酒屋に行っているという話だった。そして敬吾の祖父も、生前は同じ酒蔵に行っていたらしい。

「そこにさ、俺も行かないかって。半年間」

「造り酒屋で、働くの？」

朋美が大きく姿勢を動かしたので、敬吾の手は彼女の手と太股の間からするりと滑り落ちた。再び、頭の下で腕を組んで、敬吾は自分が口にした「半年」という月日のことを考えてみた。以前は敬吾だって都会で暮らしたいと夢見ていた時期がある。だが、村や実家だけでなく、この朋美から離れるのが、今は気がかりだった。

「——人手が足りてねえんだそうだ。建築現場の仕事ほどは、金はもらえないみたいだから。だけど、その分、生命の危険はないし、気に入れば、毎年行けるようにもなるらしい」

朋美は「ふうん」と言ったきり、黙り込んでしまった。鼻先を、風が吹き抜けていく。こうして土手の草むらで寝転んでいるだけでも、何となく背中から湿気が伝わってきそうな、それが今年の陽気だった。

「——淋《さび》しいな」

やがて、朋美が、ぽつりと呟《つぶや》いた言葉は、ひどく頼りなく風に流されていった。敬吾は思わず胸の奥が疼《うず》くのを感じながら「しょうがねえよ」と答えた。

「兄貴は勤めてるんだしな、ゆくゆくは、田圃《たんぼ》の方は全部、俺に任せたいみたいなこと、言ってるし。それで、こんな程度しか収穫出来ない年に、俺が出稼ぎに行かねえってわけに、いかねえよ。だろう？」

敬吾は、大きく身体《からだ》を捻って腹這《はらば》いになると、朋美を見上げた。少しばかり垂れ気味の、細い目をした朋美は、低い鼻の下の小さな口元をきゅっと閉じて、そっと溜息をついている。

「俺だって、気持ちは一緒だって。こんな年になるんだったら、もっと早く――何とかしておきゃあ、よかったと思ってさ」

「何とか？」

「だから――朋美とのことさ。ちゃんと、親にも話して――俺たちの気持ちは、もう決まってるんだし」

　朋美は一瞬、細い目を精一杯に見開いて、わずかばかりはにかんだ表情になった。敬吾は改めて、朋美のむっちりとした股に手を伸ばした。

「浮気、すんなよ」

「敬ちゃんこそ」

　少しばかり恨めしげな表情の朋美に向かって、身体を動かしかけたとき、土手の道を一台の軽トラックが走ってきた。敬吾たちの傍まで来ると、トラックはスピードを落とし、運転席の窓から青年会の山中が顔をのぞかせた。

「もう、こんなところに、いたのかよ。敬吾！　守川の爺《じ》っさまんところに挨拶《あいさつ》に行くぞ！」

「あ、ただいまっ！」

慌《あわ》てて跳ね起きると、敬吾は尻《しり》の草を払った。

「とにかく、帰ってきたら、きちんとするからよ」

拍子抜けしたような、ぽかんとした顔の朋美を見下ろしながら、敬吾は声をひそめて言った。朋美は、何か言いたそうに口を開いたが、やがて小さく頷いた。

「――まだ、建築現場よりは、心配じゃないしね」

「だから、俺も決心することにしたんだ。それよか、なあ、本当だぞ。浮気なんか、すんな」

「この辺に、敬ちゃんよりもいい男なんて、いないって」

朋美の言葉に、敬吾は思わず笑顔になり、彼女の丸い頬を軽く叩《たた》いた。そして、土手の上からの「早く来いっ」という声に急《せ》かされて、草の斜面を駆け上がった。

「どんな人ですか、守川の爺さんて」

山中の軽トラックに乗り込むと、敬吾は相手に冷やかされる前に口を開いた。敬吾の兄と同年の山中は、農村青年会の先輩ということもあって、何かというと敬吾をからかったり、子ども扱いしたりする。

「どんなって、まあ、普通の爺さんだ」

敬吾の祖父は、敬吾の父親が幼い頃に死んだと聞かされている。だから、敬吾には祖父の記憶などあろうはずもない。仏壇に置かれている古びた写真の祖父は、「祖父ちゃん」と呼ぶには気の毒な程の青年だったし、敬吾は幼い頃、どうしてこんなに若い人が自分の祖父なのか、どうにも納得出来なかった記憶がある。今は亡くなったが、腰も曲がり、皺《しわ》だらけになっていた晩年の祖母が、あの青年と夫婦だったということすら、不思議に思えてならなかった。

「煙草《たばこ》、持ってるか」

「あ、ただいまっ」

山中に煙草をせがまれて、急いでポケットに手を入れながら、敬吾はこれから会おうとしている老人のことを考えた。生きていれば、敬吾の祖父も同じような老人になっただろうか、生前の祖父の話を聞くことが出来るだろうかと考えると、出稼ぎ云々《うんぬん》のことよりも、その老人の方に興味が湧いた。

2

九月も末になって、敬吾は神奈川県の箱根に近い土地にある小さな酒蔵に、蔵人《くらびと》として出稼ぎに行くことになった。

った。

出発の前夜、村からだいぶ離れた街のホテルで、朋美が敬吾にしがみつきながら言った。

「電話、くれるよね？」

「するさ。だけど、朝が早い仕事だっていう話だから――ペースが摑《つか》めるまでは、どうなるのか、よく分からねえんだよな、まだ」

「でも、電話くれなきゃ、いやだからね」

涙をこらえる声で言われて、敬吾は何度も「ああ、ああ」と繰り返しながら、彼女の黒い髪を撫で続けていた。朋美が不安に感じる気持ちも、分からないではない。敬吾たちの村では、過去に、出稼ぎに行ったきり戻ってこなくなった男が数人いた。今となっては捜しようもなくて、残された家族は、テレビで大都会の路上生活者などが映るたびに、身の縮む思いでいるという話だった。

「ちゃんと、帰ってきてよ」

「当たりめえだ」

敬吾だって都会に出たら、どういう理由で、故郷を捨てることになってしまうかも知れない。自分の身に何が待ち受けているか、まるで予測がつかない。都会とは、そういう場所なのだろうと、敬吾はぼんやりと考えていた。

「お正月は、帰って来られるんでしょう?」

「多分、な。守川の爺さんが、どう言うか、だけど」

それに、往復の運賃のことを考えると、そうそう簡単には戻ってこられないだろう。何しろ、自分は働きに行くのだ。観光や遊びで行くわけではない。

「いや。お正月くらい、帰ってきてくれなきゃ、いやよ」

朋美は切なそうな声で言うと、敬吾の肩に顔をこすりつけてくる。それは、敬吾だって同じ気持ちだった。この肌に、あと半年も触れられないのかと思うと、いたたまれない気分になる。

「電話もするし、正月も出来るだけ戻ってくる。だから、待っててくれよ、な?」

耳元で囁《ささや》くと、朋美は子犬のように鼻を鳴らした。

「怪我《けが》、しないでね」

「そういう危険は少ないってよ」

「病気もね」

「俺は、頑丈だけが取り柄だから」

「浮気もよ」

「しねえって。大丈夫だ」

朋美の肩を抱き寄せながら、敬吾は自分の方がよほど不安なのだと言いたかった。何しろ、山中に連れられて挨拶に行ったときの、守川の爺さんの反応一つを考えてみても、そう楽観できる雰囲気ではなかった。爺さんは、敬吾の顔などまともに見ようともせず、かつての友人の孫になど、まるで興味もないという雰囲気だったし、ろくに口も利《き》いてはくれなかったのだ。多少なりとも、死んだ祖父の話を聞けるのではないかと楽しみにしていたのに、彼が言ったのは「五十年近くも昔のことだ」という一言だけだった。あとは、無表情に座っているだけの爺さんを見て、敬吾は彼が惚《ぼ》け始めているのではないかとさえ思ったほどだ。

——あんな窮屈な感じの爺さんと、これから半年も寝起きを共にしなきゃなんねえんだもんな。

「半年も敬ちゃんに会えないなんて、考えられないんだもの——淋しくて、死んじゃうかも知れないんだから」

「よせよ。笑顔で『いってらっしゃい』って、言ってくれねえのか？」

それに不安はまだまだある。もしかして、これから毎年、一年の半分は離れて暮らすようなことになってしまったら、朋美は愛想を尽かすのではないだろうか、ということだ。やはり、農家に嫁ぐのは嫌だと言い出しはしないか。そんな思いばかりがこみ上げてくる。

「戻ってきたら、俺たちのことも、ちゃんとしような」

これは、早く所帯を持って、子どもでも作った方がいいに違いない。自分に言い聞かせるようなつもりで囁くと、朋美は何度も頷いた。彼女の髪の匂《にお》いが、敬吾の中に染《し》み込んでいった。

そして、敬吾の酒蔵での生活が始まった。敬吾の中では、神奈川といえば東京の隣で、横浜などのある都会だというイメージがあったのだが、そこは普通の田舎町だった。少し行けば厚木、伊勢原などという街に出るらしいが、とにかく山が迫ってきている、のんびりとした土地だ。

「ここでは、地下水を汲《く》み上げて、酒を造ってる。丹沢山系の水だ」

酒蔵に着くと、守川の爺さんのことは「親方」と呼ぶことになった。故郷の家にいるときとは違って、何だか急に矍鑠《かくしゃく》として、偉そうに見えるようになった爺さんは、敬吾よりも早く到着していた。まずは酒蔵の主人に挨拶をした後、一通り建物を案内されて、それから「ヒロシキ」と呼ばれる休憩室に通される。そこには、これから半年の間、共に働く三人の男がいた。一人は親方と同年代、あとの二人も、敬吾の父親に近い年齢に見える。

――あんまり、盛り上がらねえな。

　それらの人々は、自分たちをそれぞれ麹屋《こうじや》、酛廻《もとまわり》、釜屋《かまや》と名乗った。要するに、日本酒を造っていく、それぞれの段階での責任者ということらしかった。麹屋とは、蒸した米を室《むろ》に入れて麹を作る段階、酛廻は蒸米、麹、水を仕込んで酒母《しゅぼ》とも呼ばれる酛を作る、そして、釜屋とは、すべてのもととなる米を蒸す段階での責任者ということだ。

「本当はな、他にも頭役だの二番だの、船頭、働《はたらき》と、色々な名前があるんだが、こうも人手が足りないと、それぞれが兼ねてやる場合の方が、多くなってきてな」

　親方に「よもさん」と紹介された、麹屋の四方山《よもやま》という老人が、諦《あきら》めたような穏やかな表情で口を開いた。

「酒どころって呼ばれてるような土地の、有名な酒蔵ならともかく、ここは、田圃を持ってるわけでもねえし、そんなに手広くやってるってわけでもねえから」

「とはいうものの、昔はなあ、ここだって、もっと働き手はいたんだ。人手が足りなくなったから、自然と、造る酒も減ってきた」

　よもさんの後を引き受けたのは、須藤《すどう》という釜屋の男だった。さらに酛廻の通称かねさんが「出稼ぎは、初めてかね」と口を開いた。

「うちのところも、今年は凶作だったもんで」

敬吾は、父親のような男たちに囲まれて、かしこまった気分で曖昧《あいまい》な笑みを浮かべた。親方と呼ぶことになった守川の爺さんは、ヒロシキの上座に座り、黙ってそれぞれの話に耳を傾けているだけだった。その座る位置と一人だけ座布団《ざぶとん》のあるところが、杜氏の絶対的な立場を物語っていた。

明日からは、まず蔵全体の清掃と消毒をしなければならないということだった。釜開きまでの準備とは、半年間使っていなかった用具の洗浄、手入れから始まり、ささやかでも良い酒が造れるようにと神様に捧《ささ》げものをして、お祓《はら》いをしてもらうことまでを言うのだそうだ。

「若いのが入ったから、ちったあ楽になるな」

よもさんに言われて、敬吾は、こんな人たちに囲まれていたら、力仕事は一手に引き受けることになるのだろうかと、早くもうんざりしていた。

——朋美、どうしてる。俺は、とてもじゃないが、浮気なんか出来るとは思えねえようなところに来た。

今夜はのんびりと過ごそうということになり、日暮れから酒蔵の主人が用意してくれた料理で、小さな宴会が始まった。もともと人なつこい質《たち》の敬吾は、じきに蔵人たちとも、酒蔵の主人とその家族とも打ち解けた。

「うちの蔵の酒も、全国的に有名ってわけじゃあねえけど、しぼりたては、旨《うま》いぞ。あんた、酒は好きかい」

川原田という酒造会社の社長は、六十前後の、つるつるに頭の禿《は》げた男だった。彼は久しぶりに若い蔵人が入ったことを、ことのほか喜んでいる様子だった。

「日本酒は、あんまり飲まないです」

「最近はブームになってきたじゃないか」

「でも、そう旨いと、思わないんですよね」

「だったら一度な、しぼりたての酒を飲んでみると、いい。旨い酒は、本当、旨いぞ。ビールやウイスキーなんかより、日本人と、日本の料理に合うように出来てるんだ。なあ、親方」

社長に呼ばれるときだけ、守川の爺さんは「はあ」とか「へえ」とか返事をする。だが、ほとんどのときは、彼はひどく物静かで、自分一人の世界に入っている様子だった。

――杜氏だからな。偉いから、簡単には喋《しゃべ》ったり、しねえのかな。

敬吾は、まるで別世界の生き物のように感じられる爺さんを、密《ひそ》かに観察していた。

「うちもなあ、親方に無理を言って毎年、来てもらってはいるが、親方が引退するってえと、その後はどうするか、頭の痛い問題だ」

社長は苦笑しながら、ちらり、ちらりと守川の爺さんを眺めている。会社でいちばん偉いのは、もちろん社長に違いない。だが、彼が明らかに蔵人の長である杜氏に気を遣い、一目置いているのは、見ていて興味深いものがあった。故郷ですれ違えば、ただの農家の老人なのに、一年の半分は、彼はまるで別人の顔を持っているようなものだ。二つの人生を歩んでいるのと同じだ。

——この仕事が嫌いじゃなかったら、俺、続けてもいいかもな。

まだ、仕事の内容を何一つとして理解もしていないのに、敬吾はふとそんなことを思った。

麹屋のよもさんが、しょぼしょぼとした目でこちらを見た。

「うちは、どの辺りだね、親方ん家《ち》の近くかい」

「富並《とみなみ》ってとこなんですけど」

「富並の、春山?」

よもさんは、何か考える顔になり、少しの間、首を傾《かし》げている。

「富並の春山っていったら——あれ、親方、もしかして」

「吾吉の、孫だそうだ」

しばらく口を閉ざしていた親方が、淡々とした表情で答えた。よもさんは「へえっ」と驚いた声を上げて、改めて敬吾を上から下まで眺め回した後、もう一度「ほうほう」と言った。

「そういやあ、どっかで見たことがあるような気がしたんだ。そうかね、吾吉《ごき》っつぁんの孫かい」

「よもさん、うちの祖父ちゃん、知ってるんですか」

「知ってるともさ。俺だって、戦前からこっちに来てるからなあ。昔は、親方と俺と、おまえの祖父さんとな、三人で来てたんだ」

敬吾が身を乗り出しかかったときだった。親方がすいと立ち上がった。

「明日から早えぞ。そろそろ、寝た方がいい」

その一言で、宴会はお開きになった。敬吾は、親方以下の中でいちばん若い、とはいっても、もうすぐ五十になろうとしている釜屋の須藤と風呂《ふろ》を使い、ヒロシキの隣の部屋で眠ることになった。何とかして朋美に電話をするタイミングをはかりたかったのに、蔵に隣接して建っている古びた建物は、階段の上り下りにも気を遣うほど床が軋《きし》み、結局、その晩は敬吾は何もすることが出来なかった。

蔵での生活が始まると、敬吾はすぐに「何が楽な仕事なものか」と思い知らされた。釜開きまでの数日間は、清掃に明け暮れて、それだけでもう、へとへとになってしまったのだ。普段使っていない筋肉を酷使し、雑菌という敵に負けないように、とにかく蔵の隅々から仕込み道具のすべてに至るまで、清掃と消毒を繰り返す作業は、それまでの生活とはあまりにもかけ離れていた。

「怪我はしないけどなあ、疲れるわ」

ときどき、朋美に電話をすると、敬吾は必ず愚痴をこぼした。電話の向こうの朋美は、懐《なつ》かしい声で相槌《あいづち》を打ちながら、どんな話でも聞きたがった。

「遊びになんか、行ってないの？」

「そんな暇、ありゃあしねえよ。何しろ若いのは俺一人なんだから、思いっきり、こき使われてるって。休みの日なんか、ひたすら眠りっぱなしだ」

元々、農家の朝は早いものだが、酒の仕込みが始まったら、朝は五時前から起こされるらしいと言うと、朋美は「大変だわ」と溜息混じりに言った。

「まあ、楽して金なんかもらえねえってことだな」

「早く終わるといいねえ」

「ああ。朋美に会いてえよ」

夜の時間帯とはいえ、神奈川と山形だった。テレホン・カードの度数は面白いほど早く減っていく。風呂上がりなどの、ほんのわずかな時間を利用して女に電話ばかりしているところを、蔵人《くらびと》たちに見られたくもなかったし、一枚のテレホン・カードでなるべく何回も電話をしたかったから、敬吾はいつも、朋美が「ああん」「もう？」と不満を洩《も》らすほどにあっさりと電話を切った。そして、男たちのいびきに囲まれて、味気ない部屋で眠りにつく。こんな乾いた日々が、半年も続くのかと思うと、切なさで身をよじりたいほどだった。

そんな敬吾の思いとは関係なく、釜開きの準備は着々と進み、やがて米倉には精米された米が運び込まれて、ネズミよけのためのサイレンのような音が響くようになった。キーン、キーンと鳴る音は、ネズミばかりでなく人間だって十分すぎるくらいに不快を感じる音だった。

「今年は、これだけかき集めるのでも大変だったよ。造らないっていう蔵も、あるようだ」

やはり、酒米も不作だったのだろう。倉に積み込まれていく米を見上げながら、社長はやれやれという口調でそんなことを言った。

予《あらかじ》め、精米業者の手によって、八〇パーセントから三五パーセントまで精米された、山田錦《やまだにしき》や五百万石などという種類の酒米は、川原田酒造で出している様々な酒の、醸造、本醸造、吟醸、大吟醸、有機米吟醸などという種類によって使い分けていくという。玄米の外層に含まれる脂肪や蛋白質《たんぱくしつ》が、酒の風味を損なうもとになる微生物の増殖を招くことから、最高で三五パーセントにまで精米し、心白という、米の中心にある澱粉質《でんぷんしつ》の部分だけを使う酒がもっとも良い酒になるのだという説明を、敬吾はいちいち感心しながら聞いた。そして最後に、地下水を汲み上げている井戸や釜場を塩と水とでお清めをして、すべての準備が整った。十月に入ると、いよいよ酒造りが始まった。近所からも、桶《おけ》や笊《ざる》を洗うためのパートのおばさんたちが集まってきた。

早朝、六時半には、敬吾たちはまず前日に洗米を済ませておいた米を巨大な甑《こしき》で蒸すことから始める。

「バーナーに火を入れろ」

親方の声が響くだけで、敬吾は緊張した。最初に洗米を教わった段階で、敬吾の親方を見る目はすっかり変わったのだ。洗米は、米の種類や精米の度合い、その日の水温によっても、米を水に浸す時間に微妙な違いが出るのだそうだ。その指図をするのは親方の仕事だった。水に浸してある米をすいと掬《すく》って様子を見ている親方を眺めて、敬吾は内心で舌を巻いた。

「汗、かくぞ。覚悟しろ」

釜屋の須藤は痩《や》せて小柄な男だった。実際に釜場での作業が始まったとき、敬吾は、須藤は毎年この作業を続けているうちに、体内の水分を絞りきってしまったのではないかと思ったくらいだった。彼の言葉通り、米を蒸すという作業は、何しろ暑くて大変な重労働だったのだ。

洗米では、とにかくふんだんに水を使う。厳寒の季節になったら、さぞかし辛《つら》い作業になるだろうということは、容易に察しがついた。いくら神奈川とはいっても、山の迫っている土地のことだ。冷たさに手が痺《しび》れてきたら、湯で温めながら作業を進めるのだと説明されて、敬吾はまたもうんざりした気分になった。それが、蒸米を作る段階では汗だくになる。早朝から、汗をかいたり全身が冷えたり、それだけでも疲れる話に違いなかった。

「もう、そりゃあ、暑いのなんのって」

朋美に電話をする度に、敬吾は報告した。

「考えてみりゃあ、当たり前だよな。蒸し上がった米の上に入るんだから、こっちまでシュウマイみたいに蒸されちまう気分だよ」

「やだ、敬ちゃんのシュウマイなんて」

朋美は、意識的に明るい声を出そうとしている様子だった。彼女の軽やかな笑い声を聞くときだけ、敬吾の乾いた心はわずかに潤《うるお》いを取り戻した。

およそ四十五分ほどかけて蒸し上がった米は、今度は放冷機に入れて冷やす。その、米を放冷機に移す作業が、もっとも汗をかく仕事だった。

「米がくっつかないように、手早く済ませなければ、ならねえぞ」

一緒に甑に入りながら、須藤は、正確には「ぶんじ」と呼ぶらしいスコップを黙々と動かす。もうもうと立ち昇る湯気の中での作業は、サウナ以上の発汗を促した。

――朋美。おまえもいっぺん、やってみるといいな。そうすりゃあ、少しは痩せるだろう。

蒸し上がった米の白さは、朋美の肌の白さを思い起こさせる。敬吾は、電話でそんなことを言ったら、彼女は丸い頰を余計に膨らませることだろう、などと考えながら、必死でぶんじを動かした。

「おう、若いの。米倉に行くぞ」

「あ、ただいまっ」

「よう、敬吾、ホースをつなげ」

「はい、ただいまっ」

何をするにも人手が足りない。だから、敬吾は方々から呼ばれ、広い蔵の中を一人で走り回るようになった。

「今どきの若いのにしちゃあ、珍しい。さすが、親方だ」

誰もが親方に一目置いている。それを、敬吾は実感しつつあった。

「やっぱり、若いなあ。呑《の》み込みも早えし、力もあるわ」

「最初から、飛ばすなよ。後で、くたびれっから」

皆に声をかけられながら、敬吾はとにかく仕事の段取りを覚えていくだけで精一杯だった。

蒸した米は、その二割を麹室《こうじむろ》に運び入れ、種麹《たね》を植えて麹を作る。一定の温度に保たれて、丸二日ほどかけて麹を作るための部屋の責任者が、よもさんだった。

「ここは、暖かくていいですね」

古い木で作られた室に足を踏み入れると、敬吾は嬉《うれ》しくなってよもさんの後をついて歩いた。

「そうも言ってられねえんだぞ。ほれ」

よもさんが壁を指すから、敬吾もつられて視線を移した。そこには黄ばみかけた紙に「酸欠注意」と書かれていた。そういえば、蔵にはそここに同じ言葉を書いた紙が貼《は》られている。ひんやりと風通しのいい場所で、どうして酸欠になるのだろうかと思ったが、発酵の段階で炭酸ガスが出るのが原因だと説明されて、納得した。

「第一、この室は密閉されてるだろうが。扉は二重になってるしな、そうそう長い時間、いられる場所じゃねえってことだ」

よもさんに教わりながら、敬吾は「盛《も》り」という作業を行った。麴菌が米の芯《しん》までしっかり入り込むように、適温まで冷めた米を解《ほぐ》しながら盛る作業だ。よもさんの真《ま》似《ね》をする敬吾の傍に、親方は時折、黙って立つ。敬吾は緊張しながら、ひたすら身体《からだ》を動かした。

「一麴二酛《もと》三造りってな」

それが、酒の味を決める大切な要素なのだそうだ。敬吾は徐々に自分がとても大切な仕事をしている気分になっていった。米を作るのには、収穫の楽しみがある。だが、酒造りは、その米をもとにして、もっと早く結果を見ることの出来る、不思議な作業だった。

——俺、嫌いじゃねえかも知れねえな。

半年も同じ仕事ばかりをしていては、そのうち飽きてしまうのではないかと思ったが、その心配はなさそうだった。

「若いの。酛《もとず》摺り、するぞ」

「あ、ただいまっ」

蒸米の残りに出来上がった麴と水、酵母を使って酒母を作る作業が酛摺りだった。これも蒸米同様、また骨が折れる。朝の八時には、タンクに蒸米を入れ、夕方には荒《あら》櫂《がい》と呼ばれる、タンクの中身を上下に混ぜ回す作業をするのだ。二回目は、夜の八時頃、それぞれ百から二百回ずつ搗《つ》く作業は、見た目ほどには楽ではない。

「でかい蔵ではな、皆で歌を歌いながら、やるらしいけどなあ。ここで、一人で歌ってたって、馬鹿《ばか》みてえなもんだが」

酛廻のかねさんは、普段は無口な男だったが、時折愛嬌《あいきょう》のあることを言う。毎日、同じ作業を行ううちに、タンクは幾つも並び始め、古いものから順に発酵を進めていく。初めのうちは白いあぶくがぽつり、ぽつりと湧き始める程度だが、二週間もたつ頃には、タンクの口近くにまで白い泡が盛り上がる。その頃になってようやく、蔵には微《かす》かな酒の匂いが漂い始めた。

そして、いよいよ仕込みが始まる。大きなタンクに、出来上がった酛、麹、蒸米、水を仕込んで、いよいよ醪《もろみ》になっていくのだ。

「ああ、早く出来ねえかなあ」

三メートル近くも高さのある巨大なホウロウのタンクは、ちょうど二階建ての床を突き抜けるような形で置かれていた。梯子《はしご》のような階段を昇って、二階の床に上がると、やっとタンクの中を覗《のぞ》き込めるという具合だ。その巨大なタンクの中で、およそ二十五日間もたつと、醪が出来上がるのだと聞いて、敬吾は心の底から、その日が待ち遠しいと思った。こんなふうにして酒が出来ていくところを、朋美に見せてやりたいと思う。何を見ても感心する癖のある朋美ならば、きっと驚いて細い目を精一杯に見開くことだろう。

最初の酒の仕込みを終えた夜、敬吾は朋美に電話をして、そんな話をしてやった。

「建築現場でもな、自分が働いた建物が出来上がるってのは嬉しいもんだっていうけど、酒もそうだ。何しろ、米粒のときから触って、見てるんだもんな」

朋美は「だからね」と言った。

「何が」

「だって、最初の頃ほど、電話をくれなくなったもの。敬ちゃん、お酒造りに夢中になってるんだ」

　朋美の言葉に、敬吾は思わず笑ってしまった。遊んでいないのだから、心配などする必要もないと言っているのに、朋美は酒にまで嫉妬《しっと》をするつもりらしい。

「帰るときには、土産に持ってってやるから。俺が造った酒」

「だって、杜氏は守川のお爺ちゃんじゃない」

「親方は、立派だぞ。そっちにいるときとは別人みてえなんだから」

　それから少しの間、敬吾は拗《す》ねている口調の朋美をなだめ、とにかく元気だから心配はするなと繰り返し言って電話を切った。

4

　十月は瞬《また》く間に過ぎ去り、十一月に入ると、最初に仕込んだ酒が十分に発酵し、醪に変化し始めた。夜、仕込み蔵の隣の、ヒロシキや事務所のある建物で寝ている敬吾たちの耳には、さあ、さあという、小雨の降るような音が届き始めた。

「醪の、発酵する音だ」

　最初のうち、朝になっても雨の降った形跡がないことに、しきりに首を捻《ひね》っていた敬吾に向かって、親方がぼそりと説明してくれた。酒母と蒸米、麴と水を加え、三段階に分けられる仕込みを終えた酒のもとは、巨大なタンクの中で糖化と発酵を繰り返す。近くに寄って眺めれば、米はわずかな対流を繰り返しながら、絶えず動き回り、小さなあぶくを放出し続けているのが、はっきりと見て取れた。そのときの音が、近くからではふちふち、ふちふちふちというように微《かす》かに聞こえるのだが、無数の音がホウロウのタンクの中で響いて、まるで雨が降るように聞こえてくるのだった。

「生きてるって、感じですよね」

「ああ、酒は生きてる」

親方の采配《さいはい》で、常に一定の温度に保たれている蔵の中で、静かに対流を繰り返している米を眺めながら、敬吾は嘆息を洩らした。こんなに手間暇をかけて出来る酒が、まずいはずがないという気がした。

——その全部の責任者が、杜氏だもんな。

数日後、熟成を終えた醪は圧搾機《あっさくき》に移された。古い蔵では、酒を搾《しぼ》る時には今でも槽《ふね》と呼ばれる器具を用い、手作業で行われるという話だが、川原田酒造では、そこまでの拘《こだわ》りは抱いていない様子で、数年前に機械を入れたらしい。

「——出た！」

最初の酒が出てきたとき、敬吾は思わず歓声を上げてしまった。生まれて初めて関わった、新酒の荒走りだった。

「もう少し寒くなったらな、もっといい米で、旨《うま》い酒の仕込みを始める。こんなもんじゃ、ねえんだからよ。そうしたら、楽しいぞ」

しぼりたての新酒を飲んで、すっかりはしゃいでいる敬吾に向かって、かねさんは笑いながらそんなことを言った。そして、旨い酒から分離された酒粕《さけかす》さえあれば、自宅でも旨い濁酒《どぶろく》が造れると教えてくれた。

早起きにも慣れ、仕事の手順も呑み込めてきて、敬吾はこの仕事が本当に嫌いではないと思うようになっていた。やたらと水浸しになるし、汗もかく、労働としては決して楽なものではなかったが、米作りにばかり関わってきた自分には、その米が新たに変身して酒になる様は、いかにも興味をそそるものだった。

「なあ、若いの」

ある日、室に入ってよもさんの手伝いをしていると、目のしょぼしょぼとした老人は、ぽつりと口を開いた。

「祖父ちゃんのことは、何か、聞いてるかい」

「俺は、まるっきり聞いてないんですよね。この仕事するって決めたとき、親方から何か聞けるかと思ったけど、親方は『五十年近くも昔のことだ』って。そう言われりゃあ、それもそうだから」

よもさんにならって、常に室温を三十四度に保っている室の中で麴米を盛りながら、敬吾は軽い口調で答えた。親方の近くにいるときは緊張するが、親方と同年代でもよもさんの方は、もっと雰囲気が柔らかくて親しみやすい。敬吾は、よもさんと並んで仕事をしていると、祖父というのはこんな存在だったのではないだろうかと思うことがあった。

「そりゃあ、違うな」

その、よもさんが難しい顔でちらりと敬吾を見た。敬吾は、老人のしょぼしょぼとした目元を覗き込み、「は？」と間の抜けた返事をした。

「親方が吾吉っつぁんの、おめえの祖父ちゃんのことを、忘れるはずが、ねえ」

「でも、親方は――」

「大方、思い出すのも辛《つら》かったっていうところだろうよ」

麴米を盛る台に向かって前屈《かが》みになって作業していた敬吾は、ゆっくりと背筋を伸ばしながら、「それに、おまえさんは、まあ、よく似てるわな」というよもさんの声を聞いた。

「忘れてたことだって、いっぺんに思い出すだろうよ、おまえさんを見てたら。俺だって、吾吉っつぁんのことなんかぁ、ずいぶん忘れてたものな」

祖父の死に、何か特別な理由があったなどとは、敬吾は聞かされていない。だが、思い出すのも辛いとは、ただごとではない表現に違いなかった。敬吾は、室の二重扉をちらりと見て、誰も入ってくる気配がないことを確かめると、「よもさん」と声をひそめた。

「忘れられないって、どういうことですか」

よもさんは、相変わらずしょぼしょぼとした目つきのままで、仕事の手は休めずに、ぽつり、ぽつりと話し始めた。

「三人の中ではな、俺がいちばん年下だったな。初めて、この蔵に世話になったときにゃあ、俺は十七、いや十六歳だった」

戦前は、この酒蔵の杜氏をしていたのは、守川の爺さんの父親だったという。その父親に従って、守川の爺さんと敬吾の祖父、それによもさんは、毎年秋になると、この蔵に働きに来ていた。その頃、親方と敬吾の祖父である吾吉は親友同士で、寝起きから風呂に入るまで、何をするにも一緒という具合だった。

「親友だったんですか。親方と、うちの祖父ちゃん」

敬吾は、目を丸くしてよもさんを見つめていた。それならば、忘れるはずなどないと思った。

「どういうかなあ、持ち味も性格も、まるで似つかねえんだが、馬ぁ、合ってたんだろうな。凸凹《でこぼこ》コンビってえとこで、一人、年下の俺は、羨《うらや》ましかったもんだ」

「凸凹、コンビ」

「まあ、何もかも一緒ってわけにはいかないところも、あるにはあった。吾吉っつぁんは、昭和十八年だったかな、嫁をもらってたが、親方は、戦後、ずいぶんたってからかみさんをもらったんだ——まあ、最初の許嫁《いいなずけ》がな、死んじまったもんで」

「親方の、許嫁、ですか」

そこで、よもさんはふいに頭を上げ、わずかにくたびれた顔で「あれは、事故だった」と呟いた。敬吾は、次によもさんが口を開いてくれるのを、ただ待っていた。ずいぶん長い沈黙の後で、老人はふうっと息を吐き出すと、「なあ」と口を開いた。

「おまえさん、誰かに呼ばれると『ただいまっ』て、返事するなあ」

「ああ、口癖、なんですかね」

急に話題が変わって、拍子抜けした気分で返事をすると、よもさんはまた溜息《ためいき》をつく。そして、瞬《まばた》きを数回繰り返しながら、そっと敬吾を見上げてきた。

「あの返事は、おまえさんの祖父《じい》ちゃんと、一緒だ」

「――え？」

「吾吉っつぁんもな、誰かに呼ばれると、威勢のいい声で、『ただいまっ』てな、答えてたもんだ」

「祖父ちゃんも、ですか」

そんな話は父からも、祖母からも聞いたことがなかった。勿論《もちろん》、祖母は既に五、六年前に亡《な》くなっているし、父も幼い頃に祖父を失っているのだから、口癖まで覚えていないのかも知れないが、敬吾は、何だか急に、薄ら寒い気持ちになり始めていた。

「それで、あの、事故って――」

内心で怯《おび》えつつ、それでも聞かないわけにもいかなくなって、敬吾はよもさんを見つめていた。よもさんは、口元に皺を寄せて、何か考える顔をしていたが、やがて、親方には言うなよと念を押した上で話し始めた。

「じゃあ、親方の許嫁だった人と、事故に遭って、それで亡くなったの？」

その夜、久しぶりに朋美に電話をかけると、受話器の向こうからは敬吾以上に驚いた声が返ってきた。

「案内、してたんだと。それで、間違えて、仕込みのタンクに落ちたんだそうだ」

敬吾は、昼間よもさんから聞いた話を改めて思い出しながら、受話器に向かって溜息をついた。

「溺《おぼ》れた、の？」

「親方の許嫁の方はな。うちの祖父ちゃんは、溺れたっていうよりも、酸欠になっちまったらしい」

「そんな――」

敬吾同様、朋美も言葉を失っている様子だった。敬吾は、「ショックだよなあ」と続けた。

「許嫁の方はな、すぐに死んだらしい。だけど、祖父ちゃんだけは、今でいうと脳死みたいな状態だったんじゃねえかと思うんだ。そのまま病院まで運んで、しばらく様子を見たんだけど、結局、助からなかったんだと」

当時、親方は発狂せんばかりに悲しみ、仕事など手につかない状態になったと、よもさんは話してくれた。

「だから、親方は忘れたいと思ってたのね」

「そうらしい。俺、何となく祖父ちゃんに似てるらしいんだよな。だから余計に、俺のこと、避けてたのかも知れねえな」

「――生きてると、色んなことが、あるものねえ」

実際の年齢よりも幼く見えるくらいの朋美にしては、中年女のようなことを言うと、敬吾は少しばかりおかしくなりながら、それでも一緒に「本当だよなあ」と相槌を打っていた。

自分の人生で、もっとも大切な二人の人間を同時に失った悲しみが、どれほど大きなものか、敬吾にはとても想像がつかない。よもさんは言っていた。当時、親方はもう二度とこの蔵には来ない、酒造りはしないとまで宣言したのだそうだ。だが、この蔵に毎年来ることこそが、二人に対する供養《くよう》になるではないかと周囲から説得されて、結局この年まで杜氏《とうじ》を続けてきたのだと。

「俺、何となく、前よりももっと親方が好きになったな」

テレホン・カードの度数が残り少なくなって、もう電話が切れてしまうというときに、敬吾はしみじみと言った。朋美は「またあ」と拗《す》ねた声を出した。

「私より好きなんて言ったら、イヤ――」

そこで、電話は無情にも切れてしまった。それでも、最後にはずいぶん気持ちも軽くなって、敬吾は皆の眠る部屋への階段を上がった。

――祖父ちゃんも、この部屋で眠ったのかな。

そういう目で眺めると、薄気味悪いどころか、男ばかりの殺風景な室内も、何となく独特の風情《ふぜい》があるように感じられるから不思議だった。敬吾がここへ来たのは、自分と似ていたという祖父が、自分の果たせなかった夢を託して、孫の敬吾を導いたのではないかと、そんな考えさえ浮かんだ。布団に潜り込み、闇《やみ》の中で目をこらしていると、今夜もさあ、さあ、と細かい雨の降るような音が聞こえてくる。季節は徐々に冬に向かい、その音は小糠雨《こぬかあめ》というよりも、もっと冷たく、もっと淋《さび》しい、氷雨《ひさめ》のように聞こえた。

5

翌日から、敬吾は意識的に親方の傍から離れないようになった。勿論、方々から「若いの」と呼ばれるから、その度に走り回らなければならないが、それでも暇を見つけては親方の傍に行った。よもさんと約束したから、祖父の死の話は絶対にするまいとは思っている。だが、そんなに悲しい記憶を抱きつつ、黙々と酒を造り続けてきた親方の傍にいるだけで、気持ちが通じ合えるのではないかと、そんなことを考えたからだ。

「親方、これ、混ぜなくて、いいんですかね」

発酵を続ける仕込みタンクの上に上がり、点検している親方に近づくと、敬吾はわざと明るい声を出した。その度に、親方は少しばかり迷惑そうな、困ったような表情になった。

「ときどきで、いい。温度をならす程度で、いいんだから」

こちらから質問をすれば、親方は必ず、きちんと説明をしてくれる。皆よりも一段高いところにいると思っていたのは、それは単に敬吾の気後《きおく》れのせいだけだったのかも知れない。

——思い出すのも辛い。それは、分かるけど、親方のせいじゃないんだから。

真っ白いタンクの中で、米は自分の身を溶かしながらあぶくを出し続けている。時が流れれば、こうして米粒さえも溶けていく。だから、親方の心の傷も癒《い》えていて欲しいと、敬吾はそんなことを考えていた。

「杜氏になるのって、大変でしょうか」

ある日、やはり親方について歩きながら、敬吾はおそるおそる、聞いてみた。洗米場から釜場へ、釜場から麹室《こうじむろ》へと、ゆっくりのテンポでも休むことなく移動を続ける親方は、敬吾の言葉にわずかに表情を動かした。

「酒造りのことが、全部分かってねえとな、できねえな」

杜氏は最初から杜氏になるわけではない。釜屋も船頭も酛廻《もとまわり》も、すべてを経験した上で、初めて一つの蔵の味を取り仕切ることになる。それは、この数カ月の間に、敬吾も学んでいた。

「俺、今からじゃあ、間に合わないですか」

もはや、出稼ぎという感覚ではなくなっていた。勿論、家業を捨てるというわけではない。一年の半分を、酒を造るために生きてみたいのだ。祖父だって、それを喜んでくれるのではないだろうか、待ち望んでいたのではないかと、そんな気持ちにさえなっていた。

だが、親方はすぐには返事をせず、後ろ手に組んだまま、ゆっくりと歩いていってしまう。

「俺じゃあ、無理ですか」

慌てて後を追って話しかけても、親方は敬吾の方を振り向こうともしない。

「ねえ、親方」

「何も、今更時代遅れの仕事をするこたあ、ねえだろう」

「時代遅れなんかじゃ、ないですよ！　酒を造るのに、時代なんか、関係ないに決まってるじゃないですかっ」

まさか親方の口からそんな言葉を聞こうとは思わなかったから、敬吾は自分でも驚く程の激しい口調で言い返した。親方は、ようやく立ち止まり、少しばかり意外そうな顔で振り返った。初めて、まともに見てくれた。やっと正面から向き合ってくれたと、敬吾は思った。

「後継者がいないからって、人手が足りないからって、それで酒造りをやめても、いいんですかっ。俺、勉強しますから、色んなこと、もっと勉強しますからっ」

「――まあ、この冬を過ごしてみて、それから考えるこった」

親方はそれだけを言うと、敬吾になど構っている暇はないというように、そそくさと行ってしまった。敬吾は、その小さな後ろ姿を見送りながら「絶対に杜氏になってやる」と決心していた。親方の持っている技術、知識のすべてを受け継ぎたい。せめて、それまでは元気でいて欲しいと心の底から思った。

暮れも押し迫った頃になって、敬吾は朋美に正月も蔵に残ることになったと電話で伝えた。本当は、ずいぶん前に決心していたのだが、朋美をがっかりさせたくないばかりに、なかなか電話出来ずにいたから、久しぶりに聞く朋美の声は、それだけで敬吾の胸に沁《し》みた。

「私、待ってたのに。ひどいよ、敬ちゃん」

予想した通り、朋美はもう泣き出しそうな声になっている。見せたいものがあった、敬吾のためにセーターも編んでいたのだと、朋美はひどく恨めしい口調で文句を言い続けた。

「分かってくれよ。正月だからって、仕込みの途中の酒を、放っておくわけにはいかねえんだよ。それに、年が明けたら、すぐに寒に入る。寒仕込みっていって、いちばんいい酒を造るときなんだよ」

敬吾は、懸命になって朋美を説得した。こうして声を聞いてしまえば、敬吾だって会いたくてたまらなくなるのだ。朋美の白い、弾力のある肌に触れたくてたまらなかった。だが、それでも敬吾は「しょうがねえんだ」と繰り返した。

「まさか、そっちにいい人が出来たんじゃ、ないんでしょうね」

やがて、朋美は、すっかり拗ねた声で、そんなことさえ言い出した。敬吾は「馬鹿《ばか》か」と答えながら、にわかに不安になってくるのを感じた。

「そういう朋美は、どうなんだ？　俺が正月に戻れないからって、浮気するんじゃねえのか」

「分かんない。するかもよ。敬ちゃんが、帰ってきてくれないのが悪いんだから。私が、こんなに待ってるのに、お酒お酒って、私のことなんか、もう何とも思ってないんでしょうっ」

「おい、待ってってば。朋美と酒なんか、比べられねえって、いつも言ってるだろう？　しょうがねえんだってばよ」

「何よ、親方の話ばっかりして。最近、敬ちゃんは電話をくれたって、親方とお酒の話ばっかりじゃない。私のことなんか『元気か』とも、言ってくれないんだからっ」

「だって、元気だから電話に出られるんだろうが。朋美だって、俺に『元気？』なんて言ってくれ――」

「知らないっ」

それきり、電話は切れてしまった。敬吾は、ツー、ツーという音を聞き、溜息をつきながら緑色の受話器を戻した。

――女には分からねえのかなあ。

たかが季節労働、たかが出稼ぎと思って来たのに、農業以上に自分の興味をそそる仕事に出逢《であ》えた気持ちというものが、所詮《しょせん》、女には分からないのだろうか。セーターを編んでくれたのは嬉しいが、それよりも敬吾は「頑張ってね」のひと言が聞きたかった。そう考えると、自分の方から受話器を叩《たた》きつけてやれば良かっただろうかとさえ思った。

　そして結局、敬吾は正月も酒蔵に残った。親方をはじめとして、よもさんたちも「毎年のことだ」と言いながら、ヒロシキでのささやかな正月祝いを淡々と受け入れた。お節《せち》料理も屠蘇《とそ》も、すべて社長の用意してくれたものだった。

「蔵人《くらびと》にとっては、甑《こしき》倒しが正月みてえなもんだ」

「田圃《たんぼ》に戻る、区切りの儀式にもなるからな」

　三月に入って最後の米を蒸し、半年間使った甑を洗う作業を甑倒しという。すべての酒造りを終え、秋まで休ませる道具の片づけをした後に開く宴会こそが正月になるのだと説明されて、敬吾はそのときこそは、朋美の許《もと》へ飛んで帰ろうと思った。自分の造った酒を持ち、ちょっとした土産物も買って、あいつを喜ばせてやろうと決心していた。

　年が明けると、敬吾たちは川原田酒造で造っている最高級の吟醸酒、大吟醸酒の仕込みにとりかかった。一年でいちばん寒さの厳しいこの季節は雑菌も入りにくく、じっくりと発酵させることが出来るから、もっとも旨い酒が造れるという。水は冷たさを増し、早朝の作業も一際《ひときわ》厳しくなったが、身体《からだ》の方はすっかり慣れてきて、敬吾は本当の旨い酒を味わってみたい一心で蔵中を駆け回った。

造る酒によって米の種類も精米の度合いも異なる。その都度、浸水の時間も違っているはずなのに、親方は機械のような正確さでそのタイミングをはかった。大寒も過ぎた頃、近所から集まってきているパートのおばさんたちに混ざって、手を痺れさせながら洗米を続けていると「若いの！」と呼ぶ声がした。

「あ、ただいまっ」

敬吾は急いで立ち上がり、声のする方を振り返って、思わず息を呑んだ。そこには、和服姿の朋美が立っていた。

6

「見せたいものって、それだったのか」

久しぶりに並んで歩きながら、敬吾は三カ月ぶりの朋美を、ひどく眩《まぶ》しい思いで眺めていた。柄にもなく緊張しているのを感じる。朋美は、はにかんだ笑みを浮かべながら「だって、我慢、出来なかったんだもの」と言った。

「お正月に着てみせようと思って、一生懸命に縫ったのよ」

日も暮れて、一日の仕事が終わった後で、敬吾はやっとゆっくりと朋美と話すことが出来た。和服のせいか、心持ちほっそりして見える朋美に、社長は客間に泊まれと言ってくれた。

「何だか、思い詰めた顔をしてるじゃないか。会いたくて、会いたくて、来たんだろう？」

社長の言葉に、敬吾は何度も頭を下げ、とにかく彼女を蔵に案内した。

「本当に、蔵の生活だけ、なのね」

釜場から室の中まで案内していると、朋美は半分がっかりしたような声を出す。

「心配して、損しちゃったかな」

「だから、言ったじゃねえか。俺はな、本当に酒造りに夢中になってただけだ」

和服姿のせいだろうか、小声で「ごめんね」などという朋美は、かつてないほどに初々《ういうい》しい色気を感じさせる。乱暴に電話を切ったものの、それから一晩中泣いたのだという話を聞き、どうしても会いたくて、休みをもらって高速バスで来たのだという話を聞くにつけ、敬吾は彼女が愛《いと》しく思えてならなかった。

「お酒造りって、そんなに面白いものなの」

「大変は、大変だ。でもな、その分、面白いんだ」

朋美は、敬吾が案内する場所を、自分も真剣に眺め回している。酛をつくるタンクを覗いて、彼女はあぶくの立っている様子に歓声を上げ、「不思議」を連発した。

「この手順とか、発酵の度合いとかな、杜氏は全部、分かってなきゃならねえんだ。さっき、俺たちが米を洗ってただろう？　あれだって、何分くらい水に浸すか、親方には全部分かってるんだからな」

「敬ちゃん、杜氏になりたくなったんでしょう」

夢中で説明していると、朋美がふいに言った。敬吾は、まだその決意を語るつもりになっていなかったから、虚を突かれた形になって言葉を呑んだ。薄ぼんやりとした蔵の照明の下で、朋美は、探るような目つきで敬吾を見上げている。だが、敬吾は素直に返事をすることが出来なかった。

「そうだ。仕込みのタンクも、見るか」

話題を変えると、朋美は表情は変えないままで、小さく頷《うなず》いた。敬吾は、巨大なタンクが幾つも並ぶ薄暗い蔵へとすすみ、急な梯子のような階段を朋美の手を引いて上がった。板を張り巡らしてある上からは、幾つものタンクが大きな口を開いているのが見える。

「この中で、お酒が出来るの？」

着慣れない和服で、何とか二階に上った朋美は、目を丸くしてその空間を眺めた。

それぞれが胴体に水を通すホースを巻かれており、温度が上がりすぎた場合にはホースに水を巡らせてタンクを冷やす。そして、この中で発酵を繰り返すのだと説明すると、朋美はおそるおそるタンクの縁につかまって中を覗き込んだ。

「――本当。あぶくが出来てる」

「耳、澄ませてみろ」

敬吾は、自分もタンクの縁に屈み込んで、顔を近づけた。さわさわ、さわさわと細かいあぶくの弾《はじ》ける音が続いている。

「寝てるとなあ、まるっきり雨が降ってるみたいに、聞こえてくるんだ。俺たちは、この隣で寝てるからな」

「雨、ねえ。そうねえ」

朋美も、しみじみとした表情で小首を傾《かし》げ、懸命にあぶくの音を聞いている。

「この季節にも、こっちは雨なんだものねえ。うちの方じゃあ、今年もずいぶん積もってるのに」

「だけど、冷たい雨だぞ。滅多に降らねえけど、氷雨だな」

二人はしばらくの間、黙って氷雨の音を聞いた。

「――敬ちゃん」

やがて、朋美の声がひそやかに敬吾の名を呼んだ。

「私、大丈夫だよ。敬ちゃんが、この蔵に来てる間、ちゃんと待っててあげる」

敬吾は、深いえんじ色の和服の襟元から、白いのど首を見せている朋美を見た。

「毎年、半年間だけは自由にしてあげる。その代わり、残りの半年は、ずっと傍にいてくれなきゃ、本当にいやなんだから」

敬吾は、胸の奥が熱くなるのを感じながら、適当な言葉も見つからず、ただ、黙って朋美を見つめ返していた。ああ、こいつは分かってくれている、ちゃんと覚悟さえした上で、ここまで来たのだと思うと、この場で抱きしめたいくらいだった。

「——朋美」

彼女に手を伸ばそうとしたときだった。ふいに背中に衝撃が加わり、視界が大きく揺れた。赤い色が躍って見えた。隣で小さな悲鳴が聞こえた気がする。あっと思ったときには、敬吾はタンクに落ちていた。

「敬ちゃん！　助け——！」

むせかえるような匂《にお》いと、体温に近い温度の中で、朋美の悲鳴が響いた。そのとき、黒々とした櫂が差し込まれて、もがいている朋美を醪《もろみ》の中に沈めようとした。敬吾は必死で浮かび上がろうとしながらタンクの上を見た。

「お――」

つるつるに滑ってつかまるところもないタンクの上には、薄い闇が広がっている。その闇を背に、親方がこちらを見ていた。敬吾は、沈みかけている朋美を何とかつかまえようとしながら「親方っ」と声を出した。強烈な匂いと、発酵の音が敬吾までも溶かそうとしている感じがする。

「――おめえには、女房子どもがいるんじゃねえか。それを、人の許嫁と」

親方の押し殺した声が、ホウロウのタンクの中で大きく響いて聞こえた。敬吾は、何を言われているのかも分からないまま、どうにかして、親方の差し込む櫂につかまろうとした。

「泥棒猫みてえに、こそこそと。俺は、大概のことは、目え瞑《つむ》ってやってきたじゃねえか。それをいいことに、文枝にまで手を出しやがって」

「――親方っ、俺は!」

「いつだって、そうだったよな。おめえって野郎は、俺が手に入れようとするものは、何だって横取りする野郎だった。文枝も文枝だ、俺に会いに来たふりをして、こんな場所で――」

「助けてっ！　私、朋美です、朋美ですっ」

もがきながら朋美が悲鳴を上げている。敬吾は、徐々に息苦しさをおぼえながら、頭の中が白くなっていくのを感じていた。

——こんなことが、前にもあった。

別に本気で手を出そうとしていたわけではない。ただ、文枝の方が、真面目《まじめ》一方で堅物の守川松造を嫌がったのだ。

「松造、違うんだ——」

もがきながら、敬吾は思わず声に出していた。親方の名前が松造ということなど、知らなかったはずなのに。

「何が違うもんかっ、吾吉、おめえなんか、そうやって女と死ぬのがお似合いだ」

横でもがいていた朋美がぶくぶくと沈んでいく。真新しいえんじの着物が、白い醪の中に隠れて見えなくなった。いや、朋美ではない、文枝だった。あのときも、松造は鬼のような形相で「許さねえ」と呻《うめ》きながら、吾吉と文枝を櫂で沈めたのだ。

「くそうっ、松造、てめえ——！」

そうだ。俺は誤って落ちたのではない。今夜と同じように、背後から突き落とされたのだ。この、松造に。親友と信じて、常に行動を共にしてきた松造に——。

「松造っ！」

意識の最後で叫んだが、その声は、自分の頭の中に響くばかりだった。そして、敬吾は沈んでいった。後には、細かいあぶくの弾ける音ばかりが、氷雨が降りしきるように続いていた。

秋《あき》

旱《ひでり》

1

男は忙しくて、責任の重い仕事をしている方がいいのよ。忙しくてね、時間をやりくりして、必死で会いに来るくらいが、ちょうどいいの。そして、また忙《せわ》しなく帰っていく。だらけてる暇なんか、ありゃしないわ。いつだって、もうちょっとと思うところで、離ればなれになるところが、いいのよ。おまけに、社会的な地位があるとなったら、突拍子もないことも言い出さないわ——。

どうせ、結婚するつもりがあるわけじゃないんだからと、笑いながら言ったのは誰だっただろうか。頭上から蟬《せみ》の声、足元からは秋の虫の音《ね》の聞こえる小径《こみち》を歩きながら、寛子《ひろこ》はぼんやりとそんなことを思い出していた。夏草の間からは、すすきの穂が伸び始め、よく見れば、黄色い女郎花《おみなえし》なども、あちこちで咲き始めている。

そう、年上の女友だちの台詞《せりふ》だ。確か、まだ平田との関係が始まって間もない頃だったから、つまり二年ほど前のことだろう。

——まあ、結婚しようと思ったって、無理な話なんだけどね。奥さんには申し訳ないけど、こっちとしては、おいしいところだけ、もらっていればいいのよ。面倒なことは奥さんが引き受ければいいってこと。女房なんて、家政婦兼乳母《うば》みたいなものなんだから。

彼女は寛子の変化も、平田の存在も知りはしなかった。彼女自身が抱えている問題のことで、そんな話題になったのだ。あのときは、大して関心もなさそうな顔で相槌《あいづち》を打っていたが、内心では「へえ」と感心していた。そういう風に考えれば、不倫も気楽なものだということだなどと、妙に納得してもいたのを覚えている。

見上げれば、さすがに九月の空だった。心なしか透明度を増し、高くなって、夏とは異なる薄い雲が点々と流れていく。頭上から降ってくる蝉の声も、わずかに頼りなく感じられるのは、流れる風の違いかも知れなかった。半ばやけっぱちのように鳴いているが、ぼったりと暑苦しい空気を震わしていたときとは明らかに異なって、どこか情けなく、淋《さび》しげに広がっていく。

——こんな、ぎりぎりになって生まれてこなくたって、よかったのに。

タイミングを逃して出てきて、必死で鳴いているなんて、何と哀れな話だろうと思う。だが、仕方がないのだ。好きで、他の連中とずれてしまったわけではない。それは、そのまま今の寛子にも当てはまる気がした。何も、好きでこんなことになったわけではない。

「暑かったでしょう。こんな時間に出かけるなんて」

宿に帰り着くと、三日ばかりの逗留《とうりゅう》の間に、すっかり打ち解けた感のあるオーナー夫人が、客用の布団《ふとん》を抱えて庭先を歩いていた。彼女は寛子に気づいた途端に、あたかも接客マニュアル通りといったような明るく爽《さわ》やかな笑みを浮かべ、軽やかすぎる声で「おかえり」と言った。

「ポスト、分かりました？」

「お蔭《かげ》さまで。ちょっと歩くと、覚えてる道も、あるのね」

「変わったっていったって、この一角だけが開けたっていう程度でしょうからね。昔から人が住んでる辺りは、ほとんど変わってないでしょう」

「変わってないっていうより、すっかり古ぼけてるわ」

寛子の言葉に、オーナー夫人はさもありなんというような表情で頷《うなず》き、何かの言葉を探している様子だった。寛子は、つまらない世間話の相手をさせられるのが嫌だった。この辺りのことならば、彼女よりも自分の方がずっと詳しいという、奇妙な意地も働いた。だから、そのまま建物に向かって歩き始めた。

「シャワーでも浴びて、さっぱりなさって下さいね」

背後から、またも爽やかな声がする。年齢的には寛子と大差ないはずなのに、彼女の声には少女のような張りがあり、いかにも毎日が楽しくてたまらないといった響きを持っていた。寛子は、振り向かずに「そうします」とだけ答え、肩越しに軽く手を振ってみせた。

――私と話すのが楽しいんじゃない。こういう毎日を送ってる自分が嬉《うれ》しいんだ。夫と子どもに囲まれて。

どうせ、私は何も持っていない。つい、そんなひねくれた思いにとらわれながら、外が明るいせいで真っ暗に感じられる建物に入る。フロントのベルを叩《たた》くと、今度は鼻の下と顎《あご》に髭《ひげ》をたくわえたオーナーが、その大きくて四角い体格には似合わない、紺色のエプロンをつけたまま登場して、やはり親しげに「おかえり」と言った。

「暑かったでしょう」

「でも、風は秋ですね」

「都心よりは、やっぱり早いねえ」

寛子が十代の前半を過ごしたこの土地は、もともと、ささやかで鄙《ひな》びた避暑地だったが、ここ二十年ほどの間に、ちょっとしたリゾート地へと変貌《へんぼう》を遂げていた。避暑地としても、スキーを楽しもうにも、もう一つ中途半端《はんぱ》な場所なのに、都心から近いということと、ちっぽけな湖、そこに流れ込む渓流があるだけで、「穴場」ということになっているらしい。それでも温泉が湧《わ》いているわけでもなく、取り立てて見るものもない土地だから、古くから建っている数軒の別荘やバンガローに混ざって立ち並んだペンションやプチホテルなども、数える程度のものだ。

「退屈、しないかね」

部屋のキーを差し出しながら、オーナーは女房に比べればわざとらしくない笑顔で言う。

「故郷《ふるさと》ですもの。退屈で、構わないんです」

歳《とし》の頃は四十前後というところだろうか、脱サラだという話だが、地元の出身でもない男が、どういうきっかけで、こんな場所にペンションを建てるつもりになったのか、寛子には不思議だった。どうせ新天地を求めるのならば、もっと知名度の高い、実入りのよさそうな土地を選べばよいではないかと思う。だが、いずれにせよ、一介の泊まり客にすぎない寛子には、関係のない話だ。

「車で少し足を延ばすとか、してみりゃあ、いいのに。何なら、うちの車、使っていいんですよ」

「適当に歩き回っていれば、色々と思い出すこともあるから」

「今でも、顔見知りくらいはいるんですか」

「捜せば、いるんでしょうけど。でも、覚えていないんです。歩いていても、すれ違うのはお年寄りばかりで、私と同年代の人たちなんか、見かけませんしね」

何しろ二十年もたっているのだからと、寛子は、柔らかく微笑《ほほえ》みながら答えた。オーナーは納得したように頷き、この辺りも自分たちが来る頃までは、過疎《かそ》化が進む一方だったらしいと言った。つまり、現在この辺りに暮らす若者は、リゾート産業が興《おこ》ってから入り込んできた、よその土地の者ばかりということだ。それはそうだろう。澄んだ空気以外、本当に何もない土地だ。

「まあ、気が済むまでゆっくり過ごすといいですよ。自分の家だと思って」

その台詞は、チェックインした晩にも聞いた。大抵の客が一泊か、多くて二泊もすれば去っていく中で、いつまで滞在するか決めていないという寛子の言葉に、最初、彼らは少なからず驚き、また不審を抱いた様子だった。だから、寛子は、かつてこの土地で過ごした経験があること、少女時代の思い出を辿《たど》りたくて、休暇を取ってやってきたのだということを、わざわざ説明しなければならなかった。夏休みも終わり、秋の行楽シーズンまでには間があろうという時期に、一人でやってきた女の客というだけで、余計な警戒心を抱かれたくない、あれこれと詮索《せんさく》をされたくなかったからだ。

——自分の家だと思って、か。

建設会社の技術者だった父について、この土地で過ごしたのは、寛子が十歳のときから、中学を卒業する寸前までの五年間だった。その間の住まいは古い一軒家で、広いことは間違いなかったが、決して住み心地がよいとはいえなかった記憶がある。昨日も今日も、寛子は自分の記憶を頼りに、かつて暮らした家を捜してみた。だが、いくら歩いても、道筋は間違っていないと思うのに、その家を発見することは出来なかった。

「これからは？　まだどこかに出かけますか」

「部屋で、本でも読もうと思って」

オーナーが頷くのを確かめると、寛子は部屋のキーを持ってフロントを離れた。

平日ということもあってか、他の客はすべていなくなっていた。寛子は、いつでも新しい客を迎えられるように、きちんと掃除され、ドアが開け放たれているいくつかの客室の前を通り過ぎて、三階の突き当たりにある自分の部屋へ戻った。花柄のベッドカバーをかけられたベッドが二つと、小さな丸いテーブルと籐《とう》の椅子《いす》、そしてテレビがあるだけの室内には、開け放ったままの窓から、虫の音とひんやりと心地よい風が入り込んでいる。

――どうして、こんなところに来たいと思ったんだろう。

窓の外には、わずかに傾斜のついている地形に広がる畑と山林、そして、確かに幼い日々、毎日眺めて過ごした山並みが広がっている。当たり前の、日本の田舎の風景だ。取り立てて心惹《ひ》かれる景色でもない。長い間、すっかり忘れていたのに、しばらく一人になりたいと思ったとき、寛子はこの風景の中に身を置きたいと思い立った。別に、もっと遠い観光地でも、見知らぬ土地でもよかったのだが、あまりにも馴染《なじ》みのないところまで行ってしまうと、自分がさらに頼りなく、糸の切れた凧《たこ》のようになってしまいそうで怖かったのだ。

手前の畑では、目深《まぶか》に帽子を被《かぶ》った男が、一人で黙々と働いていた。その、紺地に蛍光イエローのラインの入っている帽子から、昨日も一昨日も見かけた人だということが分かる。深緑のTシャツから出ている腕は、筋肉が発達しており、よく日に焼けている。体型と、その腕から、案外若い人なのだろうと推測しながら、寛子はぼんやりと畑の人を眺めていた。

2

寛子が夫に死なれたのは、二十七歳のときだった。結婚して三年目、そろそろ子どもが欲しいわねなどと話し合っている矢先に、彼は自ら運転する車のスピードの出しすぎで事故を起こし、あっけなく逝《い》ってしまったのだ。

「まだ若いんだもの。彼のためにも、一日も早く元気になって、人生の再スタートを切らなきゃ駄目よ」

未亡人になった実感も、悲しむ余裕もなかった寛子に、友人たちは口々に言った。子どもがいなかったのは不幸中の幸いだ、まだまだ、いくらでもチャンスはやってくると。そして、四十九日が明けるか明けないかのうちに、寛子は独身時代に勤めていた職場に復帰した。あれから九年の歳月が流れている。

——確かに再スタートはした。そして、以前の私からは想像も出来ない自分が、ここにいる。

夫に死なれた当初、寛子の中には悲しみよりも怒りの方が大きかった。何を、そんなに急いでいたの、私一人を置き去りにして、勝手に逝ってしまうなんてと、あの朝、いつもと変わらずに元気で出かけていった夫に対して、消化しきれない思いばかりを暮らせていった。

それでも、時と共に自分の内で諦《あきら》めが育ち、怒りも悲しみも鎮《しず》まってしまうと、そこには独りぼっちの寛子が取り残されていた。独りであること、待つべき人のいない淋しさが、日ごとに重くのしかかってくるようになった。友人たちは、口々にそんな寛子を心配した。

「諦めることなんて、ないったら。とにかく、新しい人とつき合うことよ」

「彼を忘れろなんて言わないけど、寛子は生きてるのよ。自分の幸せを考えて当然なんだから、ね？」

「亡《な》くなった彼だって、許してくれるわよ」

そんな言葉に後押しされるように、実際に何人かとつき合ってみたこともあった。けれど、どれもあまりぱっとしなかった。夫が素晴らしすぎたなどと言うつもりはない。要するに縁などというものは、そう簡単に転がっているものではないということを思い知らされた。

やがて、友人や仕事仲間の間で、離婚が相次ぐようになった。彼女たちは口々に、結婚など懲《こ》り懲りだ、夫と死別する方が、思い出が汚《けが》れないだけ幸せだなどと言った。皆よりも一足先に一人暮らしのペースを摑《つか》み、子どものいない気軽さから、それなりに自由を楽しめるようにもなっていた寛子は、徐々に再婚などというものに夢を抱くべきではないと考えるようになった。確かに、今さら自分の生活のリズムを乱され、他人の世話に明け暮れる日々など、馬鹿《ばか》馬鹿しいとも思われた。そんな矢先に、平田と出逢《であ》った。友人と輸入雑貨の会社を経営する彼は、その当時、切れ者と評判の四十四歳で、寛子よりもちょうど十歳年長だった。

「おばちゃん、御飯ですよって！」

いつの間にか、うたた寝をしていたらしい。子どもの声がドア越しに寛子を呼んだ。窓の外はすっかり闇《やみ》になり、虫の音ばかりが一層大きくなっている。寛子は、ゆっくりと起き上がり、肌寒さに小さく身震いをした。陽が落ちると、この辺りは急に気温が下がる。簡単に髪を撫《な》でつけ、ゆっくり食堂へ降りていく。

「毎日、似たようなものじゃ飽きるだろうし、今日は他に予約もないから、うちらと一緒で、いいかね」

一階の食堂に降りると、長いテーブルの一つだけに、食器が並べられていた。この二晩、気取ったフランス料理風のディナーに一人で向かっていた寛子への、それはオーナーの心遣いに違いなかった。寛子は、笑顔で礼を言いながら、それでも親しいというわけでもない人々に囲まれてとる夕食を、面倒にも感じた。疎外感を覚えるばかり、自分は一人だと思い知らされるばかりではないかと思った。だからと言って、断ることも出来はしない。

オーナーがワインの栓を抜き始めたとき、玄関に提げられているカウベルが賑《にぎ》やかに鳴った。寛子は、何気なく食堂の入り口に目をやった。すると、見覚えのある帽子を被った男がひょいと顔をのぞかせ、寛子に気づいて一瞬、驚いた表情を見せたが、そのまま「手、洗ってくるから」と姿を消した。オーナーは振り向きざまに「おう」と軽く答えた後、寛子の視線に気づいてか、わずかに微笑んでみせた。

「この辺りのこと、何でも手伝ってる男でね。うちでも、あれこれと頼んでるもんだから、まあ、スタッフみたいなもんです」

「ここの前の畑で仕事していらした方、ですよね」

寛子の言葉に、オーナーは「そうそう」と大きく頷く。大きな鍋《なべ》を抱えたオーナー夫人が厨房《ちゅうぼう》から現れ、大人たちのグラスにワインが満たされる頃、男は帽子を被ったままで、再び食堂に現れた。俯《うつむ》きがちに空いている席に着くと、そのまま黙っている。乾杯のときも、食事が始まってからも、彼は顔を上げなかった。

――食事のときくらい、取ればいいのに。

さっき、一瞬だけ見た感じでは、そう若くも、老《ふ》けてもいない男だったと思う。時折、オーナーから話しかけられて、小声で何やら答えている声からも、その口調からしても、少なくともオーナーよりは年下なのだろうと寛子は推測した。だが、寛子がいるから素気ないのか、それとも普段から愛想のない男なのか、他の人々が雑談を交わし、のんびりと箸《はし》を動かしている間も、彼はまったく顔を上げようとはしなかった。そして、一人でさっさと食事を済ませると、自分の食器だけを厨房に運んで、挨拶《あいさつ》もそこそこに出ていってしまった。

「——変わった方、ですね」

寛子がつい呟《つぶや》くと、ペンションの人々は気にも留めていない様子で、彼はいつもそうなのだと言った。

「あの、帽子も？」

「帽子は、まあ、取ったり取らなかったりだね」

「地元の方ですか？」

オーナー夫人が、彼女らしくもないと感じられる、素気ない口調で「ちがいます」と答えたとき、寛子は自分が話しすぎたことを感じた。ほんの一瞬、食卓に奇妙な空気が流れた。それを破ったのは、子どもたちだった。

「花火、したい！」

「今年はもう、さんざん、やったじゃないか」

「でも、残ってるのがあるよ。秋になったら、出来ないんでしょう？」

「じゃあ、風呂《ふろ》から出たらな」

「おばちゃんも一緒に、花火しよう？」

子どもの表情は、あくまでも無邪気だった。寛子は「おばちゃんも？」と答えながら、子どもにまで気遣われているようで、惨《みじ》めな気分になった。

それでもその夜、子どもたちに誘われるまま、寛子は涼しい風に吹かれて、何年ぶりか分からない花火をした。線香花火を分けてもらい、四方に飛び散る小さな火花を眺めるうち、寛子の思いは、再び平田へ戻っていった。

――こうなるのは、最初から分かっていた。

先行きのない関係などを続けていれば、いつか思ってもいないことを口走ったり、悪あがきをしたくなったり、不自然なままで保たれているバランスを、自分の手で崩したくなったりするに決まっている。そして、自分で自分を追い詰めて、息苦しくなるのだろう。それが分かっていながら、寛子は自分自身に対して幾度となく「楽しめばいいのよ」と言い聞かせ、二年の月日を過ごしてきたのだ。

――私は、どうなるのよ！

ここへ来る前、最後に平田と電話で話したとき、寛子はそう口走る自分に、自分で驚いていた。相手を責めるつもりなど、毛頭ありはしないのだ。平田の家庭を壊すつもりも、妻の座を乗っ取るつもりも、まるでない。それなのに、気がついたときには涙声で、そう訴えていた。そして、一度口にしてしまった以上は、後には退《ひ》けないような気分になった。

「おばちゃん？」

小さく震えながら落ちる火の玉を見送り、なおもぼんやりしていると、子どもが顔を覗《のぞ》き込んできた。寛子は、急に泣き出したいような気持ちになりながら、新しい花火を取り出した。

「——花火、綺麗《きれい》ねえ」

「綺麗だねえ」

二年という月日は、こういう関係には少しばかり長すぎたのかも知れない。いや、遊び慣れた女ならば、どうということもないのだろう。あとは、どう綺麗に片をつけるか、それを考えれば済むことなのかも知れない。だが、平凡な主婦であり続ける運を逃したばかりに、結果的に自立せざるを得なくなり、必要に迫られて肩肘《かたひじ》を張って暮らすうちに、結果として少しばかり垢抜《あかぬ》けて見えるようになっただけの寛子には、所詮は不倫など似合わないのだ。

平田は、確かに不足のある相手ではない。彼の存在が、寛子の気持ちをほぐし、励みとなり、支えともなった。忙しい合間を縫って逢うようになってからの寛子は、自分自身でも変わったと思う。実に久しぶりに人に甘えることを思い出し、温《ぬく》もりを味わい、声を出して笑うようにもなった。

——寛子は俺のものだ。

平田に囁《ささや》かれる度、寛子は満ち足りた気持ちになった。だが、彼がどれほどの誠意を見せたとしても、それすらもゲームの一環にすぎないことを、忘れてはならなかった。いくら寛子を必要だ、いつまでも離さないなどと言っても、それは、共に生きていきたいと思うような類《たぐい》のものではないのだ。

——彼を追い詰めて、見たくもない姿をさらさせる？

なるほど、それも一つの手だ。慌《あわ》てふためき、何とか取り繕おうとする、またはふてくされ、苛立《いらだ》ち、開き直る平田の姿など、見たくもない。だが、幻滅すれば、未練を残す必要もないだろう。

——でも、万に一つも。

彼が家庭を捨てると言い出したら？　それこそ、とんでもない話だ。裏切られた妻と三人の子どもに、どれほど恨まれるか分かったものではない。人のものを横取りすれば、自分も必ず同じ目に遭うということを、寛子は友人の姿を見、人の話を聞くにつけ、常日頃から確信していた。第一、本気で平田と所帯を持ちたいなどと望んでいるわけではないのだ。ただ、ではどうすればよいのかが、分からないだけだった。

3

翌朝、目が覚めると、窓の外の畑には、早くも例の帽子の男の姿があった。翌日も、翌々日も同様だった。あれ以来、夕食にも現れないが、寛子は何となく、その男のことを気に留めるようになっていた。

気をつけて見ていると、男はオーナーの言葉通り、どんな仕事でも請け負っているらしいことが分かった。こちらが退屈を持て余して散歩に出たり、少し離れた古い町まで足を延ばしたりしても、または買い出しに行くオーナーの車に乗せてもらって本屋に行く途中でも、必ずと言っていいほど、あの特徴のある帽子を見かけた。

「よく働く人ですね」

「ああ、あいつ？　そうねえ」

オーナーの返事は、常にそんな程度のものだった。夕食に呼ぶくらいだから、彼らがそれなりに親交を結んでいることは間違いがないと思うのに、その返事は妙に素気ないと思う。

「幾つくらいの方なんですか」

「見たまんま、だねえ」

「だって、ちょっとしか見えなかったわ。あの人、ほとんど下を向いたままで、まるで、帽子の庇《ひさし》で顔を隠してるみたいだったじゃないですか」

寛子が不満を洩《も》らすと、オーナーは髭面《ひげづら》をほころばせて、恥ずかしかったんでしょう、などと言った。

「うちらだけだと思ってたら、見たこともない綺麗な人がいたもんで、びっくりしたんじゃないかね」

それまでの会話から、寛子は自分が実際の年齢よりも、五、六歳は若い、三十そこそこに見られているらしいことを感じていた。だが、そんなお世辞に喜ぶ年齢ではない。ただ、何かをごまかされているような不快感だけを抱きながら、寛子は長いのか短いのか分からない、とにかく普段の生活とは時の流れ方がまるで異なっている空間に身を置いていた。

「――気になるかね」

「いいえ、別に」

まだわずかに青いすすきの穂の上を、赤とんぼの群が飛んでいくのが、そこここに見られる。確かに、寛子がここへ来て、わずか数日の間に、季節は見事に夏の疲れを拭《ぬぐ》い去り、土の匂《にお》いに代わって、微《かす》かに枯れ草の匂いが感じられるようになっていた。目に見える風景は、山も空も森も、その色彩をわずかに淡くして、ひっそりと静まって見える。このまま秋になるのかと思うと、やはり一人で過ごすのは心細い気がする。決断を下すのならば、まだ暑い頃でなければならなかったのだと、漠然とそんなことも考えた。

翌朝も、その翌朝も、男はやはり畑に出ていた。その朝は、夏が舞い戻ってきたかと思うくらいに、陽射《ひざ》しが強く感じられた。朝食の前に散歩をするつもりで、寛子はペンションを後にした。数を減らした蟬の声も、久しぶりに威勢良く聞こえる気がする。何気なく眺めていると、畑仕事をしていた男は、ふいに背筋を伸ばし、帽子を取って汗を拭いながら空を仰ぎ見ている。

「おはようございます！」

澄み渡った空気の中で、思いきって声をかけてみた。男は一瞬ぎょっとした顔になり、それから慌てたように軽く会釈《えしやく》をしてよこした。ほんの少しの間、考えて、寛子は躊躇《ためら》うことなく畑に足を踏み入れた。

「今日は、暑さがぶり返しそうね」

ただの気紛《きまぐ》れのつもりだった。額に手をかざし、朝陽を避けながら、寛子は男に近づいていった。彼は、「ああ」とも「うう」ともつかない返事をし、どことなく所在なげに手にした帽子を弄《もてあそ》んでいる。

「毎日、早いんですね」

「――することが、多いもんですから」

「方々のお手伝いをなさってるんですって？」

傍まで行って、改めて顔を見ると、男は表情こそは硬いものの、案外穏やかな目元の、端整な顔立ちをしていた。帽子の庇がかかるあたりは、それほど日焼けしていないが、あとは、実にいい色に焼けている。だが、よく見ると、その左の頬に、日焼けでも隠せないような、直径二センチほどのケロイド状の傷痕《きずあと》がある。寛子は、その傷痕を見て、奇妙な思いにとらわれた。確か、以前にも、こんな傷痕のある人を見たことがあるような気がしたのだ。

「――お客さん、ずいぶん長く、いるんですね」

「たまたま、長い休みが取れたものだから」

「何も、ないところでしょう」

でも、ここには住んでいたことがあるんですと言おうとして、はっとなった。傷痕があったのは、少年だった。寛子と同じ中学に通っていた少年の頬に、この男と同じ傷があったのだ。

「あの、地元の方なんですか？」

わずかに胸が高鳴るのを感じながら、寛子は改めて男の顔を見た。彼は、正面から寛子を見ないようにしながら、曖昧《あいまい》な口調で「いいや」と答える。声からも、顔つきからも、昔の面影は感じられない。だが確かに、その目元から鼻筋にかけての線が、寛子の記憶の中の少年と、だぶっているように思われた。

「もしかして――」

寛子が呟くと、男の表情が一層硬くなるのが感じられた。それでも寛子は、その男の顔から目をそらすことが出来なかった。

「名取さん、じゃないですか？」

今度こそ、男はぎょっとした顔になった。一瞬のうちに全身が強《こわ》ばったのが、隣にいても感じられた。男は、探るような目つきになり、恐る恐る寛子の方を見る。その目を見て、寛子はますます確信を深めた。

「やっぱり、名取さんでしょう？　北中の、二年のときに一組だった——」

「どうして——」

「私のこと、分かりません？　草野です。草野寛子。ほら、二年のときに同じクラスだった」

「草野って——あの、三年の終わりに転校した——」

呟くように言いながら、男の表情が瞬《またた》く間に変わっていった。畑の真ん中で、寛子は、思わず手を叩いて小さな歓声を上げてしまった。何ということだろう、こんな精神状態のときに、こんな場所で、中学生の頃、しかもほのかに思いを寄せていた相手と再会するとは。もしかしたら、これは運命の悪戯《いたずら》ではないだろうかと、そんなことさえ思いたくなるほどだった。

「本当に、草野か？」

名取は、未《いま》だに信じられないといった表情で、「へえ」と言ったまま、しげしげとこちらを見ている。収穫前の野菜に囲まれ、夏の盛りを思わせる陽射しを浴びながら、寛子は自分の身体《からだ》の中までが、緑色に染まっていくような気がした。こんな偶然もあるのか、それならば、この人生もまんざら捨てたものではないかも知れないと、そんな気になった。
「私、手紙くれるの、ずっと待ってたのよ」
瞬く間に少女の頃に戻って、つい拗《す》ねた声で言うと、名取は急に困惑した表情にな
り、わずかに口を尖《とが》らせて「ごめん」とうなだれた。卒業間近に転校してしまった寛
子は、引っ越すときに名取と文通の約束をしたのだ。寛子は、何通も手紙を出した。
だが、名取からは、とうとう一通も返事を受け取ることはなかった。
「一生懸命、書くには書くんだ。けどな、後から読み返すと、どうしても気に入らな
くて、結局、何回も書き直してるうちに、出しそびれた」
二十年も過ぎてから、そんな詫《わ》びの言葉を聞くことになるとは思わなかった。寛子
はくすくすと笑いながら、当時、毎日のように新しい住まいの郵便受けを覗いては、
ため息をついていたことを思い出した。あの頃、まさか自分が若くして未亡人などに
なり、この歳《とし》まで子どもも産まずにいるなんて、いや、それどころか、三十歳を過ぎ
る日がやってくるなんて、想像さえつかなかった。
「帽子を取ってくれなかったら、ずっと気がつかないところだったわ」
久しぶりに胸の躍る気分で、深々と息を吸い込みながら言うと、名取は照れたよう
な笑いを浮かべている。

「ずっと、こっちにいたの？」

「――中学を卒業して以来、ずっと戻ってなかった」

この辺りでは、少し出来のいい子どもならば、高校入学と同時に下宿生活になることを、寛子は思い出した。家から通える高校は、その当時、あまりレベルが高くなかったからだ。特に大学進学を望む子どもならば、必ずと言ってよいほど都市部にある高校を受験し、この町から離れていった。あの頃、確か名取は英語と数学の得意な少年だった。将来は、英語の生かせる仕事をしたいのだと、そんなことを言っていたような気がする。

――その彼が、どうして。

今の彼を見れば、当然そんな疑問が湧いてくる。だが、再会を果たした直後だというのに、すぐに「どうして」と聞くことは躊躇われた。寛子の上にだって、同じ年月が流れている。ひと言では説明できない、様々な事情があったのだろうということくらいは、容易に察しがついた。

「じゃあ、いつ戻ってきたの？」

「去年の――冬かな」

「お家《うち》の方は、お元気？　学校のときの皆なんかと、会ったりするの？」

それでも、次から次へと質問が出てくる。思い出したように、再び帽子を被《かぶ》り、手を動かし始めた名取の後をついて歩きながら、寛子は話し続けた。名取は、年老いた両親は、既に長男と同居するためによその町へ移り住んで久しいこと、以前の友だちとは、特に顔を合わせていないことなどを、言葉少なに答えた。

「俺が住んでた辺りには、行ってない。もう家もないし、用もないし。大体、町に残ってる奴《やつ》も、ほとんどいないだろう」

つまり、彼は昔の生活からはほとんど切り離されて、新しい住民が建てたペンションの並ぶ、この辺りだけを生活の場としているらしかった。寛子は、何となく割り切れない不自然さを感じながら、ただ「そう」と答えただけだった。とにかく、もっとゆっくり話をしたい。

「私、あと二、三日は、こっちにいるつもりなの。その後は、また東京へ戻るわ」

「――そうか。草野は、東京で暮らしてるのか」

「ねえ、時間を作れない？　せっかく、こうして会えたんだもの。もっと、いろんな話をしたいじゃない？」

名取は、作業の手を休めて少し考える顔をした後、日が暮れてからならば、時間は作れると答えた。

「――奥様は、出してくださる？」

「女房なんか、いるはずがないじゃないか。こんな生活してて」

自嘲《じちよう》的な笑みと共に言われて、予想はしていたものの、寛子は内心で胸を撫で下ろした。面倒事は、もうご免だ。

「それより、草野は？」

「夫や子どもがいたら、何日もこんな場所に一人で泊まってやしないわ」

今度は、寛子が皮肉っぽく笑う番だった。とにかく今夜、夕食を共にしようと約束して、寛子は畑を後にした。朝食の後でオーナー夫妻に、名取が幼なじみであることを告げると、彼らは揃《そろ》って「名取の？」と目を丸くした。

「偶然っていうのは、あるものなのねえ」

「そりゃあ、名取もさぞかし驚いたでしょう」

仕事の手を休めて、口々に言う彼らまで、わずかに近しい存在になったかのように感じられた。寛子は小さな興奮を抑えきれないまま、中学の頃の名取を語り、当時の思い出の二、三を披露した。勿論《もちろん》、文通のことなどは言わない。

「じゃあ、今夜はあいつも客扱いで、ディナーの用意をするかね」

「出来れば、どこかに食べに行きたいんですけど。車を貸していただければ、何なら私が運転してもいいですから」

寛子の言葉に、オーナーは少し考える顔になった後、「奴が、それでいいんなら」と頷《うなず》いた。その日は、久しぶりに平田のこともあまり思い出さず、心弾む思いで一日が過ぎていった。

——こういう気持ちに、なりたかった。

もしかすると、名取にすがることで、平田とのことを清算できるかも知れない。その先までを今、敢《あ》えて考える必要などない。とにかく、袋小路《ふくろこうじ》に入り込んだような自分の気持ちを、どこかに向けて吐き出すことさえ出来るなら、甘酸っぱい少女時代の思い出に頼るのも一つの方法だと、寛子は自分に言い聞かせた。

夕方を待ちわびて、数日ぶりに丁寧に化粧をすると、寛子は名取が迎えに来るのを待った。考えてみれば、向こうは真っ黒に日焼けして、泥だらけの服で来るかも知れないのにと思いながらも、そうせずにいられなかった。

4

その日、オーナーの車を借りて、名取と二人で乗り込むとき、オーナー夫妻はわざわざ見送りにまで出てきてくれた。

「くれぐれも、気をつけてね」

「あんまり遅くなるなよ」

まるで、子どもに対するような過保護な言葉に、寛子は照れ臭くもあり、おかしくもあった。ただ、幼なじみと再会して、食事に行くだけだというのに、彼らは車が走り出しても、まだこちらを見ていた。

「あんなに心配していただくほど、子どもでもないのに」

ハンドルを握り、思わず微笑みながら呟くと、助手席の名取は、泊まり客に何かがあっては困るからだろうと答えた。

「あら、名取くん、そんなに信用されてないの？」

つい悪戯っぽく隣を見れば、彼は慌てたように「ちがうよ」と答える。

「あの人たち、草野を心配してたからさ」

「心配？」

「いくら故郷《ふるさと》だからって、突然、一人でやってきたと思ったら、毎日何もしないで、ぶらぶらしてる女の客なんて、向こうから見れば、心配なものだろう」

そうかしら、と答えはしたものの、寛子は、なるほど、と納得していた。おまけに陰気な顔で、何か思い詰めたような様子さえあったとすれば、なおさらのことだ。だが、この旅は無駄ではなかった。こうして名取と再会できた、並んで会話を楽しむ相手が出来たというだけで、寛子は自分の内に新しい力が湧いてくるように感じていた。

——これで、何かの踏ん切りがつけられるかも知れない。

名取に道筋を指示されながら三十分ほども走って、やがて車は古い街道沿いに開けている小さな町の、わずかばかり店が立ち並んでいるうちの、こぢんまりとした小料理屋に着いた。

「あれだけ身体を動かしてると、お腹《なか》が空《す》くでしょう」

「そうでもないさ。三時には、おやつも食うから」

店には、四、五人の客がいるだけだった。小上がりに落ち着いて、改めて向かい合い、最初だけビールで乾杯をすると、寛子は自然に笑顔になってしまった。

「——何」

例の帽子は被ったままだが、あとは、こざっぱりとした服装に着替えてきた名取は、一見すると体育の教師か何かのように見えた。

「今朝、私が思いきって声をかけなかったら、こんな風に一緒に食事なんか出来なかったんだな、と思って」

「急に草野ですなんて言われても、俺には、ちょっと分からなかったよ」

ペンションに現れたときとは別人のように、打ち解けた表情になっている名取は、旨《うま》そうに喉《のど》を鳴らしながらビールを飲み、改めて寛子を見ている。

「私、そんなに変わったかしら。老けた？」

寛子は、恥ずかしくなって目を伏せながら、それでも笑顔で言った。

「よく見れば、昔とまるで変わらない。でも、まず君があんなところにいるなんて、考えもしなかったから」

二人は、思い出話に花を咲かせた。中学生の頃の名取は、色が白くて少しひ弱な感じのする、田舎町には似つかわしくない雰囲気を持った少年だった。

「あの頃は、女の子にまで、よくからかわれたよ。あんまり色が白いんで、気持ちが悪いなんて言われたこともあった」

「男子の中でも、名取くんに目をつけてる子がいるっていう、噂《うわさ》だったわよ」

「やめろよ、俺にはそんな趣味、ないよ」

あの頃は、そういえばと、次々に忘れていたことまで思い出して、二人はときには声を揃えて笑った。二十年の歳月が、彼を弱々しさなど微塵《みじん》も感じさせない男に変えていた。彼は、いいペースでグラスを傾け、途中からは日本酒に切り替えて、やがて帽子も外して、すっかりリラックスした様子になった。その、日焼けした名取の顔に、寛子は昔の面影を探し続けていた。

「草野は、結婚してないの」

「――一度はね、したのよ」

やがて、話題は現在のお互いのことに移ってきた。寛子は、わずかに迷った挙げ句、隠しても仕方がないと腹を決めて、自分のこれまでの人生を簡単に話し始めた。夫を亡くした話をすると、名取の瞳《ひとみ》にはわずかに動揺が走った。寛子は急いで「もう、過ぎたことなのよ」と微笑んで見せた。

「だから、苗字《みょうじ》は今でも夫の姓のままなの。草野に戻ると、何だか、何もかもなかったことになるような気がして――未練ていうわけでも、ないんだけど。たった二年くらいしか、一緒にいなかったしね」

黄色っぽい照明の下で、名取は「まあ、色々あるよな」と小さくため息をついた。何もない田舎町の、古い演歌が流れている鄙《ひな》びた小料理屋で、こんな話をするなんて、まるでドラマのようだと思いながら、寛子もため息をついた。人に話して聞かせると、改めて時の流れを感じる。何だか急に老け込んだ気がして、せっかく浮き立った気持ちが萎《な》えかかった。寛子は、そんな気分を奮い立たせるように、明るく「名取くんは?」と口調を変えた。

――ここで、自分に弾みをつけようと思ってる。私、この人と、どうにかなれればと思ってるんだ。

そうだ。老けたなどと感じている場合ではない。寛子は、決して嫌らしく見えないように細心の注意を払いながら、それでも瞳に力を込めて名取を見つめた。

「俺? そうだなあ」

彼は、饒舌《じょうぜつ》ではなかったが、不機嫌そうでもなく、ぽつり、ぽつりと自分のことを話し始めた。大学時代は登山ばかりしていたこと、その頃から就職するまで、ずっと東京の中野に住んでいたことなどを、彼は懐《なつ》かしそうに語った。

「その後も、ずっと東京?」

「ずっとでも、ないよ。サラリーマンだった頃には転勤もあったし、海外に行ってた時期もある。アメリカに半年と、ドイツに、四カ月、かな」

幼い頃の希望通り、彼は大学へ進み、その後は中堅クラスの商社に就職したという話だった。その頃に出逢っていればねえ、と寛子が言うと、彼はわずかに笑顔になった。その顔を見て、寛子は思わずひやりとなった。諦めとも冷笑ともつかない、それは、もはや名取が昔の彼ではないことを、何よりも如実《にょじつ》に物語っていると感じさせるに十分な、奇妙に不自然な笑みだった。

「波瀾《はらん》万丈は、草野だけじゃないってことさ」

「――そうね」

「とりあえず今は順調なんだろう？　なら、それでいいじゃないか」

自分については、これ以上、余計なことを聞くなよと、暗に言われている気がして、寛子は商社マンだった彼が、どういう事情から故郷へ戻ってきたのか、もう切り出すことが出来なくなった。もっとお互いの空白を埋めたい、もっと近付きたいと思うのに、名取から発散されている雰囲気は、明らかにそれ以上の質問を拒絶しようとしている。たまたま同じ中学で机を並べていたことがあり、わずかに幼い心が惹《ひ》かれあったことがあるとしても、それだけのこと。あれから今日まで、二人の上に流れた時間は、あまりにも違うのだろう。

「君の泊まってるペンションの旦那《だんな》ってさ」

ふいに名取が話題を変えた。寛子は、自分の内で広がっていく諦めを感じながら、静かに彼を見た。ついさっきまで、何かの望みを託したいなどと考えていたとも思えないほど、急速に気持ちが冷えていく。

「先輩なんだ。大学のサークルで一緒だった」

彼が、脱サラをしてペンションを経営したいと言い出したとき、この土地を紹介したのも、名取だということだった。

「東京なんかにいたって、いいことなんか何もありゃあしないしな。空気も景色も人間も、悪いものばっかりじゃないか」

寛子は、そこでも妙に肩すかしを食らった気分だった。寛子が名取と幼なじみだと分かってからも、オーナーは何も言っていなかった。それに、寛子の記憶の中の名取は、いつか東京に行くのだと、いつも瞳を輝かせていたはずだ。

「あそこに何がある？　裏切りと、嘘《うそ》と、見栄《みえ》と、そんなものばっかりだ。先輩は結局、そんな暮らしに嫌気がさしたんだろうな」

彼と同様、寛子だって上京した当時は、同じ思いを抱いていたものだ。それでも、いつしか慣れていった。まさか、この歳《とし》になって、そんな青臭い台詞《せりふ》を聞くことになるとは思っていなかった。

――私には無縁の人たちの話なんだ。明日か明後日を過ぎれば、きっともう二度と会わない人たちの話。

何故《なぜ》だか急に平田に逢いたいと思った。忙しいばかりを連発し、ときには疲れた顔で黙り込むことがあっても、彼は余計な文句も言わず、守るべきものを守っている。

仕事からも、家庭からも、都会の生活からも、逃げることがない。その上で、彼は寛子との関係を続けてきたのだ。

「草野も、疲れてきたんじゃないのか」

気がつくと、大分酔いの回ってきたらしい名取の視線は熱を帯びて、粘り着くようになっていた。寛子は、わざとその視線を外して、柔らかく頭を振った。

「ちょっとリフレッシュしたかったことは確かだけど。でも、私はもう東京の人間になっちゃってるわ」

もしかすると、名取も先輩の真似《まね》をして、ペンションでも建てるつもりなのだろうか、それならばそれで結構な話だ。だが、たとえばこれで、名取との関係がどうにかなったとしても、寛子は彼の傍で生きたいとは思わないだろうと思った。もしも、平田から遠ざかりたいばかりに、そんな馬鹿げた決心をしたら、それこそ生涯後悔するに違いない。

「あんまり遅くなると、オーナーが心配するかしら」

食事もあらかた済んで、話題も尽きた頃、寛子は自分から腰を浮かした。ほとんど泥酔《でいすい》に近い状態になっていた名取は何も言わず、勘定の際にも、寛子が「私が」と財布を取り出すのを黙って眺めているだけだった。先に、ふらふらと店から出ていく彼の後を、紺と蛍光イエローの帽子を持ちながら、寛子は急いで追った。

「帰りは、大丈夫ですか。どこまで帰るの」

見送りに出てきた店の主人から、簡単に道順を教わると、寛子は「私が運転しますから」と相手を安心させて、オーナー所有の車に乗り込んだ。

「お客さんの、車？」

「借り物なんです。私の泊まってるペンションの車。彼の、先輩なんですって」

車を出すまで、主人は、ずっと見送ってくれていた。この辺りの人には、まだそういう人情が残っているのかも知れない。すっかり酔っている名取は、呂律《ろれつ》の回らない口で、ただ「ごちそうさん」を繰り返していた。

――こんな人で、弾みをつけようと思ってたなんて。

柄にもなく、妙な期待を抱いた自分が滑稽《こっけい》に思えてならなかった。名取は、車が走り始めると、いかにも気持ちよさそうに欠伸《あくび》をし、すぐに鼾《いびき》をかき始めた。馬鹿馬鹿しさに、つい苦笑しそうになりながら、寛子はペンションまでの暗い道を走った。

「どう、話は弾んだかね」

宿に戻ると、オーナーが、出かけるときとは打って変わった落ち着いた様子で迎えに出てきた。そして、助手席で軽い鼾をかいている名取を見て、苦笑しながら「しょうがないな」と呟いた。

「せっかく、幼なじみと会えたっていうのに、無粋な奴だ。でも、石井さんだから、こんなに安心してるんですよ」

「さすがに先輩は、よくご存じなんですね。彼のこと」

嫌味を言うつもりはなかった。つい、相手の水臭さを皮肉りたい気持ちから出た言葉だった。

「こいつが、そう言いましたか。俺のことまで」

だが、オーナーは予想外に動揺した表情になり、慌《あわ》てて取り繕うような笑みを浮かべると、「まいったな」と頭をかいた。何も「まいる」必要などないではないか、何故、そんなにも自分を警戒するのだろうと思いながら、寛子は名取を揺り起こそうとするオーナーをその場に残して、自分だけ先に、建物に入ってしまった。まるで、気の進まない接待の後のように、心は重く、憂鬱《ゆううつ》な疲れ方をしていた。

――眠ってくれて、よかった。何もなくて。

ベッドに横たわりながら、寛子は自分がいかにも浅ましい計算をしていたこと、儚《はかな》い望みを託そうとしていたことを悔いていた。そして、何事もなかったことを、心から感謝した。

翌朝も、寛子がベッドから脱け出たときには、窓の外に名取の姿があった。前日に続いて、やはり陽射しが強い。相変わらず例の帽子を被って、彼は黙々と作業している。それでも、彼が常にこの窓を意識している気がして、寛子はすぐに窓辺から離れた。昨夜の、酒に酔って顔を紅潮させ、目を据わらせて東京の悪口を言い続けていたときの、彼の姿が蘇《よみがえ》る。思い出なんて、そんなものだと思いながらも、やはり、苦々しい気持ちは拭い切れなかった。

「さっき、名取さんが来て、石井さんはいつまでいるんだろうって、聞いていきましたよ」

二組だけ泊まっていた客に混ざって、一人で朝食をとっていると、オーナー夫人が意味ありげな笑顔で話しかけてきた。出来れば今夜は、皆でバーベキューをしたいと彼が言い出していると聞かされて、寛子は曖昧に頷《うなず》くより他になかった。本当は、そろそろ帰ろうかと思っている。休暇はまだ残っているが、もはや、古ぼけた思い出しか残っていないこの地にとどまっている理由は、見つからなかった。

「どっちみち、もうすぐ東京へ帰られるんでしょうから、お別れパーティーになるかも知れないけど。ほら、今日も暑いみたいだし、外でやるには、最後のチャンスかも知れないでしょう？」

そこまで熱心に言われれば、断る理由はなかった。寛子は、オーナーたちの心遣いに感謝の言葉を言ったものの、途端に憂鬱になっていた。

――逆戻りしても、何の解決にもなりはしない。

過去になど、戻れるはずもない。そんなところに救いを求めれば、余計に疲れて面倒なことになる。それを、思い知っただけだった。

午前中いっぱい、普段と変わらずに過ごしながら、寛子はまだ迷っていた。昼食を済ませて部屋に戻り、昼寝でもしようか、それとも荷造りをするべきかと考えているときだった。砂利を飛ばして走ってくる、数台の車の音がしたかと思うと、にわかに階下が慌ただしくなった。やけに騒がしい客が来たものだと思いながら、聞くでもなく階下の様子を窺《うかが》っていると、「だめぇっ！」という悲鳴が響いた。寛子は、弾《はじ》かれたように立ち上がり、窓から顔を出した。いつもの帽子を被った名取と、エプロンをつけたままのオーナーが、どちらもワイシャツ姿の男に両脇《りょうわき》から挟まれて、車体の屋根に赤く点滅するランプのついている車に向かって歩いていくところだった。

「うちの人は、悪くないっ！　やめてぇっ！」

再び悲鳴が聞こえた。寛子は部屋を飛び出して、階段を駆け下りた。その間に、今度はサイレンを鳴らして、二台の車はもう砂利道を走り去っていた。

「何？　どうしたんですかっ」

玄関先で、呆然《ぼうぜん》と立ちすくんでいるオーナー夫人は蒼白《そうはく》な顔で、「だから、言ったのに」と呟《つぶや》いた。

「――あんな人をかくまうなって」

「あの、何が――」

「馬鹿なのよっ！　油断して食事になんか行くから。せっかく今まで逃げ果《おお》せてきたっていうのに！」

それだけ言って、彼女はその場に泣き崩れた。何が何だか分からないまま、寛子は遠ざかるサイレンの音を聞いていた。外は、飛び交う赤とんぼが似合わないくらいに、夏の盛りを思わせる陽射しに満ちていた。


「――もしもし？」

「どこにいるんだ」

「――ちょっと、田舎に帰ってたの」

「何だ――心配したじゃないか。あんな風に、急に怒り出したと思ったら、突然いなくなるんだから」

「今夜、帰るわ」

「よかった――じゃあ、今夜、行くよ」

「仕事は？　大丈夫なの？」

「馬鹿。心配してたんだぞ。田舎に帰るなら、そう言えばいいのに」

「言ったら、追いかけてきてくれた？」

「――とにかく、早く帰ってこいよ。話はそれからだ」

「――そうね」

「お互いに、納得のいくようにしよう、な」

「すごい話があるの。幼なじみがね、人を殺して指名手配されてたのよ。私、何も知らなくて――」

「分かった、分かった。その話も後で聞くから。早く帰ってこいよ」

Eメール

1

瀬戸内際《ぎわ》の町だから、さぞかし気候も穏やかで、師走《しわす》といってもうららかに違いないと勝手に思い込んでいたことを、町に降り立つなり後悔していた。再開発が進んでいるのか、がらんとした印象の駅前には埃《ほこり》が巻き上がり、遮るものもないために、鋭い寒風がまともに斬《き》りつけてくる。

――ここが、あの人の暮らす町。

ひっそりとした駅前に立ち、少しの間、辺りを見回してから、彼女はコートの襟をかき合わせた。彼が来ているはずがない。待ち合わせの時間までには、まだ二時間ほど余裕があった。待ち合わせの時間を決めた後になって、急に柳井《やない》の町を一人で歩いてみたい気になり、予定よりも早く来たのだ。

柳井の話は、学生時代によく聞かされていた。古い商都、室町の頃から形成され、今に受け継がれているという古い町割りに、白壁の家々が続く。柳井という地名は、般若姫《はんにゃひめ》伝説に由来しているという。

　今から約千四百年ほど前というから、およそ聖徳太子の時代、豊後《ぶんご》の国、真野長者の娘般若姫が、京へ上る途中でこの地に上陸し水を求めた。村人が清冽《せいれつ》な湧《わ》き水を差し上げ、その水がたいへんにおいしかったため、般若姫は返礼に不老長寿の楊枝《ようじ》を井戸の傍に挿していった。すると、その楊枝が一夜にして芽を吹き、やがて大きな柳の木に生長したというものだ。その柳と井戸との伝説から、柳井という地名が生まれたといわれている。

　――静かなところだよ。時間がゆっくり流れてる。

　あの頃、彼はよくそんな言い方をした。駅の正面から延びる広い道を歩きながら、彼女は、昔の顔を思い出していた。自分がどちらに向かい、何を目指して歩いているのかも分からない。だが、適当に歩いてみるだけで、彼女の知らない彼の人生の一端が窺《うかが》えるのではないか、そんな気がしていた。

　広い通りに車は少ない。やがて真《ま》っ直《す》ぐに延びる道は川を越えた。橋の上から眺めると、駅前に広がっていたものとはずい分異なる、しっとりとした落ち着いた町並みが見えた。この川が柳井川だろうかと、彼女はまた古い記憶をたどってみた。不思議だった。この頃では、互いの住んでいる地域の話題など出たこともなく、まるですぐ傍に住んでいるような気でいたから、柳井という地名さえ、ほとんど思い出すこともなかったのだ。彼が柳井に住んでいるということを、頭では分かってはいても実感として伝わってくることはなかった。

それが、Eメールの特徴かも知れない。彼女は常に、自宅のパソコンから彼の言葉を取り出すだけなのだ。だからこそ、二人の距離など、ほとんど感じなかったのに違いない。

彼女が暇にあかせてパソコン教室に足を運んだのは、二年ほど前のことだ。夫だけでなく、子どもたちまでが自由自在に扱っているものを、自分は触れることさえ出来ないのは何とも情けない気がした。一人だけが置いてけぼりを食うようでは困るとも思った。何より、子どもたちが成長するにつれ、食卓の話題にも事欠くようになってきて、とにかく共通の話題を見つけ出したいという思いもあった。

教室では簡単なワープロ入力や、家計簿のつけ方なども習ったが、何よりも興味をひかれたのがインターネットだった。日中、または夫の帰りの遅い夜、彼女は何時間でもパソコンに向かうようになり、電話回線を通して広がる世界の広さにため息をついた。そして、Eメールと呼ばれる手紙のやり取りを覚えた。お互いのメールアドレスさえ分かれば、世界中のどこにいる相手とでも書簡を往復させることが出来る。パソコン教室で出来た友人などとアドレスを教えあい、彼女は少女の頃に戻ったような気分で、不器用にパソコンのキーボードを叩《たた》くようになった。

ちょうどそんな頃、大学の同窓会に出たという旧友から、彼の消息を聞いたのだ。彼女は出席しなかったが、友人は、彼からもらったという名刺を見せてくれた。

「メールくれって言ってたわよ。皆に名刺を配ってたから、あなたもメールしてみれば？」

彼女と彼の過去を知っている友人は、半ば試すような目つきでそう言った。今さらメールのやり取りなどする理由がないと思ったが、それでも一応メールアドレスだけは控えた。覚えたてでメールを交わす友人が欲しいときだったし、顔も見ず、声すら聞かないままで相手の消息を知るくらいなら、どうということもないだろうと思ったからだ。第一、同窓会に出席しづらいのは、彼にも原因がある。改めて、懐《なつ》かしい友として挨拶《あいさつ》を交わせるようにさえなれば、他の友人たちと会うことに何の躊躇《ちゅうちょ》も必要ないのだ。

数日後、少し迷った挙げ句に送信したメールに返事が来た。受信リストの発信元に彼の名前を見つけたとき、彼女は自分でも不思議なほどに胸の高鳴りを覚えた。

『メールありがとう！　びっくりしたよ』

彼からのメールは、そんな文章で始まっていた。どういうこともない活字体の文なのに、快活な彼の雰囲気が伝わってくるようで、彼女は何度もそのメールを読み返した。彼は、先日の同窓会で彼女に会えなかったのは残念だと書いていた。すべては昔のことなのだから、気軽に近況報告などが出来ればと思っていたのにと。

それから、彼との「文通」が始まった。一週間か十日に一度ずつ交わされるメールは、最初の頃は少しばかり他人行儀で気詰まりなものだったが、やがて、懐かしい日々の思い出を語り、最近の出来事を報告しあう内容になっていった。

2

橋を渡って、さらに少し歩くと、小さな四つ角に行き当たった。角に、いかにも明治時代のものらしい洋館が建っている。脇《わき》に国木田独歩の碑があって、さらにその横に観光地図の看板も立っていた。霧囲気から察すると、昔は銀行か何かだったのだろうが、今は観光案内所になっている様子だ。彼女は「白壁の町並み」と書かれている地図を眺め、そこから左右に延びる道を歩き始めた。

道は、緩やかに弧を描いている。そこは以前、彼から何度も聞かされていたとおりの古い町並みだった。焼き杉の腰板に白壁の家が続く。倉敷の家並みとも異なる、重厚で清々《すがすが》しい、いかにも古い商都らしい佇《たたず》まいが広がっていた。震えるほどの寒さが、不思議と似合う道筋だった。どれほどの風雪にも耐えてきた、自信に裏づけられた落ち着きがあった。

道を行き来するうち、やがて「むろやの園」と立て札のある家を見つけた。かつての油問屋の屋敷跡だという。間口はさほど広くないのに、足を踏み入れてみると、建物は奥へ奥へと続いており、別棟や蔵まであって、迷いそうなほどに広い。そこここに実際に使用されていた物が残されており、豪商の暮らし向きが十分に窺えるようになっていた。実際に油を搾《しぼ》っていた道具を展示して、その工程を示している場所もあれば、古い箱膳《はこぜん》や食器の残っている部屋もある。小間使いたちが寝起きしたという棟もあった。蔵には、趣味人だった何代目かの主人が集めたのか、古い絵看板や、戦道具までが残っていた。中庭には苔《こけ》むした庭石などがさり気なく置かれていて、その家の古さを物語っていた。

——一番、栄えたのは江戸時代だと思うんだ。今は少しずつ、ゆっくりと衰退してるんだよな。

また、以前の彼の言葉を思い出した。彼女は、そんな町には行きたくないと思ったものだ。古いばかりで刺激も少ないという、そんな町で暮らすことなど、自分には到底無理だと思った。互いにそろそろ卒業後のことを考えなければならない時期、彼は静かな口調で、自分は故郷へ帰るつもりだと告げた。彼女は彼と生きる夢を、少しの涙と一緒に流し去った。二十年以上も前の話だ。

道筋は、時折小さなスクーターや軽トラックが通るから、地元の人たちにとっては、ごく当たり前の生活道路なのだと分かる。だが、無駄な看板も電柱もなく、ところどころにガス灯が立つ石畳の道は、彼女の日常からはあまりにも隔たって感じられた。いつの間にか曇ってきて、雪でも降りそうな気配だ。そんな空の下に広がる白と黒の町並みの中に、突然、赤い色が目を引いた。

古い家並みに軒を連ねる土産物店の軒先で、三匹の金魚提灯《ちょうちん》が揺れていた。寒風を受けて、三匹ともが一斉に同じ方向を向いて大きく長い尾ひれを揺らし、愛嬌《あいきょう》のある顔を右へ、左へと向けている。その提灯は、彼女も見覚えがあった。二人が恋人同士だった頃、彼が帰郷した折に買ってきてくれたことがある。青森のねぶたをヒントにしていると聞いた記憶があるが、竹ひごと和紙で出来ている提灯は金魚の姿も愛らしく、何かにびっくりしたような顔をしていて、彼女はずい分長い間、自分の部屋の片隅に下げていた。

金魚提灯の下がった店は、喫茶店を兼ねていた。やっと身体《からだ》を暖められる。彼女は躊躇《ためら》うことなく店に入ることにした。暖かく静かな店内では、片隅で初老の職人が実際に金魚提灯を作っていた。店には三角餅《もち》や甘露醬油《じょうゆ》といった柳井の名産、柳井縞《じま》の小物などが並んでいて、その奥が喫茶店になっている。ゆっくりと土産物を見ながら奥の席に座ると、彼女はようやく一息入れることが出来た。自分は今、柳井にいる。名前以外、何も知らなかった町に来ている。それが、やはり不思議だった。

――こういう風景に囲まれて育ったら。

温かいコーヒーを飲み、身体が徐々に暖まっていくのを感じながら、彼女はふと、そんなことを考えた。この古い町並みを眺め、静寂と落ち着きに包まれて、ゆったりとした時の流れの中で育ったら――それらは、今の彼女や、彼女の子どもたちにはすべて無縁のものだ。窓の外には、定規で引いたように無機的な団地群が見えるばかり、信号がなければ渡ることも出来ない幹線道路は、車の騒音に加えて、パトカーや救急車のサイレンもひっきりなしだ。家の中でも、テレビゲームの電子音や流行《はや》りの音楽、テレビの音や電話のベル、様々なアラーム音などが常にどこかで鳴っている。それが、彼女の抱える現実だった。

もしかすると、彼女はこの町で暮らし、この風景の中で子どもたちを育てていたのかも知れない。あの頃は、とんでもないと思ったものだが、年月を経て、実際にこうして訪ねてみると、その方が良かったのではないかという気にもさせられる。

『今は全部、いい思い出になってる。だから君も、今の自分の人生を大切にしなきゃ。僕でよかったら、いつでも君の話を聞こう。僕は、ずっと君の味方でいるから』

他愛《たわい》ない会話のやり取りが何カ月続いたことだろうか。あるとき、彼女はちょっとした愚痴を書いた。その返事のメールに、彼はそう書いて寄越した。

――味方。

そのひと言が、不思議なくらいに胸にしみた。そして、自分がどれほどの孤独を抱えているかということに、初めて気づいた。実際、もうずい分以前から、彼女は自分の居場所が分からない気分になっていたのだ。たとえ家庭という場所にいてさえ、味方になってくれる人などいない、そんな気がし始めていた。

長い間こらえていた感情が、一気に噴き出すようだった。彼女は、自分の生活について、夫や子どもたちについて、事細かに書き始めた。当時、夫が浮気をしていることを知って、どうにもならない不安定な気持ちになっていたことも確かだ。それも、初めてというわけではない。実家の母などは、知らん顔をするのが賢い妻だと言うから、自分もそのつもりではいるが、いつでも素知らぬ顔をして、次から次へと相手を替えては浮気しているらしい夫に、本当は、腹が立ってならなかった。

『相手が一人っていうんなら少しは心配だろうが、次から次っていうのは、遊びに違いないんだ。君なら大丈夫。ダンナだって、きっと君の大切さに気づくから』

そんな返事を読んで、彼女は何度も気持ちを奮い立たせた。いつの間にか、夫よりも彼の方を頼りにしている自分を感じないわけにはいかなかった。

3

――やっぱり、あなたと一緒になるんだった。

その思いは、メールの数が増えるにつれて、彼女の中で大きく膨らんでいった。今となっては、彼からのメールだけを支えにして、やっと生活している気がする。ことにこの半年ほどは、彼は前にも増して細やかな気遣いを示してくれるようになっていた。夫に対する思いだけでなく、子どもたちや近所の某《なにがし》に対するものまで、彼は丁寧に彼女の思いの一つ一つに答えを与え、彼女の考えは間違っていないこと、自信を持って良いことなどを繰り返し書いてくれた。こんなに人の気持ちを理解する人だっただろうか、別れてからの歳月が、彼をここまで変えたのかと、彼女はますます彼を求めるようになった。だが、「今さら」と思われるようなことだけは書かなかった。文字にして送ってしまえば、もう自分の気持ちに歯止めがきかなくなる。だから、それだけは書くまいと自分に言い聞かせていた。

身体が暖まったところで、彼女は再び外へ出た。すぐ先に、「柳井」の由来となっている井戸と柳の木のある湘江庵《しょうこうあん》があった。本当に柳と井戸があるのかと驚きながら、それにしても、千年以上も生えているにしては、ずい分華奢《きゃしゃ》な柳だと思って眺めていると、見知らぬ老人が、この柳は初代の柳から数えて数代目なのだと教えてくれた。小さな寺の境内は、すっきりとして明るく、井戸の傍ではヤツデがつややかな葉を広げていた。

瞬《また》く間に、待ち合わせの時間が近づいていた。彼女は、にわかに緊張が高まるのを覚えながら、駅に向かって戻り始めた。

会いたいと言い出したのは、彼女の方だ。今さら、どうなろうというのではない。ただ、今の彼が、果たしてどんな様子になっているか、是非とも見てみたい気持ちになった。勿論《もちろん》、彼が故郷に戻った後で結婚していることは彼女だって知っている。その家庭に波風を立てるつもりも、毛頭ありはしなかった。ただ会うだけでいい。会って、顔を見て話をしたい。それだけだった。彼も、彼女の提案には賛成してくれた。

だが、彼女の住む街でなくとも、せめてお互いの中間点で会うことは出来ないかという彼女に、彼は、会うからには是非とも柳井まで来て欲しいと言ってきた。とても日帰りで往復出来る距離ではないから、彼女はずい分迷った。夫に何と言い訳をしたら良いか、子どもたちの食事の世話はどうしようかと考えると、容易に決められる話ではない。

『生涯に一度のことかも知れない。だからこの機会に、是非とも柳井を見せたいんだ。見てほしいものがある』

彼の方も頑固だった。結局、一カ月以上もかけてメールをやり取りした結果、一晩だけ実家の母に来てもらうことにして、彼女は柳井行きを決心した。

駅前まで戻り、彼女は冷たい風に吹き飛ばされそうになりながら、時計の針を見つめていた。徐々に心臓が高鳴ってくる。あれほどメールのやり取りはしてきても、声ひとつ聞いているわけではないのだ。顔を見ても分からなかったらどうしよう、とんでもなく醜悪な中年男になっていたらどうしようかと、次々に不安が頭をもたげてくる。その一方では、今夜が運命を分ける夜になるかも知れないという気もしていた。お互いに子どもではない、背負っているものがあると分かっていながら、心を止められなくなったら、どうしよう。

「あの——」

ふいに背後から声をかけられた。風に髪を乱しながら、化粧気のない女性が立っている。女性は、彼女の名前を確かめ、それから、丁寧に彼の妻であることを名乗った。

「奥様でいらっしゃいますか？　あら、まあ」

期待にふわふわと揺れていた気持ちが、いっぺんにぺしゃりとつぶれた。懸命に笑顔を作り、丁寧に頭を下げながら、彼女は無性に腹が立ち始めていた。何も、女房を迎えに寄越すことなどないではないか。

「遠くまで、よくいらしていただきました」

だが、彼女の気持ちなど知るはずもない彼の妻は、飾り気のない笑みを浮かべて、「寒かったでしょう」などと続ける。そして、彼女の手から小さな旅行鞄《かばん》を受け取り、すたすたと歩き始めた。

「ご主人様は、今日は、お仕事か何かでいらっしゃいますか？」

平日であることは確かだ。だが、今日という日取りは、彼と連絡を取り合って決めた。彼が、今日を指定した。急用だと言われても、容易に引き下がるつもりになどなれない。第一、何時間かけてここまで来たと思っているのだと言いたかった。

「取りあえず、落ち着いてから、ご説明しますから」

彼女は、何となく嫌な気分になりながら、その人に従うより他なかった。

4

案内されたのは、町の外れにある新しい家だった。広々とした敷地は、都会暮らしでは容易に手に入らないほどに見えたし、玄関に足を踏み入れるなり、その明るさと新しい家の匂《にお》いとに、彼女は少なからず打ちのめされた。彼は、こうして自分の幸福を見せつけるつもりなのだろうか、彼女と共に歩む人生を選ばなかったことが、これだけの成果を生んだのだと、暗に伝えたかったのだろうかと思った。

「あの――今日は私、お詫《わ》びをしなければなりません」

応接間に通され、コーヒーを出された後、彼の妻は切り出した。彼女よりも二、三歳若いくらいだろうか。よく見ると、どこか疲れた顔をして、その上、思い詰めたように一点を見つめている。ひょっとして、自分がその原因になっているのではないかということに考えが至り、彼女はとっさに身構える姿勢になった。

――この人は、会わせない気なんだわ。

夫が昔の恋人に会うことを、喜ぶ妻がいるはずがない。彼が話したのか、それとも彼女がメールを盗み見たのか、とにかく今日、彼女は彼に会うことはかなわない。そう思った。

「ご主人様は――」

「申し訳ありません」

案の定、彼の妻は深々と頭を下げる。彼女は気持ちを落ち着けるために出されたコーヒーをひと口飲んだ。

「どうして、頭をお下げになるんですか？　私の方こそ、ご主人と勝手にお目にかかろうとしていたんですから――」

「違うんです。あの――違うんです」

顔を上げて、彼の妻はひどく恐縮した表情になり、膝《ひざ》の上に置いた手を懸命にもみ合わせている。

「主人には、会っていただきたいと思っています。そのために、わざわざお越しいただいたんですし、ご無理を申しまして、本当に」

言葉の意味が、もう一つ呑《の》み込めない。彼女は改めて彼の妻を見た。彼の妻は、小さく息を吐き出してから、すっと立ち上がった。「こちらへ」と言ってソファーを回りこむ。促されて、彼女も立ち上がった。次の部屋につながる引き戸を、彼の妻はそっと引いた。

目の前に広がったのは、明るい和室だった。青畳と線香の匂いが混ざり合っている。その正面に、大きな仏壇がしつらえられており、さらにその脇《わき》には、白木の祭壇があった。骨壺《こつつぼ》。香炉。位牌《いはい》。遺影——額縁の中で、男が笑っていた。目尻《めじり》に皺《しわ》を寄せて、いかにも楽しげに笑っている、それは、彼に違いなかった。彼女は、胸を衝《つ》かれたような衝撃を受け、ただその写真に見入った。

「——いつ、ですか」

思わず和室に上がり込み、そろそろと遺影に近づきながら、彼女は呟《つぶや》くように口を開いた。

「半年前になります。今日が、ちょうど——月命日です」

「半年？　半年も前に？　だって、私——」

祭壇の前にへたり込むように膝をつく。間違いなく、それは彼だった。確かに年は重ねたけれど、若い頃とほとんど変わって見えない。快活で、穏やかで、人なつこい、彼に違いなかった。

「ですから、お詫びしなければなりません。あの人の、言いつけだったんです」

背後から、彼の妻の声がした。彼女は、頭が痺《しび》れたような感覚のまま、ゆっくりと振り返った。

「昨年、同窓会に出た時は、癌《がん》だって分かった直後だったんです。あの人にしてみれば、昔のお友だちに最後のお別れをするつもりだったのかも知れません」

彼の妻は、淡々と、ゆっくりと語った。

彼の癌は発見された段階で、既にかなり進行していたのだという。それでも彼は、家族のためにも生き抜いてみせると言っていたのだそうだ。だが、一度は退院したものの、その後、転移が発見され、十カ月ほど前に再入院することになった。

「病院にも、パソコンを持っていっていました。これがあれば、一人でも退屈しないなんて言っていたんです」

彼の癌は食い止めることが出来なかった。病状は悪化の一途をたどった。そして、彼はある日、苦しい息の中から、彼女とのメールのことを打ち明けた。

「何かと悩んでるらしいから、話し相手になってやってくれって言われました。自分の病気のことは絶対に知られたくない、代わりに、メールを書いて欲しいって」

彼の妻は、何が何だか分からないまま、これまで彼が彼女と取り交わしたメールのすべてを読んだのだそうだ。最初は、どうして自分が、夫の昔の恋人に、そんなことまでしなければならないのかと腹も立ったが、彼女からのメールを読むにつれ、自分と同じように悩み、話し相手を求めてもがいている彼女と自分が、非常に近しいように感じられるようになった。

「だますつもりなんか、ありませんでした。ただ、あなたにメールを書いているときだけは、ああ、あの人だったら何て言うかしら、どう答えるかしらなんて考えられて、そうするうちに、あの人が自分の中に入ってきてくれるような気もして、何だか嬉《うれ》しくて――それに、私も日頃のことは忘れて、ああ、悩んでるのは私だけじゃない、苦しいのは私だけじゃないって思うことが出来て、つい、言い出せないままでした」

半年前といえば、彼からのメールの文面が急に細やかになり、彼女の気持ちを察する言葉が溢れ始めた頃だ。現実には、彼の葬儀を出し、看病に疲れ切り、一番救いを求めていたときに違いないのに、そんなときに、この人は彼女の愚痴に付き合い、ひたすら彼の代わりにメールを送ってくれていたことになる。

目頭を押さえ、ただ俯《うつむ》いている彼の妻を、彼女は呆然《ぼうぜん》と眺めていた。何というお人《ひと》好《よ》しなのだ。何と、彼を愛してきた人なのだろうか。

「――お線香、あげさせてください」

彼女は、改めて彼の遺影に向かった。

――あなた、素敵な人と一緒になったのねえ。私なんかより、ずっと素敵。でも、水くさい。私には病気のことも言わないで。

喉元《のどもと》に熱いものがこみ上げてくる。自分には何も言わないで、とっくに逝《い》ってしまっていた彼に、恨めしい気持ちがないわけではなかった。だが、その心遣いだけは、素直に受け取ることが出来た。

「お二人のメールを拝見していて、あの人の若い頃のことも分かりました。自分のことは棚に上げて、お宅のご主人のことをあれこれ言うのが、おかしかったこともあります」

「自分のことはって、じゃあ、彼も？」

思わず振り返ると、彼の妻は悪戯《いたずら》っぽい表情でため息をついて見せた。

「病気にならなかったら、今頃は離婚していたかも知れません。大喧嘩《おおげんか》なんて、しょっちゅうだったんですから」

彼女は、遺影の中の彼と彼の妻とを見比べて、ぽかんとなった。

「――嘘《うそ》つきねえ。ああ、あなたのことじゃなくて、彼が」

ため息混じりに呟くと、彼の妻は初めて親しげな表情になって「ねえ」と小首を傾《かし》げて見せた。どちらからともなく、つい笑ってしまいながら、彼女は、この人とはずっとメールをやり取りするのだろうと考えていた。

水_{すい}

虎_こ

1

お盆が過ぎたらえんこに引かれるぞ。だから、海に入ってはだめだ。

えんこって何さ。

えんこはなあ、水虎《すいこ》さまと同じやろ。

水虎さまって、どんなもの。見たことあるの。

さあなあ、一度でも見たものは、みぃんな死ぬんやから、だぁれも生きて戻れんようになるんやから。

海って、そんなものが棲《す》んでるの。

海にはなあ、陸地に住むものには分からんようなものが、ようけ棲んどるよ。お盆が過ぎて、土用波がたつ頃はな、魔物が浜の傍までも、やってきよるんやろ——。

幼い頃、靖孝《やすたか》は祖母からよくそんな話を聞かされた。水虎は人を海に引き込む。人の舌を食ってしまうという。青く、どこまでも澄み渡っている海に、人を引きずり込む魔物が棲んでいるという話は、幼い靖孝を怯《おび》えさせるのに十分だった。

毎年、祖母が「水虎さま」の話を口にし始める頃、海はにわかに波が高くなり、吹き渡る風さえも変わってくる。それは、楽しかった夏休みがもう残り少ないことを意味しており、すなわち両親の待つ都会の狭い団地へ戻らなければならないときが近づいているということだった。

やがて祖母が亡《な》くなってしばらくしてから、「えんこ」とは猿猴《えんこう》のことだと知った。猿猴にしても水虎にしても、河童《かっぱ》と同じような役どころというのか、いずれにせよ想像上の動物だという。旧盆が過ぎて土用波がたつ頃には、海は突然荒れ始める。昔の人が海の事故を防ぐために、また、海の神秘を説くために言い伝えてきた不可思議な生き物は、地方によっては盆に戻ってきた死人の霊であるとか、海で死んだ人の魂であるとも言われている。

2

圭介《けいすけ》から電話がかかってきたのは、一年半ぶりのことだった。

「土橋くん、います？」

最初にその声を聞いたとき、靖孝は声の主が圭介であるとも気づかずに、澄ました声で「土橋は私ですが」と答えたものだ。それくらいに、靖孝の頭からは、圭介のことなど、きれいさっぱり消え去っていた。

だが、相手が圭介であると分かった途端に、靖孝は穏やかでない気分にさせられた。あの圭介が、またもや連絡をよこした。しばらくは、なりをひそめてくれていたから、こちらも安心していられたのに、急に電話をよこすなんて一体どういう風の吹き回しかと思うと、早くも嫌な予感がした。

「やっとつかまった。おまえ、忙しいみたいだな。いつ電話しても、まるっきり、いねえんだから」

「ああ、悪い。電話、くれてたんだ」

「してたさ。いくら待ってたって、おまえからはかかってこねえんだもんな」

受話器に向かって「悪い悪い」と笑ってみせながら、靖孝は、あの圭介がそんなにも熱心に自分と連絡をとりたがっていたとすると、これは、またもや面倒なことになるかも知れないと思わざるを得ない。それでも今夜の予定を聞かれて、つい素直に九時以降は暇だと答えると、圭介は即座に「じゃあ、今晩会おうぜ」と言った。

「それとも、明日の方がいいか？」

――今日じゃなかったら明日か。

いつでもせっかちで自分勝手、それが圭介だ。結局、とっさに断る理由も見つからないまま、相手の言いなりに待ち合わせの場所を決めた後、靖孝はふう、とため息をつきながら事務所の電話を切った。そうか、あの圭介が、また連絡をよこしたか――そう考えただけで、どうしたってため息が出る。

「土橋先生！」

事務所を出たところで、甲高い声が廊下に響いた。靖孝は、浮かない気分のままで振り返り、声の主が分かると途端に笑顔を作った。

「先生、ちょっとお話があって」

ピンク色の水泳キャップを被《かぶ》って小股《こまた》でよちよちと近づいてきたのは、半年ほど前から通ってきている主婦だ。

「やあ、高木さん。どうしたの。次の時間でしょう？」

靖孝が愛想のいい笑顔で答えると、高木という、そろそろ四十に手が届こうとしている彼女は、まだ濡《ぬ》れていない水着の胸元を手で隠しながら、妙な内股で身体《からだ》をくねらせる。

「先生、あの、私、今日もばた足をしなきゃ、いけません？」

「どうして？」

「私ね、先生。先生。先週も、帰りに足がつりましたの。ばた足がねえ、もう、疲れちゃうんですもの。自転車に乗って帰るんですけどね、途中で急に、こう——」

内心で舌打ちをしながら、それでも靖孝は笑顔を崩さなかった。何しろ、相手は「お客様」だ。たとえ先生と呼ばれても、それを忘れてはならない。厳しいことを言って生徒を減らしては、靖孝の方が上から睨《にら》まれることになる。

「高木さん、せっかく上達してきたところじゃない。それに、ほら、足だって細くなってきたし」

靖孝が言うと、高木はぱっと表情を輝かせて「そうかしら」と自分の足元を見る。靖孝は大袈裟《おおげさ》なほどに目を見開き、ゆっくりと頷《うなず》いた。

「ばた足はね、いちばんカロリーを消費するんだからね。余計な筋肉なんか、つけたくないんだったら、まずばた足だけは続けようよ、ね？　準備運動とクールダウンさえ、しっかりやってもらえれば、足はつらないはずだから」

うっすらと脂肪の乗った丸い肩に手を置くと、高木は「うふふ」と笑う。靖孝は、さらににっこりしながら「さあ、時間ですよ」とその肩を軽く叩《たた》いた。彼女は媚《こび》を含んだ顔で靖孝の顔を覗《のぞ》き込みながら、なおも「でも」などと渋ってみせる。

「大丈夫ですって。僕が指導するんだから心配いらないでしょう、ね？　一緒に頑張ろうよ」

　半分拗ねた様子で、やっと頷き、大きな尻《しり》を振りながらプールへ戻っていく主婦の後ろ姿を見送りながら、靖孝はまたもや小さくため息をついた。いつも通りにプールサイドに集まっている主婦たちに、やがて高木が合流するのがガラス越しに見える。彼女たちは、年齢こそは二十六の靖孝より十も二十も上だったが、その騒がしさは女子高生と変わりがない。うるさくて、熱心でもない彼女たちの相手をするのは、実のところはうんざりだと思う。

　——我慢だ。これは仕事なんだから。

　大好きな海に潜り続ける以上は、その程度のことは辛抱しなければならない。靖孝の本業は、実際はスキューバ・ダイビングのインストラクターだった。だが、それだけでは簡単に生活は成り立たない。だからこそ、水泳が上達してきた生徒に声をかけて、ダイビング・クラブの方の生徒を増やすためにも、少しでも多くの、あらゆる国のあらゆる海に潜るためにも、水泳のコーチというのは貴重な収入源であり、大切な仕事だった。

深呼吸を一つして、首から下げている笛をくわえながら、プールに向かう。

「皆さん、こんにちはぁ。いつもの通り、準備運動から始めましょう！」

昼下がりの時間帯、プールは主婦たちに席巻《せっけん》される。教えながらでも眠くなりそうな、柔らかく、気怠《けだる》い時間が流れていく。その時間帯は特に初級のクラスだったから、靖孝は準備運動に時間をかけ、それから始まる一連の指導をしながら、やはり圭介のことを考えていた。

——迷惑ってほどのことじゃあ、ない。

気がつくと、自分にそう言い聞かせている。別に憂鬱《ゆううつ》なわけではない。ただ、少しばかり余計なエネルギーを消費しなければならないだろうという、そんな予感がついため息をつかせるのだ。何しろ、相手は圭介だ。

妊娠しているかのようにぽってりと腹の出た主婦の身体を水中で支え、笛を吹き、ばた足の手本をやって見せながら、靖孝は圭介のことを考え続けた。主婦の時間帯が過ぎれば、今度は子どもの教室が始まる。その次は、社会人向けの教室だ。水泳教室に限らず、スポーツクラブのインストラクターとは、ある意味で人気商売のようなところがある。主婦や子どもたちは、コーチの好き嫌いを露骨に態度に出すし、それが、こちらの収入にも大いに影響を及ぼす。優しい、面白い、頼もしい。それが人気の秘《ひ》訣《けつ》だった。陽気で気のいい男と言われている靖孝は、なかなかの人気を保っている。——だけど、俺だって、そうそうヤツのペースにばっかり巻き込まれてるわけにいかない。

迷惑ではない、嫌いでもない。だが、何となく憂鬱になる。それが、出会ってから八年にもなろうとする、圭介への正直な気持ちだった。

3

「水くせえよな、声を聞いても分からねえなんて」

だが、約束の時間に現れた圭介の、日に焼けた笑顔を見た瞬間、靖孝はさっきまでの憂鬱など忘れたように「よう」と笑いかけていた。挨拶《あいさつ》もそこそこに、「暑いなあ、脳味噌《のうみそ》まで煮えちまいそうだ」などと言う圭介は、長い髪をしきりにかき上げながら、靖孝の方を見もせずに、「腹ぺこなんだ」と続ける。つい昨日も会ったばかりのような仕草に、靖孝も何の抵抗もなく「俺も」と答えていた。結局、二人はそういう関係だった。そうやって、この八年間つき合ってきたのだ。

——だから、俺ってダメなんだよな。

こういうのを腐れ縁とでもいうのだろうか。

もう、うんざりだ、こんな野郎とはつき合えないと思ったことは数え切れないのに、少しでも間があくと、結局またこうして会っている。しかも、この時間から圭介の酒につき合えば、帰りが深夜になることは目に見えていながら、いつの間にかビールで乾杯することになっているのだ。靖孝は、いつもながら自分のふがいなさに苦笑しないわけにいかなかった。

「ここんとこ、役作りで切れなかったんだ。鬱陶しくてまいったぜ」

ビールの旨《うま》い季節だった。一日中プールに浸《つ》かっていて、その間は気にもならなかったが、少しでも動けばすぐにじっとりと汗ばんでくる。

「確かに、暑そうだな」

長い髪をかき上げる圭介を眺めながら、靖孝は改めて「ドラマ？」と聞いた。細面の圭介に、その髪型は案外似合っているとは思う。

「いや、舞台」

「何だよ、教えてくれたら観《み》に行ったのに」

靖孝が眉《まゆ》をひそめると圭介は、「来てもらうほどの役でもねえよ」と口の端だけで微《かす》かに笑う。靖孝は何と答えればよいのか分からなくて、一瞬口を噤《つぐ》んでしまった。

Tシャツにジーパンという出で立《いでた》ちからは、彼の生活をうかがい知ることは出来ない。だが、相変わらずの売れない役者生活を続けているのだとすれば、そうそう楽な暮らしはしていないのに違いない。

「俺らの世界も不況でよ。結構、キツいわ」

案の定、彼は自分からそう言った。だが、言葉ほどには深刻そうでもなく、煙草《たばこ》を取り出しながらにやにやと笑っている。その笑顔を見て、靖孝は安心した。ああ、これが圭介だと思う。不敵な、自信に満ちた笑顔は、一年半前とまるで変わることがない。その過剰なまでの自意識がある限りは、彼は大丈夫だと靖孝は信じていた。第一、こうして普通の居酒屋に座っているだけのことなのに、圭介は見事なほどに自分が役者であることを意識し、常にポーズを考えているのだ。もしも自分を知らない人間がいたら、そちらの方が愚かなのだと言わんばかりに、彼の仕草は堂に入ったものがあった。彼はいつでも自信に満ち、確かに靖孝も二枚目だと認めるその顔で、周囲をゆっくりと見回していた。そんな彼の口から「貧乏でいやになっちまう」などという言葉が発せられているとは、誰も思うまい。

「でも、食ってはいけてるんだろう?」

「まあ、こうしてるくらいだからな」

いつかは、皆があっと驚くようなスターになる。昔の友だちなど、そう簡単に近寄ってもこられないような存在になってみせるというのが、昔からの圭介の口癖だった。同じ高校を卒業して、共に上京した当時、圭介と靖孝は、飽きることを知らずに互いの夢を語り合ったものだ。片方は世界に通用する俳優に、もう片方は同じく世界的なスタントマンになる夢を。

「おまえは?」

「ああ、俺は、相変わらず」

高校時代は、体育会系の靖孝と軟派の圭介では接点もなく、口をきいたこともなかったのだが、ほとんどの生徒が大学進学を目指す中で、自分の才能と実力だけで生きていきたい、しかも表現方法は違っても、互いにショウ・ビジネスの世界で生きることを目指していると知ったときから、二人は急速に接近した。

——俺だったら、ああいう芝居はしねえんだけどな。監督も、あいつの良さを引き出してねえよ。

——だけどさ、日本映画で、アクション・シーンにあそこまで金をかけてるのなんて、ないもんなあ。やっぱり、映画はアメリカだな。

上京した当時は年がら年中連れだって映画館に足を運び、二人は飽きもせずに演技やスタントの話をした。あの日から、かれこれ八年の月日が流れようとしている。

「相変わらず、河童みてえな生活か」

　圭介の言葉に、つい苦笑しながら、靖孝は簡単に近況を報告した。現在は三つのスポーツクラブをかけ持ちで教えているのだと言うと、圭介は目を丸くして「そんなに儲《もう》けてどうするんだよ」と言った。

「潜るには、それなりにかかるからさ。出来れば年に一、二度は海外で潜りたいし、行きたいところは山ほどあるし」

「まあ、結構な話だけどな。それも夢だし。いいもんだろうよ、世界をまたにかけるダイバーってのも」

　言葉の端々に、最初の夢を捨て去った者への、わずかな軽蔑《けいべつ》と、それなりに安定した収入があることへの微かな恨めしさを感じないこともない。靖孝は、暗に責められている気分になりながら、自分でも卑屈と分かる笑い方をした。

　——だけど、じゃあ、おまえのはどうなんだ。少しでも夢に近づいてるのかよ。

　靖孝だって、上京してきた当時はスタントマンの養成所に籍を置いて、本気でアメリカで修業したいとも思っていた。だが、やがて自分の弱点に気がついた。とにかく、高いところが怖い。それに加えて火が怖いのだ。そんなことでは、爆発炎上シーンや飛び降り、宙づりシーンなどの演技は出来ないということになる。どう頑張っても、ただの憧《あこが》れだけでは、その恐怖は克服出来なかった。だから、一年が過ぎたところであっさりと見切りをつけてしまったのだ。

「それで？　何か、用だったか」

久しぶりに会ったというのに嫌味ばかり言われるのではかなわない。話題を変えるつもりで、靖孝の方から切り出すと、圭介は思い出したように目を瞬《しばたた》き、「まあ、そうなんだ」と呟いた。そして、ビールのジョッキを空け、一つ舌打ちをしてから、妙な含み笑いを見せる。

――始まったぞ。

その笑顔を見ただけで、靖孝は身構える気分になった。いつだってそうなのだ。普段はクールな二枚目を気取っているくせに、人に何かを頼もうというときには、突然甘ったれた表情になる。その都度、靖孝は面倒なことに巻き込まれてきた。女との別れ話につき合わされたり、暴力団まがいの連中との金銭トラブルに巻き込まれたり、今となっては笑い話だが、実に冷や汗ものだったことだって数えきれない。

「俺に、ダイビング教えてくれねえか」

ところが、圭介の申し出を聞いて、靖孝は拍子抜けした気分になった。そうか、圭介も潜りたくなったのか、海の素晴らしさに触れたくなったのかと、心の底をくすぐられたような嬉《うれ》しさがこみ上げてきそうになる。ところが、次のひと言が、靖孝のそんな気持ちを、いとも簡単に打ち消した。

「今度、オーディションがある」

「――――」

「水中カメラマンの役でさ、主役ってわけじゃねえんだけど、結構、いい役なんだよ。だけど、ダイビングの出来る奴《やつ》じゃなきゃ、ダメだっていう話でさ」

一年半前のことが蘇《よみがえ》る。今日の今日まで、靖孝から圭介に連絡をせずにいたのは、一年半前のことが心に引っかかっていたからだった。

あのときも、圭介は今夜と同じように突然電話をよこして、「水泳を教えてくれ」と言い出した。そのときまで、靖孝は彼がまるっきりのカナヅチだということを知らなかった。時間がない、泳ぎは適当でも構わないから、とにかく飛び込みが綺麗《きれい》に出来て、そのまま余裕の笑顔で水面に浮かび上がれる、その程度の状態にして欲しいと、圭介は言った。

――なあ、頼むよ。俺、水に顔がつけられねえんだ。だけど、今度の役はチャンスなんだよ。伸《の》るか反《そ》るかなんだ。

靖孝は、圭介のチャンスのためならばと、当時勤めていたスポーツクラブに頼み込み、鍵《かぎ》を借りて、深夜まで必死で飛び込みを教えたものだ。飛び込んだ先から、歩いてプールサイドへ戻ってくるような真似《まね》はさせられないからと、水泳も教えた。ひと通り美しく泳げるようにさせるためには、時間はあまりにも少なく、圭介の水泳のセンスは皆無だった。それでも、何とか格好だけはつくようになったのだ。

——それで、オーディション当日に遅刻したんだよな、こいつは。

おまけに礼のひと言もなかったばかりか、やれ風邪をひいただの、耳がおかしくなっただの、後からそんな文句まで言われて、靖孝は言葉を失った。あのときは靖孝だって睡眠不足が続いて、ずいぶん辛《つら》い思いをしたのだ。なのに、圭介ときたら、そんなことなどつゆほども気にかけていない様子で「あの役は、最初から俺には向いてなかった」と言っただけだった。

「今回はさ、監督もプロデューサーも、すげえ推してくれてるんだ。イメージにぴったりだって、言ってくれてるんだよ」

あの頃のことなど、何も覚えていないのだろうか。圭介は、とにかく必死に訴える表情で靖孝を見つめている。だが、一応は役者なのだから、それくらいの表情は簡単に作れるだろうと、靖孝の中では意地の悪い考えが浮かんでしまう。

「もしもオーディションに受かったら、本当にでかいチャンスなんだ。おまえにだって、今までの借りを返せる」

「――貸しなんか、別に、いいけどさ」

　靖孝だって、スクリーンやブラウン管を通して圭介を見る日のことを幾度となく想像してきた。あいつは俺のダチなのだと、人に自慢したいと思ってきた。いつまでも、ろくに台詞《せりふ》もないような通行人程度の役でなく、彼がきちんとアップで映り、台詞を言うところを見たいと願ってはいる。

「映画、なんだ。出来が良かったら、カンヌにも持っていきたいって、そういう話なんだよ」

「――映画、か」

　それから、圭介は熱心にストーリーの話を始めた。海が舞台になっていると聞いただけで、靖孝はつい彼の話に引き込まれていった。

「こう、さ。死体を発見したりもするんだ。海底に重石《おもし》をつけられてな、ゆらゆらと漂う美女を見つけるだろう？　そして、話が展開してくんだ。水の中の演技なんてよ、考えただけで、ぞくぞくするよな」

　圭介は、もう映画の世界に浸りきっている表情で、熱心に話し続ける。聞きながら、いつしか靖孝も彼の話すシーンを思い浮かべていた。海草のように長い髪をなびかせながら、海水のブルーを通し、ちりばめられたような陽の光を浴びている蒼白《そうはく》の美女。砂はあくまでも白く、沈黙の世界では無数の魚が自由に泳ぎ回っている。幻想的な美しいシーンに違いないと思う。

──まあ、実際の土左衛門を出すわけにはいかないんだろうし。

つい、そんなことまで考えたとき、圭介がぐっと身を乗り出してきた。

「俺、その話を聞いたときに、真っ先におまえを思い出した。だから、ここんとこずっと電話してたんだ」

ふいに現実に引き戻されて、だが、靖孝は渋面を作らないわけにいかなかった。目の前で圭介が必死になればなるほど、こちらの不安は大きくなる。

「おまえ──あれから、少しは泳いでるの」

「少しは──やってるさ」

案の定、圭介は急に仏頂面《ぶっちょうづら》になった。

あの時、靖孝は確かに二十五メートルは泳げるようにしてやったと思う。だが、それも休み休みでのことだ。あれから一年半、まるで泳いでいないとすると、ほとんど最初から指導し直さなければならないのは確実だった。

「だけど、今度は潜る方なんだしさ、息継ぎの心配なんか、ないわけだろう？」

最近は海外などで簡単にライセンスを取得出来るから、スキューバ・ダイビングは誰にでも楽しめる簡単なレジャーだと思われている。確かに民間のクラブによっては、実に簡単にライセンスをくれるところもあった。

「そりゃあ、潜るときはタンクをつけるけど、おまえ、潜れるくらいに深い海まで、どうやって行くんだ」

「船で行くに決まってるだろうが」

「ばた足もろくすっぽ出来なくて、水面に上がるときには、どうする？　何かあったときには、どうするんだ？　どうやって移動する？　海の中で、ただ沈んでるわけにはいかないんだぞ」

真剣にスキューバ・ダイビングをしたいと考えるなら、二百メートルは泳げなければ困る。潜るのだから泳げなくても関係ないという考えは、少なくとも真剣に潜りたい人間には通用しない。しかも、映画の話を聞いた限りでは、それ相応に潜れなければ、とても通用しそうにはなかった。

「何で、二百メートルも泳ぐ必要があるんだよ」

だが圭介は途端に苛立《いらだ》った顔になり、「泳げって言われれば、泳ぐけどさ」と虚勢を張った。それでも靖孝がいい顔をしないと、今度は眉根をぐっと寄せて、いかにも哀願する表情になる。

「なあ、頼むよ。オーディションは八月の頭なんだ。あと二週間しかねえんだよ。これから海外に行く余裕なんか、時間的にも金銭的にも、あるわけねえんだってば」

「二週間？　たった二週間で、潜れるようにしてくれっていうのか？　ほとんどカナヅチのおまえを？」

靖孝は、頭を抱えそうになりながら悲鳴に近い声を上げた。勿論《もちろん》、ある程度泳げる人間ならば、不可能な時間ではない。しかも、靖孝にだって仕事がある。圭介につきっきりで教えている暇はない。

「なあ、本当にチャンスなんだ。俺、今度の役が取れなかったら、役者は諦《あきら》めようかとも思ってるんだよ」

身を乗り出して何度も言われて、靖孝は、ただため息をつくより他になかった。その台詞も、一年半前に聞いたのと同じものだった。

4

靖孝の所属しているダイビング・クラブでは、スキューバ・ダイビングの初級のライセンスであるオープン・ウォーターを取得するには、各々《おのおの》八時間の学科とプール実習、それに六本の海洋実習が必要とされている。学科とプールの実習では、スキューバ・ダイビングのおおよその理論を知り、海や波の特性、重い機材を背負って潜水する、基礎の基礎を学ぶ。海洋実習は、海上に浮かべたボートから入るのではなく、ビーチ・エントリーという形で浜辺から歩いて海に入り、水深十八メートルまで潜る。そこでマスク内の水を出すマスク・クリアや耳抜き、機材脱着などを学ぶのだが、初心者の場合、どうしても呼吸が乱れがちなため、エアーの消耗も激しいから、一本のダイビングはおよそ三十分というところだろう。それが無事にこなせて、ようやくオープン・ウォーターが取得出来る。

「プールと学科で十六時間もかかるのか」

　靖孝が簡単な説明をした段階で、圭介は再び顔をしかめ、苛立った表情に戻った。だが、靖孝も今度ばかりは安請け合いは出来ないから、出来ることならば諦めて欲しいと願いながら説明を続けた。

「だけど、その映画の設定だと、普通のボートから入るダイビング・シーンを撮るんだろう？　それに、カメラマンの役ならタンクの他に、もっと荷物が増えるし、手を自由に使えなくなる。その上で、水の中である程度自由に動けなきゃならないっていうことなんだぞ」

圭介は口を尖《とが》らせたままで、いかにも不愉快そうに、しきりに煙草を吸い続けている。今度は靖孝が身を乗り出す番だった。

「ボート・ダイビングやコンパス・ナビゲーションていうのは、アドヴァンスド・オープン・ウォーターを取得するときに必要な技術、つまり、オープン・ウォーターがクリア出来てなきゃ、とても無理だってことなんだ」

「まじかよ。皆、もっと呑気《のんき》にやってるように見えるじゃないかよ。本当に、そんなに面倒なのか？」

「そりゃあ、そうだ。当たり前じゃないか、普通には息の出来ない世界に入ろうっていうんだぞ」

大体、昔から、圭介には何でも楽をして近道を行こうとする癖がある。役者になるのならば、どんな役でもこなせるように準備しておいた方がよいのではないかと、靖孝は以前から何度も忠告してきた。だが、せっかくやる気になったとしても、日舞も、ジャズダンスも、フェンシングも、殺陣《たて》も乗馬も空手も、何をやっても長続きしない、それが圭介だ。

「そのへんの小娘だってやってるようなことじゃないか」

「そのへんの小娘が、軽い気持ちで手を出しては失敗してるんだよ。ライセンスを出す方は簡単だけどな、それで生命《いのち》を落とすのは本人なんだから」

靖孝は、すっかり臍《へそ》を曲げて苛立っている圭介の眼差《まなざ》しを撥《は》ね返し、うんざりしたように舌打ちをしてみせた。

「それでもライセンスだけ必要だっていうんなら、国内の安いツアーでも探してさ、行ってこいよ。それが演技の役に立つかどうかなんて、俺は知らないけどね」

こっちだってわざわざ自分から面倒事には巻き込まれたくないと、靖孝はいつになくはっきりと言った。すると圭介は途端に慌《あわ》てた表情で首を振った。

「ライセンスのためなんかじゃないってことは、おまえだって分かってるだろう？なあ、頼む。おまえしか頼る相手はいねえんだよ。おまえだから、こうして頭を下げてるんだ、なあ」

不遜《ふそん》な態度を崩したことのない圭介は、言うが早いか両手をテーブルについて、大きく頭を下げた。長い髪が乱れて、食い残しの料理に触れた。

「やめろよ。髪の毛がついてるよ」

「なあ、頼む！　俺にチャンスをくれよ」

「分かったから、頭を上げろって」

「教えるって言ってくれ！　そうじゃなきゃ、頭なんか上げねえぞ。何だったら、この場で土下座だってするからなっ」

こんな圭介を見るのは初めてだった。困惑しながらも、靖孝は、自分の中にわずかばかりの優越感が広がっていくのを感じていた。これまでの圭介が、いつだって靖孝を、挫折《ざせつ》した男、夢を捨てた男としてしか見てこなかったのは、靖孝だって感じていた。それが今、こんなふうに頭を下げられるということは、何よりも彼が、現在の靖孝を認めている証拠だという気がした。

「こう見えても、俺だってプロだからさあ、頼まれれば、そりゃあ、出来ないことはないけどなあ」

「だから、頼んでるんじゃないか。なあ、きっかけさえ摑《つか》めれば、俺は絶対にビッグになるんだ、な？」

「――俺だって、圭介のチャンスならな、応援したいさ」

傲慢《ごうまん》で、自分勝手な奴には違いない。だが、何かの縁でこうしてつながっている友人だった。プライドと自意識の塊のような圭介が、こうして頭を下げるからには、今度こそ本気なのだと信じたい。

「――ったく。どうしてもっと早く連絡してこねえんだよ、おまえは。いつだって、そうなんだから」

結局、最低でも百メートル以上は泳げるようになることを条件に、靖孝は圭介の申し出を受け入れることになった。下げっ放しだった頭を上げたときには、圭介はすっかり顔を紅潮させ、髪の先にはチーズとトマトソースをつけていた。

「俺、明日からさっそく、おまえのクラブに行くからさ。仕事が終わるのって、何時だ？　ああ、ウェットスーツとか、色々と必要になるんだよな？　そういうものも、おまえなら詳しいんでしょ？」

圭介は、途端に上機嫌になり、それから一人でぺらぺらと話し始めた。

――また、やられちまった。

つまり、靖孝は明日になったら自分の勤務する水泳教室のどれかに頭を下げて、鍵を預からせてもらわなければならず、さらに、知り合いのショップにかけ合って、格安でウェットスーツを作る算段をし、その他の機材を借り出す手配をして、最低三泊は出来るダイバー向けの宿を確保し、それから、今度の休みに入れてあったダイビングの予定をキャンセルして、受け持つことになっていたツアーからも外してもらわなければならないということだ。

「やっぱり、持つべきものは友だちだ、なあ」

こちらの気も知らず、圭介は少年の日と変わらない笑顔で煙草をくゆらせている。

「——二週間、か」

「俺の未来は、おまえが握ってるようなものなんだからな。頼りにしてるぜ、コーチ！」

外見はどんなアクションもこなせそうな体格の二枚目なのに、実のところは運動神経はからきしという圭介を、明日からどう指導したものか。それにしても自分のお人《ひと》好《よ》しにも呆《あき》れたものだと思いながら、靖孝はひたすら上機嫌ではしゃぐ圭介を前に、今日、何度目か分からないため息をついていた。

そして、翌日から短期集中訓練が始まった。約束通りに現れた圭介は、その意気込みを示すかのように、髪を短く切っていた。靖孝は、今度こそは彼も本気になっているらしいと思い、胸を撫《な》で下ろした。取りあえず水泳の指導から始まり、次いで学科を一時間、それから再び一時間、今度はプール実習を行う。

「きっついなあ」

「文句言うな。時間がないんだから」

ぜえぜえと息を切らす圭介にわざと冷たく言い放ち、靖孝は人気《ひとけ》のないプールに大声を響かせて指導をした。一体、どういう方法で筋肉をつけてきたのか知らないが、見た目は精悍《せいかん》そのものに見える圭介は身体も固い上に、水に対する恐怖心が強いせいか、なかなか全身の力が抜けない。口からも鼻からも水を吸い込んで、彼はすぐに咳《せ》き込み、プールの真ん中で立ち上がった。

「休むなよ。ほら、続けて。目線は前、前だ！」

　靖孝が怒鳴ると、最初のうちこそ反抗的な視線をよこした圭介も、最後の方ではこちらを見る余裕すら失った。それでも、休んでいる暇はない。泳ぎ終わったらマッサージをしてやって疲れが残らないようにして、また深夜に泳ぐ。その特訓は十日間、休みなしに続けられた。これまで何をするにも文句を言うタイプだった圭介も、さすがに今度ばかりは素直に靖孝の指導に従った。

　そして予定の十日が過ぎる頃、靖孝も驚くほど圭介の水泳の腕は上達した。心なしか顔つきまで精悍に見え始めた圭介に、靖孝は満足していた。

「やれば出来るじゃないか」

「まあな、俺が本気になれば、こんなもんだ」

　最終的に、圭介は休むことなく軽く百五十メートルは泳げるようになっていた。そして十一日目に、靖孝は彼を伴って、自分の車で西伊豆へ向かうことにした。初心者のダイブは一日二本がせいぜいだ。六本潜らなければならないということは、順調にいっても三日間は要するということになる。

「だけど、ここまでくれば、一安心だ。あとは不慮の事故さえ起こらなけりゃあ、おまえは立派なダイバー仲間になるよ」

季節はまさに夏の盛りだった。

「任せとけって。見てろよ。他の連中をあっと言わせてやる」

水泳に自信がついたことで、圭介はすっかり余裕が出来たらしく、いつもの生意気な彼に戻っていた。それこそが圭介らしさなのだと、靖孝は改めて発見していた。しょげ返り、陰気な顔をしているのは、やはり圭介には似合わない。

——こんなヤツだけど。役者がいちばん向いてるのかもな。

少なくとも自分が指導する以上、スキューバの腕でオーディションを落とされることなど、あってたまるものかと思う。海に向かって、ひたすらハンドルを握りながら、靖孝は必ず圭介を合格させてやろうと心に誓っていた。

5

八月に入ると、圭介からはぱたりと音沙汰《おとさた》がなくなった。オーディションの結果を気にしながら、もしも悪い結果が出たのならば、こちらから聞くのも嫌なものだと考えて、靖孝は自分から電話も出来ないままに日々を過ごした。

——あの馬鹿《ばか》野郎。都合のいいときばっかり連絡してこないで、結果の報告くらいしろよな。

一日に数回は、そんな思いが頭をよぎる。その都度、お祭り騒ぎのように慌ただしく過ぎた二週間のことを思い出した。今にして思えば、まるで夢のような日々だった。だが、ほとんどカナヅチに近かった圭介を、短期間で自由に泳げるようにしてやり、さらに海に潜れるようにまでしてやった経験は、靖孝にとっても充実した、よい思い出になったと思う。

——そうでも思わなきゃ、腹が立つばかりだ。

折しも夏休みの真っ最中だった。通常のスケジュールに加えて短期の子ども水泳教室なども増えて、靖孝の毎日はまさしく目の回る忙しさだった。

「こら、プールサイドを走るな！」

「潜ったら駄目だって、言ってるだろうっ」

「目を洗え、目を！」

何度注意しても、方々から子どもたちの黄色い声が響き渡る日々は靖孝を普段よりも消耗させる。自分の内にどんどんとストレスがたまるのを感じながら、早く秋になれ、秋になって人が減ったら、俺はまた潜りに行くと、そればかりを念じている矢先に、ようやく圭介から連絡が入った。

「おまえ、夏休みはないの」

先日の礼を言うわけでもなく、靖孝の耳に届いたのは、まずそんな台詞だった。子どもたちの声に包まれて、ただでさえ苛々が募っていた靖孝はとっさに怒りがこみ上げてきた。

「――明日と明後日だけど」

「二日だけか。で、どっか、行くのか」

相変わらずの口調に、ますます怒りがこみ上げてくる。思わず受話器に向かって「お前なあ」と声を荒らげそうになったとき、「海にでも行かねえか」という言葉が聞こえた。靖孝の弱点を、相手は確実に把握しているのに違いなかった。海に行きたい。潜らなくてもいいから、せめて潮風にあたりたい。一日でも、いや半日でも、このガキどもの声から解放されたかった。そして、気がついたときには、「いいよ」と答えてしまっていた。

「あれな。こっちから断ったよ。馬鹿馬鹿しくて、やってられねえよ、まったく」

翌朝、待ち合わせの場所に車で迎えに行くと、靖孝はまずオーディションの結果を聞かされた。「駄目だった」というひと言に続けて、圭介は、思い出すのも不愉快だという顔つきで、あの仕事の話は、実は自分から蹴《け》ったのだとつけ加えた。靖孝は一瞬、呆気《あっけ》にとられ、「何で」と聞き返すのが精一杯だった。

「まあ、よくあることなんだけどさ、要するに、俺が狙《ねら》ってた役っていうのは、最初から配役が決まってたってことだ。で、俺は、水中カメラマンの助手のよ、『はい』しか言わねえ役だってよ」

「それで、断ったのか」

海に向かってハンドルを握りながら、つい先日のことが蘇った。あのときは靖孝だって必死だった。何としてでも圭介にチャンスを与えたい、売れる糸口を摑んで欲しいと思ったからこそ、自分も疲れ果てながら彼の申し出を受けたのではないか。

「今さらだぜ、顔も映らねえような、頭数を揃《そろ》えるだけの役なんか取って、どうしようっていうの、え？　この俺が、ぽっと出の半馬鹿野郎に、役の上だけでも『はい、はい』なんて頭、下げられると思うか？」

そういう問題ではない。本気でチャンスが欲しいのならば、どんな役にでもありつくべきではないかと、靖孝は思った。いくらプライドを振りかざしたところで、現に圭介には役がつかないではないか。この世の中で、役者としての圭介を知っている人などいないに等しいのだ。

——だから、おまえは駄目なんだよ。おまえには謙虚さってものがないんだ。

都心を抜け、高速を乗り継ぐ間、靖孝は沈黙を守り続けた。このままでは、彼は一生うだつが上がらないだろう。二十六になるまで定職にもつかずにきた、ただのろくでなしということだ。

「まあ、だけどよ、ライセンスは無駄にはしねえさ。これで俺もいっぱしの海の男ってことだからさ。いざとなったら、インストラクターにでもなるか」

「——に、でも、か。それも、いいかもな」

精一杯の嫌みも通じない。圭介の、その無神経で短絡的なところ、辛抱のきかないところ、考えの甘さ。すべてが歯がゆさを通り越して、もはや怒る気にもならない。

「いいと思わねえ？　そうしたら俺ら二人で海外でさ、クラブを開くって手もあるよな。で、日本から来る馬鹿娘を相手に儲けるんだ」

どこかで懲《こ》らしめなければ駄目だ。目を覚まさせなければいけない。圭介には根本的に謙虚さ、真摯《しんし》さが欠けている。する気もなく、出来もしないことを喋《しゃべ》り続けている圭介の隣で、靖孝はひたすら考え続けていた。少しはお灸《きゅう》を据える必要がある。この、意味もなく高くなりすぎた鼻をへし折ってやりたかった。

目的の海に着くと、靖孝は波打ち際《ぎわ》からかなり離れた岩場に落ち着こうと提案した。寝ている間に荷物を波にさらわれても困るし、砂がついては後が面倒だからだと説明すると、圭介は「遠いじゃねえか」と渋い顔をした。

「お盆も過ぎたことだし、クラゲが打ち寄せられてくる可能性もあるからさ。顔なんか刺されたら、困るだろう」

そのひと言がきいた。顔は役者の生命《いのち》だ。圭介はあっさり靖孝の提案を受け入れ、海を見下ろす岩場に寝転んだ。そこは海水浴客もまばらな、実に静かな一角だった。少し離れれば数軒の「海の家」も出てはいるのだが、靖孝たちの眼下には、ただ打ち寄せる波が広がっているばかりだ。

「さすがだな。ちゃんと穴場を知ってるじゃないか」

圭介はその場所が気に入った様子だった。そして早速風を受けながらくつろぎ始めた。サンオイルを塗っては容器を捨てる。煙草の吸殻も指で弾《はじ》き飛ばす。挙げ句の果てには、好きなだけ缶ビールを飲んで、ごろりと寝転がる始末だ。

「やっぱ、海はいいよなあ。おまえの気持ちが分かるよ。浮き世から離れてさ、こうしてるのがいちばんだ」

靖孝は、そっとゴミを拾い集めながら、自分の中で黒雲のように怒りが膨らんでいくのを感じていた。何が、海はいいよな、だ、どこが、いっぱしの海の男なのだ。

——おまえなんか、海に来る資格はない。

やがて、微かな鼾《いびき》が聞こえ始める。靖孝は、黙って沖の方を眺めていた。海岸には、それぞれの地形によって生まれる波の癖がある。沖を眺めていれば、今度はどんな波が来るかを読むことが出来る。今、靖孝の隣で眠りこけている圭介には分からないに違いない。だが、靖孝は知っていた。この海岸の、この一角には、一日に二、三回だけ、驚くほど高い波が押し寄せてくるのだ。その波は、間違いなくこの岩場をも呑《の》み込んでしまう。だからこそ、その危険性を知っている地元の人間は、この辺りでは休もうとしない。たった一つの波でも、恐ろしい力を持っていることを知っているからこそ「立ち入り危険」の札が立っているのだ。だが、傲慢《ごうまん》な圭介は、そんな立て札など気にもかけない性格だった。何度となく来ているからこそ、それを十分に知った上で、靖孝はこの場所を選んだのだ。

——大丈夫だ。ちょっと、懲らしめるだけなんだから。俺が波を読み間違えなけりゃ、死にはしない。

圭介は、ひたすら気持ち良さそうに眠っている。靖孝は、黙って膝《ひざ》を抱えたまま、沖合いばかりを眺めていた。

一時間もした頃だろうか。沖合いの海面が、ふいに大きく盛り上がって見えた。

「——来る」

これまでの波とはまるで異なる、大きな丸い盛り上がりが、徐々に近づいてくる。靖孝は思わず尻を浮かし、その波が想像以上に大きく育ちそうなのを確かめた。

「——圭介、起きろ」

いくら何でも眠ったまま波にさらわれては危険が大きすぎる。

「おい、圭介！」

波打ち際を洗う水の音が、一瞬やんだような気がした。「ううん」という圭介の声が聞こえる。波は、今や壁のように大きく盛り上がっていた。

「圭介、起きろっ！」

叫んだのと、目の前に巨大な水の壁が迫ったのとが同時だった。視界の隅で、確かに圭介が起き上がったのが見えた。そのときには、靖孝は反射的に波に乗る構えになっていた。次の瞬間、大波は立ち上がった靖孝の頭近くまでを一気に呑み込み、さらに強く押し寄せた。圭介が何か声を上げたと思う。

「泳げ、圭介！」

波は強大な力で押し寄せ、そして、それ以上の力で退《ひ》いていく。全身の力を抜いた途端、靖孝の身体《からだ》はものすごい力で沖に手繰り寄せられた。すぐ横で、圭介の身体が転がるように呑み込まれていくのが見えた。靖孝は波に身を任せ、もしも歩いたなら数分はかかろうというところまで、一瞬のうちに引き寄せられていた。

――圭介は、どこだ。どの辺りまで引っ張られた？

今頃、彼がどれほどの恐怖を味わっているか、何が起こったかも分からない状態に違いないことが、手に取るように分かる。波に呑まれたら、人は天地が分からなくなってしまう。不慣れな圭介はパニックを起こしているだろう。だが、靖孝には彼を助け出す自信があった。荒療治だとは思う。だが、そうでもしなければ、自分の気持ちがおさまらないから、この方法を選んだ。

――ある程度は泳げるんだから。これで落ち着いてたら、俺はおまえを見直すよ。

再び穏やかに戻った波の間を漂いながら、靖孝は素早く周囲を見回した。完全に泳げていないまでも、せめてもがいている姿くらいは見えるはずだった。

「――圭介」

だが、いくら見回しても人の手足や頭らしいものは見あたらない。そんな馬鹿な、本当に溺《おぼ》れてしまったのだろうか。ひょっとすると天地が分からなくなって、そのまま海底に向かって泳いでしまったのかも知れない。

――まずいぞ。

慌てて海中に潜った。

陽の光が水の中で散乱している。耳元で聞こえる水飛沫《しぶき》の音と、無数の気泡が弾ける音が靖孝の全身を包み込んだ。だが圭介の姿は見えない。かっと頭に血が上った。

――落ち着け。そんなに沖までさらわれるはずがないんだ。波に乗った分だけ、俺の方が沖まで来ているはずだ。

必死で自分に言い聞かせながら、今度は陸地に向かって泳ぐために身体を反転させる。すると、確かに魚以外の何かがかなり深い位置に見えた。

――馬鹿野郎、圭介！

その影に向かって、猛然と突き進もうとした瞬間だった。靖孝はふいに、永遠に続くかと思われる静寂を感じた。そして呆然《ぼうぜん》となったまま、それを見つめた。本来ならば、視界などぼやけて、ろくに見えないはずの海中で、それは不思議なほどにはっきりと、金色とも白色ともつかない色に輝いて見えた。長い腕を圭介の足に絡《から》め、今にも圭介を水底に引きずり込もうとしている。気を失っているらしい圭介は全身から力を抜いて、なすがままにされていた。

——お盆が過ぎると水虎《すいこ》さまに引かれるぞ。

遥《はる》か昔に聞かされた言葉が蘇った。あれは、ただの迷信ではなかったのか。だが今、自ら発光しているような輝き方で、獣か、または幽霊かも分からないそれは、圭介を連れていこうとしている。靖孝はパニックに見舞われ、全身が硬直しそうになるのを感じた。

——駄目だっ！

急いで水面に顔を出し、肺いっぱいに息を吸い込んで、靖孝は再び海に潜った。とにかく圭介を助けなければと、それ以外には何も考えられなかった。

さして透明度の高いはずもない海の中を、それはゆらゆら、ゆらゆらと漂うように沈んでいく途中だった。片手で圭介の足首を摑んだまま、ぐい、ぐいと引いていくのだ。ほとんど何も考えられない頭で、靖孝は、ただひたすら圭介を追い続けた。早く追いつかなければ、もう二度と圭介は浮かび上がってはこられなくなってしまうという、それだけが分かった。これまでに感じたことのない恐怖感が、靖孝自身の足をもつれさせようとする。

——圭介！

必死の思いで潜り続け、やっとのことで、彼の脱力しきった腕に手が届いた瞬間だった。靖孝は見た。それは振り返り、ほの暗い海中から、はっきりと靖孝を睨《にら》みつけたのだ。

靖孝は、今度こそ自分の方が気を失うのではないかと思った。その目は憎しみとも悲しみともつかない、人とも獣ともつかない、異様にぎらぎらと光る目だった。口元は、怒りとも笑いともつかない形に歪《ゆが》んでいる。だが、その顔は紛れもない、靖孝自身の顔だった。

――セッカククツレテイッテヤロウトイウノニ。オマエガノゾンダカラ。

耳が聞いたのではない。だが、はっきりと聞こえた。靖孝自身の顔が、そう言った。

――ソレガノゾミダッタンジャナイカ。ズットマエカラ、ノゾンデイタジャナイカ。

息が限界だった。靖孝は固く目をつぶったまま、とにかく思いきり圭介の腕を引いた。一瞬、わずかな抵抗を感じたが、圭介は驚くほど簡単に靖孝の元に引き寄せられた。靖孝は恐怖で顔を歪ませたまま、振り返ることもせず、一心不乱に海面を目指した。今にも足を摑まれそうな気がする。もう一度あの顔を見たら、終わりだと思う。

真っ白い頭の中で、浮かぶのは祖母の顔だけだった。

――水虎さまに舌を食われるぞ。

圭介を抱きかかえ、さっきの高波など嘘《うそ》のように、再び穏やかさを取り戻している海面に浮かび上がったときには、心臓が破裂しそうだった。日光を直《じか》に浴びながら、不思議なほどの静けさばかりが迫ってくる。泣き出したいのをこらえ、これは夢だ、夢に違いないと自分の中で繰り返しながら、靖孝は、とにかく早く、この場から逃げなければと、そればかりを考えた。

「大丈夫かっ！」

「救急車だ、救急車！」

浜に戻った途端に周囲に音が戻った。ひたひたと波の打ち寄せる砂地に両膝をついたまま、激しく噎《む》せかえり、涙の止まらない目で、靖孝は野次馬のざわめきと波の音を聞き、人工呼吸と心臓マッサージを受けている圭介を見ていた。

「生きてる、大丈夫だ！」

誰かの声が聞こえたときになってようやく、猛然と全身が震え始めた。見知らぬ人に励まされ、背を叩《たた》かれながら、靖孝は唇を嚙《か》みしめて泣いた。泣きながら、自分の愚かさを思った。

——あれは、俺だった。確かに俺だった。

圭介が役者の道を断念して故郷に戻ったと知ったのは、秋も深まった頃だった。実に久しぶりに見る圭介の金釘流《かなくぎりゅう》の文字で書かれた手紙が舞い込んできた。靖孝はそれを、潮風とは無縁の、木々の冬枯れの匂《にお》いばかりが早くも漂い始める、山奥の小さな寺で受け取った。

〈――おまえが海を捨てて寺にこもった理由が、俺には分かる気がする。あんな経験をすれば、しかも、あんな姿を見れば、そうならない方がおかしいだろう。俺がこんなことを言うと、おまえは笑うかも知れない。だが、あれは、確かに神だったな。

水の中で、俺は不思議なほど苦しさは感じなかった。とても安らいだ気持ちで、ひどく懐《なつ》かしく、全身を光に包まれている気分だったよ。人間の力など及ばない世界の存在だった。あんなに穏やかな、素晴らしい、清らかな感覚は、そう簡単に経験出来ることじゃないだろう。それを、俺だけでなく、おまえも感じたに違いないことは、俺にはよく分かる。あのとき、意識は失っていたはずなのに、俺は見える気がしたし、聞こえる気がしていたんだ。おまえも共に味わったことが、俺にはとても嬉しいよ。

ただ一つ、今でも分からないことがある。神は確かに言ったと思うんだ。「おまえが望んだから」と。俺は、一度も死にたいと望んだはずはないんだが、あれはどういう意味だったんだろうと今でも考える。出来れば、そのときのことをおまえとゆっくり話し合ってみたい。

いずれにせよ、俺はあのときの体験を、本にしようかと思ってるんだ。そのために今は田舎にこもっているというわけだ。作文は昔から嫌いじゃなかったんだし、こんな経験は滅多に出来ることじゃない。最近、俺は、むしろ俺の才能は演じることよりも、書くことによって発揮されるんじゃないかと――〉

解　説

香山二三郎

乃南《のなみ》アサの作家としてのモチベーションはデビュー時から一貫している。それは、人間を描くということ。人間を描くとは、すなわち様々な個性を持つ人々の生の営みやその複雑な内面、さらには彼／彼女たちの関係劇を描き出すことである。言葉でいうのは簡単だが実際には容易なことではない。鋭い観察眼や、確かな文章力や構成力が問われることになる。

作家はまた、老若男女《ろうにゃくなんにょ》はもちろん、様々な職業の人々を描き分けなくてはならない。人生経験の浅い作家が男女の愛憎や老人の悲哀を描くには卓抜した想像力も必要になってくるのである。近年若くして脚光を浴びるのは、女性の書き手のほうが多いような気がするが、人間を描くというか、ドメスティックなテーマにおいてはやはり女性のほうが早熟で才能の開花も早いということか。そう考えてみれば、女性は労せずして男性を書けるが、男性が女性を書くには年季がいる⁉

一九八八年、長篇『幸福な朝食』で第一回日本推理サスペンス大賞優秀賞を受賞してプロデビューした乃南アサは、受賞当時まだ二〇代だった。創作歴も浅いうえ、その若さで作品を評価されたということは、端《はな》から作家としての正しい資質をそなえていたということにほかなるまい。デビューしてから早二八年、乃南アサは正しい資質に加えて、作家としてのスキルも着実に積み重ねてきた。長短編を問わず、多くの傑作を生み出すことが出来たのもそれゆえであり、本書もそうした切磋《せっさ》琢磨《たくま》の成果といえよう。

さて『乃南アサ短編傑作選』も『最後の花束』、『岬にて』に続いて三冊目の刊行となる。これまでと同様、単行本未収録の最新作一編をプラスした全一一編の構成だが、今回の通しテーマはいわば「狂気の男たち」。著者の筆は現代の男たちをどう腑分《ふわ》けして見せるのか。さっそく収録順に作品を紹介していこう。

まず表題作の「すずの爪《つめ》あと」は乃南版『吾輩は猫である』(!?)。今回のテーマは「狂気の男たち」などといっておきながら、出だしの主人公は人間ではない。「ふく」という雄猫だ。廃止された能登《のと》線の珠洲《すず》駅の駅舎で生まれたふくは、小学生の多絵ちゃんに拾われて、彼女の家で育てられることに。祖父《じい》ちゃんと父ちゃんの間では争いが絶えず、酔っ払ってはふくを蹴飛《けと》ばしたりするので厄介《やっかい》だったが、母ちゃんや多絵ちゃんに可愛《かわい》がられ、ふくは伸び伸びと育つ。だが多絵ちゃんちにきて一年ほどたった頃、生活を一変させる出来事が……。

漱石《そうせき》の小説では吾輩の飼い主は中学校の英語教師・苦沙弥《くしゃみ》先生だったが、ふくの飼い主の一家は布団《ふとん》屋。だが、ある施設の建設をめぐって町を二分する対立劇が生じ、一家も長年その渦中《かちゅう》に置かれていた。ホウレンソウと焼き海苔《のり》が好物のわんぱく猫、ふくの日常は呑気《のんき》で可愛いが、人間世界のほうはそれとは対照的。やがてふくと飼い主一家は災難に巻き込まれるが、それにへこたれず生き延びていくふくのたくましさ！　動物好き、愛猫家で知られる著者らしい動物小説にシリアスな社会派色がミックスされた異色の感動作だ。

「こころとかして」は一見お仕事小説っぽい。歯科技工士の須藤広樹《すどうひろき》は職場の技工所では仕事の遅いのろまのお人好《ひとよ》しと見下されていたが、彼のほうは「いつまでもこんなところにくすぶっているような男じゃない」と自負していた。実は貴金属店でデザイナーをしている女性の工房でジュエリー・デザイナーを目指し、密《ひそ》かに技術を学んでいたのだ。彼は思いを寄せる、いきつけのファミリーレストランのウェイトレス・涼子《りょうこ》のために自分でデザインした指輪を作ったが……。

　主人公は仕事はいまいちで話すのも苦手だが、その実、人一倍プライドが高い青年。今ふうにいえば、差しずめ〝サラリーマンあるある〟的なキャラクターだが、この男、思い込みが強いぶん、客観的な判断に欠けている。それが悲劇を招くことになるのだが、現実にもこの手のタイプは増えつつあるのかもしれないので、ご用心。それにしても、歯科技工士とジュエリー・デザイナーとは組み合わせの妙というほかない。

「寝言」は共稼ぎ夫婦の駆け引きを描いた話で、夫婦ともに具体的な名前は出てこない。疲れてくると夫は寝言を言い始め、妻は歯ぎしりをし始める。本来なら、それをサインに互いにいたわり合うようにするべきなのだが、この夫婦の場合、ちょっと事情が違っていた……。夫婦とも無名ということは、どこにでもいそうなカップルということだ。決して他人《ひと》ごとではない、ショートショートに近いブラックユーモアもの。

「僕のトんちゃん」も夫婦小説。谷野《やの》修哉《みちなり》と登与子《とよこ》の夫婦は夫が輸入家具専門店の支店長で、妻がポプリ作家。子供はいないが、誰からも羨《うらや》ましがられるオトナのカップルだった。しかし、ひとたびふたりが暮らす部屋でふたりだけのシーンに転じると様子が変わる。言葉遣いからして、急に子供っぽくなるのだ……。

互いにミッちゃん、トんちゃんと呼び合う辺りはまだ可愛げがあるが、幼稚さ丸出しの会話となると読むだけで居たたまれなくなってくる。大人の幼児化現象は今に始まったことではないが、修哉のいう「男はね、いつまでたっても子どもなんだよ」というセリフの裏にある、度を越えた執着心はちょっと恐ろしい。谷野夫婦にもやがて邪魔者が現れるのだが、そのときふたりがどう出るかにご注目。

「指定席」は再び独り者の話に戻って、主人公の津村弘《ひろし》はどこにでもいそうな平凡なサラリーマン。「どこから見ても、これといった特徴がない」のが最大の個性というのだから、その無個性ぶりは徹底しているが、そんな彼にも楽しみがあって、それは会社からの帰り、自分の暮らす町のひとつ先の駅で降り、本屋に寄った後、商店街の外れにあるコーヒー店で読書のひとときを過ごすことだった。その店には小柄で瘦《や》せっぽっちなウェイトレスがいたが、彼女は彼がいつも座る席も、注文するコーヒーの種類も心得ていて、あうんの呼吸で応対してくれた。余計な会話もなく、毎日同じようにもてなしてくれることに満足していた彼だったが、ある日店にいくと、見知らぬ娘が現れる……。

津村弘は「こころとかして」の須藤広樹と同様、地味な青年であるが、個性がないように見えてやはり自分独自の生活スタイルを持っていた。「目立たず、はしゃぎすぎず、淡々と生きていくことこそが肝要なのだ」というストイックなこだわりは宗教的とさえいえようが、いったんそれが狂い始めると暴走が始まる。終盤の展開はまさに戦慄《せんりつ》的で、G・K・チェスタトンの古典ミステリー『ブラウン神父の童心』の有名な傑作を髣髴《ほうふつ》させる。

「出前家族」の主人公は一転して老人。加納實《かのうみのる》は一〇年前に妻・喜美子をガンで失って以来、ひとり暮らしを続けている。規則正しい自炊生活、三年前からは毎日市民プールで泳いでもいる――といっても、自宅の二階には息子夫婦の一家が同居していたのだが、交流はあまりなく、水泳仲間には「家庭内流刑《るけい》みたいなもん」とこぼしていた。ある日、その仲間を自室に招いて呑《の》み会を催し、酔った勢いで無断で二階に侵入したことからひと騒動、息子一家は対策を講じることに……。

老人とはいえ、加納實はまだまだ元気。読者は誰しも彼に共感を寄せ、二階に住む「息子一家」のことを疎《うと》ましく感じるだろう。だがそこには他人にはうかがい知れない秘密があった、というわけで、後半には大胆なヒネり技が待ち受けている。親子関係はいったんこじれると始末に負えなくなることが多いという。血は水よりも濃い、のか、遠くの親類より近くの他人、なのか。改めて家族や親子の関係を見つめ直させる一編だ。

「向日葵《ひまわり》」はいきなり幼児が重篤《じゅうとく》な怪我《けが》を負う場面から始まる。彼はそのせいで嗅覚《きゅうかく》を失い、それが原因で親子関係も破綻《はたん》していく。いっぽう、きつい体臭のおかげで会社勤めにも人一倍気を使っているOLの「私」は、いきつけの喫茶店でよく会う同僚の男と会話を交わすようになる……。

物語は嗅覚のない「彼」と体臭のきつい「私」の視点から交互に描かれていく。世の中には様々な肉体的ハンディキャップを背負った人々がいるが、その人生が悲劇的なものとは限らない。「彼」の半生はしかし、暴力的な衝動と結びついた荒々しいものになっていった。「私」との出会いはそれを変えることが出来るのか。読む者をハラハラドキドキさせずにはおかない、まさに宿命的ボーイ・ミーツ・ガール・ストーリーだ。

「氷雨《ひさめ》心中」は山形県の田園地帯から幕を開ける。農業に従事する青年・春山敬吾《けいご》は不作のため出稼ぎに出ることを余儀なくさせられる。幸い、死んだ祖父の友達だった守川の爺《じい》さんの紹介で神奈川県の造り酒屋で杜氏《とうじ》のひとりとして働くことになる。恋人を田舎に残しての出稼ぎに当初は気の進まぬ敬吾だったが、仕事のきつさに馴《な》れるにつれ、酒造りの面白さに目覚めていく……。

本書には「こころとかして」を始め、お仕事小説としても読ませる作品が多いが、本編もまた杜氏の仕事が活《い》き活《い》きと描かれ、左党なら日本酒が恋しくなること必定。杜氏と出稼ぎをめぐる悲劇といえば、水上勉の名作「越後つついし親不知《おやしらず》」を思い起こさせるが、こちらにはスーパーナチュラルな味付けが施されているところがミソだ。

「秋旱《あきひでり》」の舞台は東京に近い山間《やまあい》のリゾート地。若くして夫を失った寛子《ひろこ》は独身生活に馴れた頃、妻子持ちの平田と知り合い、不倫の関係に陥る。だが先行きの見えない関係に苛立《いらだ》つようになり、ガス抜きをしに一〇代の頃住んでいたリゾート地のペンションで過ごすことに。彼女はやがてペンションの周辺で黙々と働く男に気を取られるようになるが……。

田舎のペンションにひとりで滞在するワケありげな美女。その理由は彼女の不倫にあったとなれば、昔からお馴染《なじ》みのパターンだが、そこにはまた彼女以上にワケありの男がいた、ということで、物語は思いも寄らない方向へと舵《かじ》を切っていく。人生の岐路に立たされた女と男のつかの間の交流を描いた切ない一編。

「Eメール」も再会譚《たん》。山口県柳井《やない》市。学生時代の恋人に会いに古くからの商業都市を初めて訪れた「彼女」は普通の主婦だった。暇にあかせてパソコン教室に通い、インターネットを始めたところ、大学の同窓会がきっかけで昔の彼とメールをやりとりするようになる。やがて自分の危い夫婦生活のこともこぼすようになった彼女は、会いたい心を募らせ、ぜひ顔を見て話したいと提案したところ、彼もまた彼女に故郷の柳井を見せたいといってきたのだが……。久しぶりの再会に不安半分で心躍らせる彼女だったが、待ち受けていたのは意外な人物だった。インターネットの普及は男女の再会劇をも演出する。電子の時代ならではのセンチメンタル・ジャーニーものだ。

最終編の「水虎《すいこ》」もまた再会譚だが、こちらは男性ふたりの屈折した関係をとらえている。土橋靖孝《やすたか》はスポーツクラブのインストラクター。かつてスタントマンを目指していたが、挫折《ざせつ》してスキューバ・ダイビングのインストラクターに転じるが、それだけでは食えず、水泳のコーチを務めていた。そんな彼のもとに高校時代の友達・圭《けい》介《すけ》から久しぶりに連絡が入り、ダイビングを教えてほしいという。圭介は売れない役者だったが、近々水中カメラマン役のオーディションがあるというのだ。いつも身勝手な要求をしてくる彼に辟易《へきえき》しながらも引き受けてしまう靖孝だったが……。

ポイントは圭介が見た目はマッチョだが、運動オンチなこと。水泳もカナヅチなのだが、ええかっこしいでプライドも高いので、素直に引き下がったりはしない。「こころとかして」の須藤広樹や「指定席」の津村弘とは対照的なキャラだが、根は一緒というべきか。靖孝はそんな彼に嫌々ながらも付き合わされてしまうが、積もり積もった鬱憤《うっぷん》がついに爆発するときがやってくる。正面からスーパーナチュラルな趣向を打ち出してくるところも読み逃せない。本書の収録作はミステリーや犯罪小説が主流だが、締めくくりはレッキとしたモダンホラーなのである。

（平成二八年七月、コラムニスト）

底本一覧

すずの爪あと	「小説新潮」二〇一六年八月号、新潮社
こころとかして	『氷雨心中』二〇〇四年、新潮文庫
寝言	『花盗人』一九九八年、新潮文庫
僕のトんちゃん	『団欒』一九九八年、新潮文庫
指定席	『悪魔の羽根』二〇〇四年、新潮文庫
出前家族	『団欒』一九九八年、新潮文庫
向日葵	『花盗人』一九九八年、新潮文庫
氷雨心中	『氷雨心中』二〇〇四年、新潮文庫
秋旱	『悪魔の羽根』二〇〇四年、新潮文庫
Eメール	『行きつ戻りつ』二〇〇二年、新潮文庫
水虎	『悪魔の羽根』二〇〇四年、新潮文庫

すずの爪《つめ》あと

乃南アサ短編傑作選

新潮文庫　の-9-43

平成二十八年九月一日発行
平成二十八年九月二十五日二刷

著者　乃《の》南《なみ》アサ

発行者　佐藤隆信

発行所　株式会社新潮社

郵便番号　一六二―八七一一
東京都新宿区矢来町七一
電話 編集部(〇三)三二六六―五四四〇
読者係(〇三)三二六六―五一一一
http://www.shinchosha.co.jp

価格はカバーに表示してあります。

乱丁・落丁本は、ご面倒ですが小社読者係宛ご送付ください。送料小社負担にてお取替えいたします。

印刷・錦明印刷株式会社　製本・錦明印刷株式会社

ISBN978-4-10-142556-6 C0193